JOHANNA LINDSEY es una de las autoras de ficción romántica más populares del mundo, con más de sesenta millones de ejemplares vendidos. Lindsey es autora de cuarenta y seis *best sellers*, muchos de los cuales han sido número uno en la lista de los libros más vendidos del *New York Times*. Vive en Maine con su familia.

ZETA

Título original: *The Magic of You*
Traducción: Graciela Jáuregui Lorda
Ante la imposibilidad de contactar con el autor de la traducción, la editorial pone a su disposición todos los derechos que le son legítimos e inalienables
1.ª edición: septiembre 2011

© 1993 by Johanna Lindsey
© Ediciones B, S. A., 2011
   para el sello Zeta Bolsillo
   Consell de Cent, 425-427 - 08009 Barcelona (España)
   www.edicionesb.com

Publicado por acuerdo con Avon,
un sello editorial de HarperCollins Publishers, Inc.

Printed in Spain
ISBN: 978-84-9872-546-9
Depósito legal: B. 22.104-2011

Impreso por LIBERDÚPLEX, S.L.U.
Ctra. BV 2249 Km 7,4 Polígono Torrentfondo
08791 - Sant Llorenç d'Hortons (Barcelona)

La magia de tu ser

JOHANNA LINDSEY

ZETA

1

Londres 1819

La cantinera suspiró una y otra vez, ya que los tres
elegantes caballeros, todos jóvenes lores, sólo le habían
pedido bebidas, a pesar de sus esfuerzos por brindarles
otra clase de favores. Aun así, ella revoloteaba alrededor
de la mesa, con la esperanza de que alguno de ellos cambiara de opinión, especialmente el rubio, de ojos verdes
y sensuales, ojos que prometían incalculables placeres si
podía ponerle las manos encima. Derek, así oyó que lo
llamaron, y su corazón se habían entrelazado en el instante en que él entró. Ella nunca había visto un hombre tan
apuesto... hasta que entró el más joven del trío.

Era una verdadera vergüenza que alguien fuera tan
joven, ya que su experiencia con muchachos de esa edad
había sido tristemente insatisfactoria. Por otra parte, este
joven tenía un brillo diabólico y picaresco en la mirada,
por lo cual se preguntaba si sabría cómo complacer a una
mujer, a pesar de su corta edad. En realidad era más alto
y corpulento que sus compañeros, con el cabello oscuro y
ojos celestes muy claros, era tan atractivo que a ella le hubiera gustado averiguarlo.

El tercer miembro del grupo, que parecía ser el mayor, no era tan buen mozo como sus dos amigos, aunque,
en realidad, también era un prototipo de buen aspecto,

sólo superado por los dos rompecorazones. La muchacha volvió a suspirar, esperando, preocupada porque pensaba que iba a sentirse decepcionada, ya que a ellos sólo les interesaban sus bebidas y sus conversaciones.

Ajenos de los lascivos pensamientos que se dirigían hacia ellos, nada nuevo para los tres, repentinamente cambiaron el curso de su amable conversación ante tan ávida observación.

—¿Cómo lo hace, Derek? —se quejó Percy, con un poco de desprecio en sus palabras. Se refería a Jeremy, el primo de Derek y el más joven de los tres—. Ha bebido igual que nosotros, y, sin embargo, ahí está sentado y sin un indicio de borrachera.

Los dos primos Malory se hicieron una mueca. Lo que Percy no sabía era que un puñado de piratas le había enseñado a Jeremy todo lo que sabía sobre bebidas y mujeres. Pero eso era algo que la familia no ignoraba, como tampoco el hecho de que el padre de Jeremy, James Malory, vizconde de Ryding, había sido el líder de aquellos mismos piratas, en la época en que era conocido como el Halcón. A Percival Alden, o Percy, como le llamaban sus amigos, nunca se lo habían contado. El bueno de Percy era incapaz de guardar un secreto ni para salvar su alma.

—Mi tío James me advirtió de que le aguara las bebidas —le mintió Derek, con el rostro serio—. De otro modo al jovencito no le permitirían salir conmigo.

—¡Dios mío! ¡Qué horrible! —Percy cambió su tono compadeciéndose, ahora que le habían asegurado que un joven de dieciocho años no estaba bebiendo a escondidas.

Después de todo, Percy tenía veintiocho años y era el mayor del trío. Era lógico que resistiera mejor el licor que sus compañeros. Aunque Derek, a los veinticinco, siempre le había avergonzado cuando se trataba de beber seriamente. Pero el joven Jeremy les estaba superando a ambos... o por lo menos eso era lo que pensaba Percy. Qué deplorable era tener un libertino reformado como padre, que no le perdía de vista, e incluso le pedía al resto de la familia que le ayudara a cortarle la diversión.

Derek nunca decía una palabra cuando Jeremy desaparecía, de noche, con una criada de buen ver en los brazos; así que no toda la diversión del muchacho se veía coartada. Percy no recordaba una sola vez, del último año, desde que Derek había tomado a su primo bajo su protección, en la que Jeremy no hubiera encontrado a una dama con quien compartir algunas horas muy privadas, o en la que los tres hombres no hubieran terminado en una alegre taberna, en una costosa casa de Eros, o en una de las muchas reuniones sociales. El muchacho tenía mucha suerte cuando se trataba de mujeres. Mujeres de todas las edades, prostitutas y damas, consideraban irresistible a este joven Malory.

En ese aspecto, se parecía a su padre, James, y a su tío Anthony Malory. Esos dos hermanos Malory, los menores de cuatro, habían convulsionado la ciudad en sus días con los escándalos que generaron sus amoríos. Derek, el único hijo del hermano mayor de los Malory, también tenía la misma suerte cuando se trataba de mujeres, aunque era mucho más discreto y juicioso para elegir sus aventuras, de manera que los pocos escándalos en los que se había visto involucrado no tenían nada que ver con mujeres.

Después de pensarlo, Percy llamó a la cantinera y le habló al oído. Mientras le observaban, los dos primos sabían exactamente qué estaba haciendo: ordenando la próxima ronda... y dando consejos, supuestamente con disimulo, de que no le pusieran agua a la bebida de Jeremy. Los primos casi no pudieron evitar reírse. Pero

Derek, al ver que la muchacha frunció el entrecejo, y que estaba a punto de decirle al joven caballero que ninguna de las bebidas que había servido tenía agua, la miró y le guiñó un ojo para que supiera que estaban bromeando y le siguiera la corriente. La muchacha lo hizo, e hizo una mueca mientras se retiraba.

Derek tendría que encargarse de que la bella jovencita fuera recompensada, aunque no como a ella le hubiera gustado. Cuando llegaron ella le había desplegado todos sus encantos, pero, como él ya tenía otro compromiso, no le había correspondido.

Esta era una taberna que frecuentaban a menudo, pero esta joven era nueva. Eventualmente probaría con ella; todos lo harían si se mantenía durante un tiempo suficiente en su trabajo, pero esta noche no, ya que todos estaban invitados a la fiesta de inauguración anual de los Shepfords.

A él y a Jeremy les habían ordenado que fueran a esa fiesta, ya que en ella haría su presentación oficial en sociedad su prima más joven, Amy. Ésta ya había acudido a algunos pocos encuentros desde que cumplió dieciséis años, pero no a fiestas como esta, y mucho menos vestida de gala como lo había hecho esa noche. La jovencita les había asombrado con sus galas, por lo menos a los hombres de la familia, y todo el clan Malory estuvo allí. ¿Cuándo habría el diablo convertido a la dulce y traviesa Amy en una belleza sensual y arrebatadora?

Era una buena pregunta para formularle a Percy y distraer su mente de su confabulación con la camarera. Conociendo a Percy como le conocía, y Derek le conocía bien, ya que eran compinches desde hacía años, era probable que el buen muchacho contara lo que había hecho, ya que Percy simplemente no podía guardar un secreto, aunque fuera propio.

Así que, para distraer a Percy, Derek le mencionó el asunto a Jeremy.

—Últimamente Amy te elige como acompañante, cuando sus hermanos no pueden hacerlo. ¿Por qué nunca nos dijiste que la jovencita había florecido así de la noche a la mañana?

Jeremy se encogió de hombros.

—¿Quién dijo que fue de la noche a la mañana? Esa ropa que la tía Charlotte insiste en ponerle a Amy oculta lo que estaba allí, pero ha estado allí desde hace un tiempo. Sólo hay que tener un ojo sagaz...

Derek casi se sofoca para contener la risa.

—¡Santo cielo, hombre! ¡Ella es tu prima! Se supone que no debes observar esas cosas en una prima.

—¿Y tú no lo haces? —Jeremy estaba realmente sorprendido—.Bueno, por las campanas del infierno, ¿dónde está escrito...?

—Probablemente en el libro de tu padre —le respondió Derek con una mirada sugestiva.

Jeremy suspiró.

—Supongo que sí. Causaba un escándalo cada vez que admiraba a Regan más de lo que él consideraba que fuese necesario.

Regan era también su prima, y la sobrina que los hermanos Malory mayores habían criado, aunque sólo Jeremy y su padre la llamaban Regan. A Derek no le molestaba que la llamaran así, pero sí a su padre y a sus otros dos tíos. El resto de la familia la llamaba Reggie, aunque su verdadero nombre era Regina, y la joven se había casado hacía varios años con Nicholas Eden, uno de los mejores amigos de Derek.

—Pero yo no dije que estuviera interesado en Amy —aclaró Jeremy mientras continuaba—, sólo que advertí que se ha rellenado bien en los lugares adecuados.

—Yo también lo noté —comentó Percy de manera inesperada—. Esperando el momento oportuno, esperando que creciera. Pensando en cortejarla.

Al escuchar estos comentarios, ambos primos se inclinaron hacia adelante, ya que en eso se parecían a sus padres, algo misterioso, según parece. Entonces fue Derek el que exclamó:

—¿Por qué querrías hacer una tontería semejante? Junto con Amy tendrías la desaprobación de mis tíos. No lo dudes. ¿Realmente, quieres que Anthony y James te escupan a la cara, por no mencionar a mi padre?

Percy palideció un poco.

—¡Dios mío, no! No había pensado en eso. Realmente, no lo había hecho.

—Piénsalo.

—Pero... creí que sólo tomaban a Reggie, la esposa de Nick, como algo personal. A ellos no les importan ni Clare ni Diana, las hermanas mayores de Amy.

—Clare no atrajo a rufianes como tú, Percy, así que no había que preocuparse por ella. Y el tío Edward aprobó la primera elección de Diana, por lo cual se casó tan pronto como se desarrolló. A diferencia de Reggie, ellas tienen un padre que se preocupa por su bienestar, así que los tíos creyeron que no debían involucrarse.

Percy se irguió al escuchar esto.

—Bueno, entonces conseguiré la aprobación de lord Edward, y eso será todo, ¿verdad?

—No cuentes con eso. A diferencia de Claire y Diana, Amy se parece mucho a Reggie para que Tony y James no la vigilen de cerca, como lo hicieron con Reggie antes de que se casara con Nick. —Derek hizo una mueca y miró a Jeremy—. ¿Les viste las caras esta noche? Les impactó. Creo que nunca había visto cómo tu padre se quedaba mudo.

Jeremy se rió.

—Yo sí, pero tienes razón. Creo que tendría que haberle avisado.

—Y a mí —reiteró Derek.

Jeremy arqueó una ceja imitando a la perfección una de las costumbres de su padre, y dijo:

—No creí que fueras tan cerrado como para no advertir el desarrollo de Amy. Mi padre tiene la excusa de que su nueva esposa le mantiene ocupado, pero ¿cuál es tu excusa?

—Casi no veo a la muchacha —respondió Derek en su defensa—. Es a ti a quien llama para que la acompañes cuando no tienes clases, no a mí.

Al ver que estaba por comenzar una seria discusión, Percy decidió hacer una sugerencia:

—Me gustaría cumplir con esa tarea si fuera necesario.

—Cállate, Percy —le dijeron ambos primos automáticamente.

Pero Derek fue el primero en recordar que estaban tratando de disuadir a Percy de su inesperado interés en la joven Amy; así que volvió rápidamente al tema que encaminaría a Percy, y le preguntó a Jeremy:

—Pero el tío James estaba sorprendido del cambio de Amy, ¿verdad? Jeremy cayó en la cuenta.

—¡Oh!, sí. Oí que papá suspiraba antes de decirle a Tony: «Aquí vamos otra vez».

—¿Qué respondió el tío Tony a eso?

Jeremy sonrió al recordar la escena que había presenciado.

—Lo que uno hubiera esperado. «Te dejaré esto a ti, viejo, ya que ahora no tienes otra cosa mejor que hacer durante la noche, en tu cama, más que dormir.»

A Percy le pareció divertido y se rió. Por su parte,

Derek realmente se sonrojó. Ambos comprendieron lo que quiso decir, ya que en este momento, Georgina, la joven esposa de James Malory, tenía un embarazo muy adelantado, y esperaba dar a luz en esa semana. Jeremy le había contado a Derek que el médico de George le advirtió a su esposo de que, por el momento, no la tocara. En aquel momento Derek también se sonrojó, pero el hecho era que conoció a su nueva tía en las afueras de una taberna, cerca del muelle, cuando ella corrió a sus brazos, y él tenía la intención de que aquella noche terminara en su cama, hasta que Jeremy le informó que a quien estaba tratando de seducir era a su nueva tía.

Sin embargo, este tema había sorprendido a Percy, ya que sólo se le ocurrió preguntar:

—¿Será esa la razón por la cual el nombre de tu padre figura en el libro de apuestas de lo de White's?

Cuando formuló la pregunta, Jeremy le contestó:

—No sabía que hubiera apostado.

—Él no —le aclaró Percy—. Están apostando a que iniciará o será directamente responsable de no menos de tres peleas antes del fin de semana.

Al escuchar estas palabras, Jeremy comenzó a reírse. Derek cortó disgustado:

—Eso no es divertido, Jeremy. Cuando el tío James interviene en una pelea, por lo general, la pobre víctima no sale caminando. Mi amigo Nick lo averiguó en su origen, y casi no se casa con Reggie, ya que tu padre lo mandó a la cama durante una semana.

Jeremy se puso serio, porque el bueno de Nick había enviado a su padre a la cárcel por aquel incidente, y fue un momento en el que los ánimos estuvieron alterados y que él había olvidado muy pronto.

Percy, sin saber que había sacado a la luz algunos recuerdos desagradables para los primos, deseaba saber.

—¿Esa es la razón por la cual tu padre está de tan mal humor, porque él y Georgie no pueden... tú sabes...?

—En realidad, yo no tengo nada que ver con eso, Percy —le respondió Jeremy—. Mi padre sabía que tendría que abstenerse durante algún tiempo. ¿Su hermano Tony no pasó por lo mismo hace dos meses? No, lo que le hace que despedace a todo al que tiene cerca es la carta que recibió George de sus hermanos la semana pasada. Al parecer van a regresar todos para el nacimiento, y pueden aparecer en cualquier momento.

—¡Dios mío! —exclamaron Percy y Derek al unísono.

Derek agregó:

—Ahora me explico por qué ayer casi me saca los ojos sin razón.

—Nunca vi a un hombre que detestara tanto a sus cuñados como James Malory detesta a ese regalo que recibió de América —comentó Percy.

—Le agradan menos que Nick, y Nick nunca le agradó —agregó Derek.

—Exactamente —dijo Jeremy—. George sólo puede tratar de evitar que se enfrenten en peleas cada vez que están en la misma habitación.

Todos estaban exagerando... un poco. La verdad era que James había acordado una semipaz con sus cuñados antes de que regresaran a América, pero no le había agradado; sólo lo hizo por el bienestar de Georgina, y sólo porque pensó que no les volvería a ver.

Ellos no eran tan terribles. Derek y Jeremy habían salido con los dos hermanos Anderson menores mientras estaban en Londres. Y se habían llevado muy bien, por lo menos con Drew Anderson, el hermano más revoltoso. Boyd, el más joven, era demasiado serio y no se divirtió tanto como los demás. Pero había un hermano en particular a quien James realmente objetaba, aquel que había querido colgarle cuando el año anterior tuvieron a James a su merced en América. Ese nunca le agradaría a James, sin importar lo que sucediera.

—Me alegro mucho de no tener que vivir en tu casa el mes que viene —le señaló Derek a Jeremy.

Jeremy le hizo una mueca a su primo.

—¡Oh! no lo sé. Si me permites decirlo, va a estar muy interesante por allí. Yo no tengo intenciones de perderme un minuto de todo eso.

2

En el otro extremo de Londres, en su casa recién comprada en Berkeley Square, Georgina y James Malory se habían puesto de acuerdo para dejar de lado el tema de la inminente llegada de los hermanos de Georgina, por lo menos durante el resto de la noche, ya que era un tema sobre el que no podían ponerse de acuerdo, y era dudoso que alguna vez pudieran hacerlo. Georgina comprendía los sentimientos de su esposo. Después de todo, sus hermanos le habían derrotado y le habían encerrado en una celda. Warren, el más enojado de todos, le hubiera colgado alegremente, utilizando la excusa de que James era el pirata que había atacado a dos de sus barcos Skylark, lo cual era verdad, pero no venía al caso.

Sin embargo, Warren había usado eso como su explicación, cuando la verdadera razón por la que hubiera querido terminar para siempre con James Malory era porque se había comprometido con Georgina y anunciado públicamente ese acontecimiento en una reunión en la que estaba la mitad de su ciudad natal de Bridgeport, Connecticut.

Sí, Warren tenía mucha de la culpa de la animosidad que aún existía entre su esposo y sus hermanos. Pero James también tenía parte de la culpa; en realidad él había instigado la hostilidad original con su ácida lengua. Y después de que la hubiese llevado a Inglaterra, ella descubrió que todo había sido deliberado de su parte para que sus hermanos la obligaran a casarse con él, lo cual hicieron rápidamente, pero eso no puso fin al tema de la horca, por lo menos no para Warren.

Y ella también comprendía la posición de Warren. Sus hermanos habían despreciado a los ingleses incluso antes de la guerra de 1812, debido al bloqueo europeo de Inglaterra que le había costado a la línea Skylark tantas de sus rutas comerciales establecidas. También estaban los numerosos barcos Skylark que habían sido detenidos y abordados cuando los ingleses estaban buscando arbitrariamente desertores para sus filas. Warren tenía una pequeña cicatriz en su mejilla izquierda de uno de esos abordajes forzados, cuando los ingleses insistieron en confiscar a varios de su tripulación y él trató de impedirlo.

No, ninguno de sus hermanos quería a los ingleses, y la guerra sólo había empeorado esos sentimientos. Así que no era extraño que sintieran que James Malory, un vizconde inglés, y en otra época el más notorio libertino de Londres y un ex pirata, no fuera lo suficientemente bueno para su única hermana. Si ella no hubiera amado a su esposo con locura, ellos nunca la hubieran dejado a su cuidado cuando por fin los localizaron en Londres. Y James estaba al corriente de dicha circunstancia, lo cual era otra razón por la cual nunca sería completamente amigable con sus hermanos.

Pero esta noche ella y James ya no hablarían del asunto. Era un tema muy delicado, y James y Georgina habían aprendido a dejar los temas delicados fuera del dormitorio. No porque no pudieran tener una animada pelea en esa habitación o en cualquier otra. Pero en el dormitorio trataban de distraerse, lo cual quitaba la vehemencia de una buena discusión.

Habían terminado de divertirse, y James aún tenía a Georgina en sus brazos y le mordisqueaba la piel, lo cual presagiaba que muy pronto se volverían a divertir. A ella le parecía atrozmente divertido que James y su hermano Anthony, ambos libertinos reformados de la peor clase, y a quienes les habían indicado que se abstuvieran de hacer el amor en los últimos meses de embarazo de sus esposas, consideraran una broma encantadora que los amigos y familiares creyeran que estaban siguiendo las indicaciones del médico, pero que odiaban la prohibición.

Hasta Jeremy, el hijo de James, había sido engañado, y le oyeron decir: «Bueno, ¿qué son dos semanas comparadas con el tiempo que pasábamos en alta mar cuando íbamos de puerto en puerto?»

Lo más divertido del asunto era que Jeremy, quien seguía rápidamente los pasos de su padre, tendría que haberse dado cuenta. Tendría que haber advertido que dos maestros de las cosas sensuales como eran James y Anthony, sabrían cómo evitar el mandato del médico para satisfacerse y satisfacer a sus esposas de otras maneras.

Sin embargo, James había disfrutado de la farsa de sentirse muy sensible, como Anthony lo había estado antes, hasta que llegó la carta de América. Ahora no había ninguna farsa en el mal humor de James, al cual nadie estaba inmune, no cuando su satírico ingenio podía lacerar tan indiscriminadamente y con tanta precisión. Georgina había sentido algunos coletazos, pero hacía tiempo que había encontrado la manera perfecta de desquitarse, lo cual enloquecía de furia a su querido esposo.

Ahora no estaba furioso. Ni siquiera estaba pensando en la inminente llegada de sus cuñados, lo cual hubiera destruido completamente su disposición tierna y melosa. James era el hombre más feliz y contento cuando su pequeña George estaba cerca, y en este momento ella se encontraba perfectamente accesible. Sus manos y sus labios se deslizaban ociosamente, mientras recordaba la noche y la fiesta a la que habían acudido.

Una maldita fiesta, algo en lo que no le hubieran atrapado ni muerto antes de casarse, aunque suponía que debiera hacer algunas concesiones al estado matrimonial. Los mayores, como él y Anthony llamaban a sus hermanos mayores, insistieron en que tenía que acudir, aunque eso no habría resuelto el problema, ya que nunca había obedecido sus dictados, y no iba a comenzar ahora precisamente. Pero Georgina también había insistido, y eso fue todo lo que se necesitó. Lo hizo para complacerla.

Luego advirtió que realmente se había divertido, aunque eso estuviera relacionado con el hecho de ver a Anthony inclinarse y reírse y hacer comentarios con menosprecio sobre cada damisela de las que habían acudido a la fiesta de su sobrina Amy, especialmente después de que Anthony le dijera más temprano: «Esta te la dejaré para ti, compañero, ya que no estuviste cerca cuando Reggie hizo su debut. Después de todo, lo justo es justo, y Reggie me dio suficientes preocupaciones, particularmente después de que se hubiese enamorado de ese presuntuoso de Eden. Ni siquiera me hubiera dejado dispararle al tipo, lo cual es una lástima, y ahora es demasiado tarde, ya que se casó con él.»

James tenía otras razones por las cuales no le agradaba Nicholas Eden además del hecho de que Reggie se hubiera casado con él; pero esa era otra historia. Ella aseguró que se había enamorado de él porque le recordaba a sus queridos tíos Anthony y James, lo cual sólo empeoraba las cosas, ya que nadie que se pareciera a ellos era bueno para su Reggie. Pero ni James ni Anthony pudieron encontrar una falta en la forma en que trataba a Reggie, por lo menos no ahora, aunque durante el primer año de matrimonio no se había comportado tan bien. Ahora, Nicholas era el esposo ideal. Que a ellos no les agradara el tipo, era una cuestión de principios.

Y ahora, otra de sus sobrinas hacía su debut, y aunque James y Anthony no habían intervenido en la crianza de ninguna de las hijas de Eddie, como lo hicieron con Reggie, quien perdió a sus padres cuando tenía sólo dos años, la hija más joven de Eddie, con su cabello negro y ojos celestes, se parecía tanto a Reggie que podían haber sido hermanas. Esto había despertado los instintos protectores de Anthony, aunque él tratara de negarlo. Y a James no le agradó lo que sintió al ver a esos pequeños caballeros atropellándose para conquistar la atención de Amy. En realidad, había cambiado rápidamente de idea sobre su esperanza de que Georgina le diera una hija tan adorable y preciosa como Judith, la pequeña de Anthony y Roslynn.

—¿Estás despierta, George? —le preguntó James con un tono perezoso.

—Yo y el bebé.

James se sentó y le colocó ambas manos sobre el abdomen para darle masajes. Cuando se produjo la siguiente patadita, le dio directamente sobre la palma. Se miraron y sonrieron. A James lo conmovió hasta el alma sentir que su bebé se movía adentro de su esposa.

—Esa fue suave —le explicó George.

La sonrisa de James se amplió.

—Entonces él estará listo para la sortija aunque sea pequeño.

—¿Él? Creí que querías una niña.

—Esta noche cambié de idea. Le dejaré todas las preocupaciones sobre las hijas a Tony y al muchacho de Eddie.

Georgina sonrió, ya que conocía tan bien a su esposo que sabía exactamente lo que estaba pensando.

—Amy estaba excepcionalmente encantadora esta noche, ¿verdad?

Él no le respondió a eso, pero le dijo:

—Lo que quiero saber es cómo no lo advertí si últimamente estuvo más aquí que en su propia casa.

—Lo que no advertiste es lo encantadora que es —le respondió Georgina—. Como su tío, se supone que no debías advertir cómo se estaba rellenando en los lugares adecuados, especialmente porque Charlotte la tenía envuelta en esos vestidos de niña, con cuellos altos y que tapan todo.

Abrió más grandes sus ojos verdes ante otro pensamiento.

—¡Dios mío! ¿Crees que Jeremy lo notó y por eso se ha sentido tan complacido de tener que darle escolta?

Georgina se rió y trató de darle una palmada, pero no pudo alcanzarlo por el tamaño de su abdomen.

—Eres terrible, James. ¿Por qué insistes en atribuirle esas inclinaciones lujuriosas a ese dulce muchacho? Por el amor de Dios, sólo tiene dieciocho años.

James levantó una de sus cejas rubias, una costumbre que ella detestaba, pero que ahora le caía bien.

—¿Dulce? ¿Mi hijo? Y lo que tiene ese bribón son dieciocho años que parecen treinta.

Georgina admitía que Jeremy parecía mayor, ya que había alcanzado la altura de su tío Tony, lo cual le situaba en unos centímetros más arriba que su padre, y tenía una contextura mayor que la de James, lo cual le daba un aspecto formidable comparado con otros jóvenes de su edad. Pero ella no le iba a mencionar esto a su padre, el cual estaba muy orgulloso del muchacho.

—Bueno, no necesitas preocuparte por Jeremy y Amy. Sé que se han hecho muy buenos amigos. Tienen casi la misma edad. Dentro de pocas semanas ella también cumplirá dieciocho años. Me sorprende que Charlotte no la haya hecho esperar estas pocas semanas para su presentación oficial.

—Eso debe de haber sido cosa del muchacho de Eddie. Él es muy blando cuando se trata de sus niñas, lo cual no es lo que Amy necesita ahora.

Georgina levantó las cejas.

—¿También te vas a ocupar personalmente de esa sobrina?

—De ninguna manera —respondió con uno de sus tonos más fríos—. Ya sabes que mi especialidad son los muchachos, y estaré disfrutando mucho de nuestro nuevo hijo como para preocuparme por la hija menor de Eddie.

Georgina dudaba sobre ello, ya que había oído algunos comentarios sobre la seriedad con que se había ocupado de la educación de Reggie; y en sus épocas de pirata, cuando le prohibieron estar con ella en sus momentos libres, raptó a la muchacha y la llevó a alta mar durante varios meses, razón por la cual sus hermanos le habían repudiado durante años. Pero Reggie era la sobrina preferida, ya que era como una hija para todos ellos; así que, probablemente, James y Anthony dejarían que el padre de Amy se ocupara de ella, ya que Edward se había arreglado bastante bien con sus otros cuatro hijos.

—Y ahora que has cambiado de opinión sobre el hecho de tener una hija, ¿qué sucederá si, de cualquier manera, tenemos una?

Le dio un beso en el medio del abdomen y le sonrió, y le respondió con tono jocoso:

—Seguiré intentándolo, George. Depende de ti.

Ella pasaría mucho tiempo en la cama mientras él se esforzaba para lograrlo la segunda vez, eso sí dependería de ella.

3

En una calle más al norte de Berkeley Square, Amy Malory se preparaba para acostarse. Estaba sentada frente al espejo de su tocador, cepillándose su largo cabello negro, y observando cómo Charlotte ayudaba a Agnes a ordenar su vestido, sus calcetas alquiladas, sus zapatos desgastados, sus guantes rosas sucios.

Tenía intenciones de hablar con su padre para tener su propia criada. Claire y Diana, sus hermanas mayores, disponían de ellas, y se las llevaron con ellas cuando se fueron a vivir con sus esposos. Pero Amy siempre tuvo que compartir la criada de otro, y, en este momento, la única que quedaba era la vieja Agnes, que estaba con Charlotte desde que ella era una niña. Amy quería a alguien que no fuera tan autoritaria, que no le regañara tanto ni le diera tantas órdenes. Ya era hora y... y Amy no podía creer que estuviera pensando en menudencias después de haber tenido el día más emocionante de su vida.

En realidad, hubo otro día más emocionante, un día que nunca iba a olvidar, un día que recordó una y otra vez durante estos seis últimos meses desde que ocurrió. Fue el día en que conoció a los hermanos de Georgina Malory y tomó la auspiciosa decisión, aunque bastante desvergonzada, de casarse con uno de ellos. Desde entonces, no había cambiado de idea. No se imaginaba cómo iba a poder cumplir con su cometido, ya que el hombre que quería había regresado a América y no le había vuelto a ver.

Era irónico que lo que había convertido su día en especial, aparte del hecho de que esperaba desde hacía tiempo poder incorporarse al mundo de los adultos, y de que su presentación había sido un rotundo éxito, había sido el hecho de oír cómo discutían su tía George y su tío James sobre la carta que les informaba de que los cinco hermanos de su tía regresarían a Inglaterra para el nacimiento de su primer hijo. Esa noticia realmente había coronado el día de Amy.

¡Iba a regresar!

Esta vez tendría la oportunidad de deslumbrarle con su inteligencia y su encanto, de hacer que se fijara en ella, porque seguramente no lo había hecho cuando la conoció. Probablemente no recordaría haberla conocido, pero, ¿por qué iba a hacerlo? Ella se sintió muy abatida por lo que sentía por él, así que, seguramente, no había estado muy vivaz.

El hecho era que Amy había madurado en cuerpo y mente hacía un par de años, así que esta espera para ser tomada seriamente por el mundo de los adultos había sido una frustración para ella, y la paciencia no era una de sus virtudes. Cuando elegía algo podía ser bastante audaz y perversamente directa. No era para nada tímida o recatada, como se suponía que debía ser. Y era protectora de su familia, al mantener su desvergonzada naturaleza atrevida más o menos para sí misma con el fin de no decepcionarles con su descaro. El comportamiento descarado estaba bien para los libertinos de la familia, y los Malory mantenían a un número suficiente de ellos; pero eso no era algo apropiado para las damas. Jeremy comenzó a sospechar, pero a ella le agradaba desmedidamente ese primo en particular, y como se convirtieron en grandes amigos, ella no siempre le ocultaba su verdadera naturaleza.

Tampoco le iba a ocultar su naturaleza al hermano de la tía George, al menos no esta vez. Sería muy audaz cuando se tratara de él, si no volvía a quedarse muda por esos sentimientos perturbadores otra vez, por el factor del tiempo involucrado. Él no regresaba a Inglaterra para quedarse; sólo se trataba de una visita; así que ella no tendría muchas oportunidades de llevar a cabo sus ardides con él; tendría muy poco tiempo, y, por lo que sabía de él, necesitaba cada minuto de su tiempo.

Hacer averiguaciones sobre su futuro esposo, y Amy estaba segura de que sería su esposo, sólo requirió intimar con su tía George, que era sólo cuatro años mayor que ella. Comenzó a visitar a Georgina cuando ella y el tío James aún vivían con el tío Tony en Picadilly. Luego, cuando llegó el momento de comenzar a amueblar su nueva casa en Berkeley Square, Amy se ofreció para ayudarla con eso. Y en cada visita Amy desviaba sutilmente la conversación hacia los hermanos de Georgina, y Georgina hablaba sobre ellos sin que Amy tuviera que formularle ninguna pregunta.

No quería que descubrieran su interés personal, no quería que le dijeran que era demasiado joven para el hombre con el cual había resuelto casarse. Quizás en aquel momento lo era, pero ya no. Y Georgina, que echaba de menos a sus hermanos se sintió encantada de hablar sobre ellos, y le contó incidentes de la infancia y las travesuras que hacían, así como también las aventuras y desventuras en las que habían participado cuando se convirtieron en hombres.

Amy se enteró de que Boyd era el más joven de los hermanos, que tenía veintisiete años y que era tan serio como un anciano. Drew, que tenía veintiocho años, era un pícaro y el seductor de la familia. Thomas tenía treinta y dos años y la paciencia de un santo. Nada le desordenaba las plumas, ni siquiera el tío James, que había hecho con él su mejor intento. Warren, que acababa de cumplir los treinta y seis años, era el arrogante y cínico de la familia. Georgina decía de él que era un jactancioso y era un grosero cuando se trataba de mujeres. Y Clinton, el jefe de la familia con los cuarenta y un años, era severo y juicioso, y se parecía mucho a Jason Malory, quien era el cabeza de la familia Malory y el tercer marqués de Haverston. En realidad, estos dos se habían llevado muy bien cuando se conocieron, obviamente porque tenían mucho en común al tener tantos hermanos menores que cuidar y mantener a raya.

Amy se sintió deprimida durante un tiempo al enterarse de que, de los cinco hermanos Anderson, y todos eran muy buenos mozos, el que había elegido era el menos adecuado para ella. Él le provocó sentimientos que le aseguraron que era para ella. Ninguno de los otros hermanos le hizo sentirse de esa manera ni ningún otro hombre, ni siquiera esta noche cuando tuvo a todos los jóvenes elegibles de la alta sociedad clamando por su atención. Y al escuchar a sus tías George y Roslynn recordar lo que sintieron al conocer a sus esposos, Amy supo lo que significaban esos sentimientos.

Esto no tenía remedio. Y ella era lo suficientemente optimista y confiada, en especial después de su aplastante éxito de esta noche, como para sentir que no tendría problemas... bueno, quizás algunos, pero todos se superarían en la medida en que tuviera acceso al hombre, y ahora lo tendría.

—Ya está —le dijo su madre, mientras se acercaba a Amy para cepillarle el cabello—. Debes estar agotada, y con razón. Creo que bailaste todas las piezas.

Amanecería en una hora, pero Amy no estaba cansada. Aún estaba demasiado excitada como para dormir. Pero si lo confesaba, Charlotte se quedaría conversando durante horas, así que asintió con la cabeza, deseando tener un momento a solas antes de que la venciera el cansancio.

—Sabía que sería un éxito —comentó Agnes desde el guardarropa, moviendo la cabeza gris hacia arriba y hacia abajo—. Sabía que avergonzaría a sus hermanas mayores, Lotte. Es bueno que las tuvieras casadas antes de que esta se presentara en sociedad. ¿No te lo dije?

Agnes no sólo mandaba a Amy. Charlotte también recibía su parte, pero nunca se quejó ni pensó en poner a la sirvienta en su lugar. Sus pecas estaban descoloridas, estaba regordeta como un querubín, y sus dedos ya no eran ágiles, pero Agnes estaba desde hacía tanto tiempo que ya era como de la familia.

Amy suspiró. Estaba bien pensar en remplazar a Agnes por una criada propia, pero ella sabía que nunca lo haría, ya que lastimaría los sentimientos de la anciana.

Charlotte frunció un poco el entrecejo ante las observaciones de Agnes cuando miró a Amy en el espejo. A los cuarenta y un años aún era una mujer bien parecida, con el cabello castaño sin canas, ojos castaños que habían heredado todos sus hijos excepto Amy, quien, al igual que Anthony, Reggie y Jeremy, tenía el cabello y los ojos negros de su bisabuela por parte de los Malory, de quien se rumoreaba que había sido una gitana. Una vez el tío Jason le contó en la intimidad que no era un rumor sino que era verdad. Ella no estaba segura de si estaba bromeando o no.

—Supongo que tus hermanas podrían haberse sentido un poco envidiosas esta noche —comentó Charlotte—, especialmente Clare.

—Clare se siente demasiado feliz con su Walter como para recordar que tardó dos años en encontrarle —y su paciencia había dado sus frutos, ya que Walter debía heredar un gran título—. ¿Por qué iba a sentirse envidiosa si ella va a ser duquesa, madre?

—Un buen argumento —Charlotte hizo una mueca.

—Y aunque no fui testigo directo —Amy aún estaba resentida porque le habían hecho esperar casi hasta los dieciocho años, y Diana hizo su presentación en sociedad a los diecisiete y medio—, oí que Diana tuvo tantos jóvenes adulándola como yo. Después podía enamorarse del primero que llamara a la puerta.

—Perfectamente cierto —Charlotte suspiró—. Lo cual me recuerda que mañana es muy probable que seamos bombardeados, mejor dicho hoy, por todos esos jóvenes esperanzados a los que deslumbraste en la fiesta. Realmente debes dormir un poco, o no llegarás a la hora del té.

Amy se sonrió.

—¡Oh!, llegaré, madre. Voy a disfrutar de cada minuto del ritual del cortejo, hasta que el hombre que quiero me arrebate.

—Qué forma tan vulgar de decirlo —Charlotte se sonrió. Comienzas a parecerte al muchacho de James.

—Por las campanas del infierno, ¿te parece?

Su madre se rió.

—Ya basta. Y no dejes que tu padre te oiga imitar a Jeremy, o discutirá con su hermano, y a James Malory no le agrada el ridículo, las sugerencias, o un consejo bien intencionado. Juro que hasta el día de hoy no puedo creer que esos dos sean hermanos; son tan diferentes.

—Nuestro padre no se parece a ninguno de sus hermanos, pero a mí me agrada como es.

—Por supuesto que sí —replicó Charlotte—, con lo indulgente que es contigo.

—No siempre es indulgente, o no hubiera tenido que esperar...

No pudo pronunciar el resto de las palabras, ya que Charlotte se inclinó y la abrazó con fuerza.

—Eso fue obra mía, querida, y no me culpes por querer tener un poco más a mi bebé. Todos crecieron tan rápido. Tú eres la última, pero después del éxito de esta noche, sé que algún joven te «arrebatará» en cualquier momento. Por supuesto que quiero que así sea, pero no tan pronto como seguramente sucederá. Creo que te extrañaré mucho cuando te cases y te vayas de casa. Ahora duerme un poco.

El abrupto final de la confesión de su madre sorprendió a Amy, hasta que advirtió que Charlotte estaba a punto de llorar y por eso salió rápidamente de la habitación, llevándose a Agnes. Amy suspiró, y sintió esperanza y temor de que las palabras de su madre fueran proféticas. Charlotte la iba a extrañar mucho si Amy cumplía con su objetivo, ya que se iría a América, colocando un océano entre ella y su familia, para estar con el hombre de su elección. Hasta ese momento no había advertido que sería de ese modo.

Sentimientos intensos. ¿Por qué no se dirigieron a un hombre inglés?

4

—¿Por qué Judith? —le preguntó James a su hermano, refiriéndose al nombre que le habían puesto a su nueva sobrina—. ¿Por qué no algo melódico como Jacqueline?

Estaban en el cuarto reservado a los niños, donde se
podía encontrar a Anthony con frecuencia cuando estaba en casa. Hoy tenía a su hija toda para él, ya que su
esposa Roslynn había ido a visitar a su amiga lady Fran-
ces. Nettie, esa vieja escocesa regañona, que se había
convertido arbitrariamente en encargada de Judith, había salido de la habitación sólo bajo la amenaza de terribles consecuencias. A veces, Anthony tenía que ser
un poco duro en su casa, o las mujeres le pasarían por encima. De cualquier manera, James creía que Roslynn
lo hacía.

—Ya basta —fue la respuesta de Anthony a la pregunta de James—. ¿Así que puedes ser perverso y lla-
marla Jack? ¿Por qué no le pones Jacqueline a la tuya
cuando nazca y así yo la llamaré Jack?

—En ese caso le pondría simplemente Jack, así no
habría forma de cambiárselo.

Anthony resopló.

—Creo que a George no le agradaría.

James suspiró, y olvidó la idea antes de que se arrai-
gara.

—Supongo que no.

—Ni a sus hermanos —agregó Anthony con terquedad.

—En ese caso...

—Lo harías, ¿verdad?

—Cualquier cosa con tal de disgustar a esos patanes —respondió James con absoluta sinceridad.

Anthony se rió, lo cual asustó a Judith, que se encontraba en sus brazos. No lloró, sólo movió las manos. Su padre le tomó una para llevarse los diminutos dedos a los labios antes de volver a mirar a James.

Estos dos hermanos eran tan diferentes como el día y la noche. Anthony era un poco mas alto y mucho más delgado, con cabello negro y ojos celestes, mientras que James, como sus otros dos hermanos, era corpulento, rubio y con los ojos verdosos. Judith había heredado cosas de su padre y de su madre. Tendría el cabello dorado y rojizo de su madre, pero sus ojos ya eran celestes como los de su padre.

—¿Cuánto tiempo crees que se quedarán esta vez los yanquis? —le preguntó Anthony.

—Demasiado —fue la respuesta irritada de James.

—Seguramente no más de un par de días.

—Así lo espero.

Anthony podía fastidiar a James con la inminente visita de sus cuñados, y tendría que sucederle algo malo si no lo hiciera, ya que nada les gustaba más a los dos hermanos que azuzarse sin misericordia, aunque, ante un enemigo común, permanecería junto a su hermano. Pero los yanquis aún no habían llegado...

Anthony aún estaba haciendo una mueca cuando especuló como al pasar:

—Supongo que querrán quedarse contigo, ahora que tienes tu casa.

—Muérdete la lengua. Ya es bastante malo que tenga que abrirles la puerta. Rompería algunos cráneos si tuviera que verlos todos los días. No podría contenerme.

—¡Oh! vamos, no son tan malos. Había un par de ellos con los que me llevé espléndidamente, y tú también. Y a Jason le agradó Clinton. Jeremy y Derek lo pasaron bien con los dos menores.

James levantó las cejas indicando alguna mutilación si Anthony no cambiaba de tema.

—¿Alguien se ha llevado bien con Warren?

—No puedo decir que haya sido así.

—Y nunca lo será.

Con eso debería haber terminado el tema, pero Anthony no era demasiado propenso a recibir las advertencias sutiles.

—Hicieron exactamente lo que querías, viejo, te hicieron casar con su hermanita, insistieron para que lo hicieras. Así que ¿cuándo les vas a perdonar por aquella zurra que te dieron?

—La zurra era de esperar. Pero Warren se pasó de la raya cuando involucró a mi tripulación, y los hubiera colgado a todos si no se hubiera salido con la suya.

—Una reacción esperada cuando uno se enfrenta a piratas cobardes —le respondió Anthony sin pensarlo.

James dio un paso hacia su punzante hermano, pero después recordó a la niña que estaba en los brazos de Anthony. La mueca de Anthony fue más amplia ante la mirada de mortificación de James, y su comprensión de que cualquier cosa que tuviera en mente tendría que esperar. Y Anthony aún no había terminado.

—Por lo que oí, tienes que agradacerles a los dos hermanos menores y a George que Warren no se saliera con la suya.

—Eso no viene al caso... y hace mucho que no realizamos una visita a Knighton's Hall —agregó James—. A ambos nos vendrá bien el ejercicio.

Anthony se volvió a reír con intensidad.

—¿Cuando tienes una cuestión que arreglar? No lo creo. Continuaré con los entrenadores que me brinda Knighton, gracias.

—Pero no son para nada emocionantes, querido muchacho.

—Es lo mismo, a mi esposa le agrada mi rostro así como es. Creo que no le gustaría que alteraras la ubicación de mi nariz con esos puños como martillos que tienes. Y además, no quisiera que te liberaras de toda esa hostilidad antes de que lleguen los yanquis. Estoy ansioso por ver los fuegos artificiales.

—No serás bienvenido —le contestó James con rudeza.

—George me dejará entrar —replicó Anthony confiado—. A ella le agrado.

—Ella te tolera porque eres mi hermano.

Anthony levantó las cejas.

—¿Y no devolverás el favor cuando se trata de sus hermanos?

—Ya lo hice. Aún están vivos, ¿no es verdad?

Ese día, cuando James regresó tarde a casa, se sorprendió al ver que Amy le abría la puerta. No la veía desde el día de su primera fiesta, la semana anterior, gracias a Dios la única a la que tenía que acudir, pero Georgina mencionó que Amy le había visitado hacía unos días. Como él no llamó a la puerta, era obvio que ella le estaba esperando, una circunstancia lo suficientemente extraña como para despertar sospechas en su mente.

Pero como él era un hombre que reaccionaba con exageración o que sacaba conclusiones apresuradas, simplemente preguntó:

—¿Dónde está Henri? ¿Artie tiene el día libre? No me di cuenta cuando me fui.

Henri y Artie habían sido miembros de su tripulación en sus días de pirata. Pero esos dos habían estado tanto tiempo con él que eran como de la familia, y cuando James decidió vender el *Maiden Anne*, eligieron servir en su casa en lugar de hacerse a la mar en un barco desconocido. Uno no podía imaginar a dos mayordomos más inverosímiles; y, sin embargo, compartían el trabajo y alejaban a cualquier visita inesperada con sus modales toscos.

—Hoy le toca a Artie —respondió Amy mientras cerraba la puerta— pero fue a buscar al médico —vio que erguía la espalda antes de comenzar a correr hacia la escalera, así que le aclaró rápidamente—: ella está en la sala.

James se detuvo bruscamente.

—¿En la sala?

—Tomando el té —agregó Amy.

—¡Tomando el té! —exclamó y dio media vuelta para dirigirse en esa dirección, y se detuvo ante la puerta cuando vio a su esposa dentro—. ¡George! ¿Qué demonios crees que estás haciendo? Debes estar en cama.

—No quiero ir a la cama, y estoy tomando el té. —Amy escuchó que Georgina le respondía con una calma loable.

Sin embargo, esa respuesta volvió a enojar a James.

—¿Entonces no vas a tener al bebé?

—Sí, pero también estoy tomando el té. ¿Quieres tomarlo conmigo?

James permaneció en silencio durante un momento, digiriendo lo que le había dicho.

—George, no estás haciendo esto debidamente —y luego entró en la sala—. Te vas a la cama.

—James, bájame —oyó Amy—. Ya voy a estar suficientemente en esa cama y gritando bastante. Ya vas a tener lo apropiado, pero no hasta que esté lista. Ahora bájame...

Se produjo un abrupto silencio. Amy, que nunca había oído a su tío James reaccionar de esa manera, se acercó a la puerta. Vio a Georgina que tenía otra contracción y su esposo deshecho. Él estaba sentado y aún sostenía con fuerza a Georgina, que estaba pálida como el sofá color marfil.

—¿Cuándo comenzaron tus dolores? —le preguntó cuando volvió a respirar normalmente.

—Esta mañana...

—¿Esta mañana?

—Si me vas a preguntar por qué no te lo mencioné antes de que te fueras, escúchame y tendrás la respuesta. Ahora bájame, James, así podré terminar mi té. Amy lo acaba de servir.

—¡Amy! —le gritó en otra dirección—. ¿Qué demonios crees que estás haciendo, sirviéndole té a mi esposa...?

—No te atrevas a descargar tu ansiedad con Amy. —Georgina le golpeó el hombro—. Yo quería limpiar la casa, pero ella me convenció de que en lugar de eso tomara el té. Si no lo vas a compartir con nosotras, bebe algo, pero deja de gritarnos.

James la soltó lo suficiente como para pasarse una mano por el cabello. Georgina aprovechó para levantarse y tomar su té, como si fuera cualquier otro día y no el día en que iba a dar a luz a su bebé.

Después de un momento, James dijo:

—Lo lamento. Con Jeremy no tuve que pasar por esto. Creo que prefiero que me los presenten medio crecidos y luego decirles que los engendré. Lo prefiero de esa manera.

A Amy le dio lástima y le explicó:

—A mí me gustaría estar con ella, pero sé que después alguien se quejaría, por mi inocencia, así que envié a buscar a mi madre y a la tía Roslynn, y también a Reggie. Ellas se asegurarán de que se haga todo lo que se supone que se debe hacer.

Georgina se calmó lo suficiente como para agregar:

—Esta es la parte fácil, James. En realidad, te sugeriría que bebas algo antes de que comience la parte difícil... o que te vayas. Si prefieres esperar en el club lo comprendería perfectamente.

—Estoy seguro de que lo harías. Estoy seguro de que yo también, pero me quedaré aquí por si me necesitas.

Amy sabía que diría eso. Georgina también, porque sonrió y se inclinó para besarle. Y luego volvieron a llamar a la puerta.

—Esas deben de ser las tropas que comienzan a llegar —dijo Amy.

—¡Ajá! —exclamó James con alivio—. Charlotte te hará acostar, George, ya lo verás.

—Charlotte tuvo dos hijos y tres hijas, James; ella comprenderá perfectamente mis sentimientos, y si no dejas de insistir con esa cama, tendré este bebé justo aquí en la sala, ya lo verás.

Amy salió de la habitación con una mueca en los labios. De acuerdo con Georgina, el tío James había soportado muy bien todo el embarazo; ¿quién habría pensado que se desplomaría al final? También debería haber enviado a buscar a Anthony, aunque, de cualquier manera, era probable que viniera con Roslynn. Pero James se había burlado de él el día en que nació Judith, cuando

Anthony se sintió un poco descompuesto hasta que todo terminó. Debería estar allí para ver cómo se comportaba su hermano en las mismas circunstancias.

Pero cuando ella abrió la puerta, no había nadie de su familia. Eran los cinco hermanos de Georgina, y Amy se volvió a quedar muda.

5

—Hola —el que había llamado a la puerta era Drew Anderson, y por lo tanto era el que estaba directamente frente a Amy, con una sonrisa deslumbrante—. ¿Amy, verdad? No, espera, lady Amy, ya que tu padre es un conde o algo por el estilo. Derek dijo que el Rey le otorgó el título hace unos años por algún servicio que le hizo. ¿Recuerdo correctamente?

Amy estaba sorprendida de que la recordara y sólo pudo balbucear:

—Consejo financiero. Mi padre tiene un toque mágico cuando se trata de dinero. —Amy sospechaba que había heredado la habilidad de su padre, por lo cual nunca apostaba con la familia o los amigos, pues rara vez perdía.

—Todos deberíamos tener tanta suerte —continuó Drew, y sus ojos negros la miraron de arriba a abajo y agregó complacido—: Pero mira, esta vez has crecido y estás hermosa como un cuadro.

Sus adulaciones no la perturbaron como hubiera sucedido con cualquier otra joven de su edad. Después de todo, este era el hermano que tenía una novia en cada puerto, y de acuerdo con su hermana no debía ser tomado en serio. Pero en ese momento él estaba convirtiendo a Amy en el centro de atención, incluyendo su atención, y esa no era la forma en que ella había imaginado su próximo encuentro.

Miró brevemente al esposo que había elegido, pero detectó sólo impaciencia, lo cual quedó de manifiesto cuando dijo:

—Por el amor de Dios, Drew, te recuerdo que no estás solo y que guardes tus galanterías para cuando lo estés.

—Buena idea, Drew —dijo Boyd, y agregó fríamente—: Me gustaría ver a George... ya que estamos aquí.

Drew, fiel a su naturaleza, no estaba para nada arrepentido. Sin embargo, Amy se sentía definitivamente perturbada al recordar la razón de esta visita, y al ver que estaba allí bloqueándoles la entrada. Y la irritación de él con su hermano se prolongaba hacia ella, y la mirada con el entrecejo fruncido era una indicación. Eso era tan injusto, que decidió no mencionar lo inoportuno de su llegada y que no tendrían mucho tiempo para estar con su hermana antes de que ella tuviera que excusarse para ir a tener a su bebé.

Con toda la dignidad que pudo manifestar bajo esas circunstancias, Amy se hizo a un lado y les dijo:

—Pasen, caballeros. Serán muy bienvenidos —por lo menos por un miembro de la casa.

Ellos entraron, una verdadera montaña de hombres desfilando delante de ella. Dos de ellos medían un metro ochenta, pero los otros tres les superaban en diez centímetros. Dos de ellos tenían el cabello castaño oscuro como el de Georgina, mientras que los otros hermanos lo tenían más dorado. Dos tenían ojos castaños oscuros; dos los tenían verdes muy claros. Sólo Drew tenía los ojos tan oscuros que eran negros. Y todos eran tan atractivos que a una joven le costaba mantener durante mucho tiempo su compostura.

Una vez que estuvieron en el vestíbulo, Drew gritó con su mejor rugido de capitán:

—¿Georgie, dónde estás?

—Qué maldita suerte —gruñó James desde la sala, que se encontraba a la izquierda, mientras que Georgina les decía alegremente:

—Aquí, Drew... y compórtate, James.

Los Anderson se dirigieron hacia la sala, siguiendo el sonido de la voz de su hermana. Amy, completamente olvidada por el momento y feliz de que así fuera, les siguió y se sentó en una silla desde donde podía observar sin que lo notaran mientras comenzaba la reunión entre risas, abrazos y besos, por lo menos entre los Anderson. James también se retiró, colocándose cerca de la chimenea, con los brazos cruzados sobre el pecho y con una expresión cada vez más sombría. Pero, sorprendentemente, mantuvo la paz, decidido a mantener la evidente alegría de su esposa. Ninguno de los hermanos le saludó. Varios parecían tener la intención de querer hacerlo, pero se contuvieron por su manifiesto disgusto.

Amy observaba de cerca a Georgina. Las contracciones iban y venían, pero ella no daba señales externas manifiestas, salvo algún pequeño endurecimiento y una breve pausa si estaba hablando. Gracias a Dios James no lo advirtió, porque hubiera provocado un escándalo. Los hermanos tampoco lo advirtieron, y era evidente que Georgina no deseaba que lo hicieran, por lo menos no por el momento. Les echaba mucho de menos, demasiado como para despedirles cuando apenas acababan de llegar.

Amy también observaba a los hermanos, algo que no podía evitar, mientras se disputaban la atención de Georgina. Amy sabía que no era frecuente que estuvieran los cinco juntos en presencia de Georgina, ya que todos eran hombres de mar, todos capitanes de sus propios barcos, excepto Boyd, que aún no estaba listo para esa responsabilidad. Le hicieron bromas sobre su tamaño y su acento inglés, y ella también bromeó con Warren y Boyd por no haberse cortado el cabello desde la última vez que los vio. Y se demostraron de muchas formas lo mucho que se querían. Hasta el taciturno de Warren tenía una tierna mirada en el rostro cada vez que observaba a su hermana.

James interrumpió dos veces, llamando a Georgina por su nombre o su versión de él, y haciéndole una advertencia con esa sola palabra. Pero en cada oportunidad ella le respondió: «Todavía no, James», y continuó con lo que estaba diciendo. Sólo Thomas, el tercero de los hermanos, comenzó a preocuparse por el comportamiento de James. Los otros hacían todo lo posible por ignorarle.

Y luego volvieron a llamar a la puerta, esta vez con seguridad para poner fin a la reunión. Por lo menos James pensó eso, ya que, repentinamente, parecía aliviado.

Georgina no lo estaba, y miró a Amy para decirle:

—Aún no estoy lista, Amy. ¿Podrías ocuparte?

Esas enigmáticas palabras hicieron fruncir el entrecejo a algunos de los hermanos, y el intuitivo de Thomas le preguntó a su hermana:

—¿Lista para qué?

Georgina eludió la pregunta y continuó con otro tema. Pero Amy había comprendido perfectamente y le sonrió a Georgina para tranquilizarla y expresarle que haría lo que pudiera. Tres de los hermanos la observaron mientras se retiraba, pero no el que a ella le hubiera agradado que lo hiciera.

La recién llegada era Roslynn, y como Anthony estuvo con ella cuando lo requirió, ahora también estaba con ella. Considerando quién era, Amy sabía que no valía la pena mencionar los deseos de Georgina.

Aun así tenía que intentarlo y le susurró:

—Los hermanos de la tía George acaban de llegar, pero ella no quiere que sepan que comenzaron sus dolores. Así que si pueden evitar mencionarlo hasta que...

Roslynn asintió con la cabeza, pero Anthony sólo hizo una mueca, y cualquiera que conociera a Anthony Malory sabía que no podría mantener su boca cerrada, no si lo que tenía que decir iba a provocar un alboroto con el que pudiera divertirse. Amy suspiró y les condujo a la sala, ya que no estaba dispuesta a impedirle a su tío la entrada a la casa. Lo intentó, y la mirada que le lanzó a Georgina cuando volvió a entrar en la habitación así lo indicaba.

Pero Georgina ya conocía a Anthony al igual que el resto de la familia, así que no se sorprendió con las primeras palabras que salieron de su boca.

—George, ¿así que piensas establecer una nueva moda? Dar a luz con toda la familia reunida y en la sala.

Georgina miró de manera fulminante a su cuñado y le contestó:

—Eso no es lo que intento hacer, asno.

Ella podría haber explicado la observación como una broma de un hombre demente y estaba por intentarlo. Pero su hermano Thomas era adepto a leer entre líneas y comprendió inmediatamente.

—¿Por qué no dijiste nada, Georgie? —le preguntó con un reproche gentil.

—¿Qué demonios está sucediendo aquí? —preguntó Warren.

—Nada —insistió Georgina.

Pero Thomas, a su manera, era tan malo como Anthony, y dijo con calma:

—Ella va a tener a su bebé.

—Bueno, por supuesto que sí...

—Ahora, Warren —le aclaró Thomas, y le preguntó a su hermana—: ¿Por qué no estás en la cama?

—¡Dios mío! —James suspiró con fuerza al escuchar esas palabras—. La primera cosa sensata que escucho de un Anderson.

Y luego todos sus hermanos comenzaron a reprenderla al mismo tiempo, y Anthony, que había logrado lo que esperaba, se apartó y comenzó a reírse.

Finalmente Georgina explotó.

—¿Podrían dejarme tener a este bebé cuando sea el momento? ¡Y tú, bájame, Warren!

Pero Warren, que la había levantado del sofá y se dirigía hacia la puerta, no era su esposo para tener en cuenta sus deseos. Siguió caminando sin responderle, y Georgina sabía que era inútil decirle nada más.

James les siguió inmediatamente, y Amy, que sabía lo que él sentía por ese Anderson en especial, imaginó que se iba a producir una guerra de tira y afloja en la escalera. Saltó de su silla para interceptarle, diciéndole rápidamente:

—¿Importa cómo llegue allí mientras llegue?

James apenas la miró, pero le explicó:

—No le iba a detener, querida niña, pero él es el único de sus hermanos en quien no se puede confiar para que ella esté cómoda una vez que llegue allí. Su respuesta a la terquedad de George es para aflojarse el cinturón.

Amy deseaba que no hubiera dicho eso, y esperaba que fuera su desagrado por Warren lo que había puesto esas palabras en su boca, más que la verdad. ¿Pensó el hombre que una zurra era la respuesta para reprimir la terquedad? ¿Una zurra? Estúpidos sentimientos para adjudicarlos a ese hermano. ¿Por qué Drew no advirtió rápidamente que ella había crecido tanto y estaba hermosa? Ella podía soportar que tuviese una novia en cada puerto. Pero esto... además de saber que Warren Anderson trataba a sus mujeres con una fría indiferencia...

Arriba, James se detuvo ante la entrada del dormitorio principal, que Warren había encontrado infaliblemente sin la ayuda de Georgina, y observó que el hermano le acomodaba las almohadas en la espalda de su hermana, y la arropaba gentilmente con las mantas. James deseaba realmente que Warren no la quisiera tanto ni ella a él. Esto le ataba las manos para ocuparse del tipo como a él le gustaría.

Luego escuchó cómo Warren le decía con tono áspero y tierno:

—No te enojes, Georgie. En un momento como este no tienes que preocuparte.

Sin embargo, Georgina aún estaba lo suficientemente enojada como para responderle:

—Lo que no se les ocurrió pensar a ustedes, zopencos, es que esto es algo que tarda horas y horas, y yo hubiera preferido no tener que permanecer en una habitación caliente; pues si no lo han advertido estamos en verano, sin otra cosa que hacer que la de sentir el dolor.

Warren palideció cuando le recordó con tanta severidad lo que ella iba a tener que sufrir muy pronto.

—Si algo te sucede, lo mataré.

Georgina tomó con tanta seriedad eso, como tomaba las amenazas de su esposo contra él, pero le dijo:

—Justo lo que necesitaba escuchar. Dentro de poco verás cuánto aprecio tu ayuda, así que te sugeriría que esperaras esto a bordo del *Neurus*. Te mandaré avisar cuando todo termine.

—Me quedo —fue su obstinada respuesta.

—Desearía que no lo hicieras —insistió ella—. Realmente no confío en ti y, además, con James en la misma casa cuando yo no puedo separaros.

—Me quedo.

—¡Entonces quédate! —replicó Georgina, perdiendo la paciencia—. Pero prométeme que no habrá peleas, y lo digo en serio, Warren. Quiero que me lo prometas. En un momento como este no me puedo preocupar por ustedes dos.

—Muy bien —asintió de mala gana.

—Y eso significa que no reaccionarás como acostumbras ante cualquier cosa que James diga por su ansiedad. Hoy él no será dueño de sí mismo.

—Lo prometo, maldita sea —gruñó Warren.

Sólo entonces logró que ella le sonriera.

—Y no te preocupes. Estaré bien.

Él asintió con la cabeza y se dirigió hacia la puerta, pero se detuvo cuando advirtió que James estaba allí. Por su parte, James había estado cavilando sobre la sorprendente licencia que le otorgaba esa promesa, pero advirtió que, desafortunadamente, no podría sacar ventaja de ella. Qué mala suerte, por una vez que podría obtener un poco de placentera venganza sobre el tipo, probablemente, ni siquiera notaría que Warren estaba por allí.

Y aunque aún tenía sus diferencias con él, no podía darle ni un puñetazo, no con Georgina allí acostada y oyendo. Así que le dijo, sorprendiéndose a sí mismo al hacerlo:

—Nunca pensé que tendría una razón para agradecerte algo, Anderson, pero gracias. Ella no me habría escuchado.

Warren también estaba sorprendido de que eso fuera todo lo que James tuviera que decirle, así que le respondió sin molestarse demasiado:

—Tendrías que haber insistido.

—Sí, bueno, eso es en lo que diferimos, viejo. Yo no voy a discutir con una embarazada, no cuando esa mujer embarazada es mi mujer. Me podría haber pedido que demoliera esta casa con mis manos y yo la hubiera complacido alegremente.

Warren le respondió con desaprobación:

—La indulgencia no siempre es beneficiosa.

Al oír eso, James se rió.

—Hablas por experiencia, yanqui. A mí me parece muy beneficiosa.

Warren se sonrojó al ver que James deliberadamente desvirtuaba sus palabras.

—Cuando es por su maldito bien...

—¡Oh!, ya basta, Anderson —James le interrumpió impaciente—. Ya sé eso. Y ella no hubiera permanecido abajo durante mucho tiempo, a pesar de sus deseos, te lo aseguro. Por más que no te guste reconocerlo, cuido muy bien de mi esposa. Ahora vete, quiero estar un momento tranquilo con ella antes de que sea tarde.

Fiel a su promesa, Warren no dijo nada más y salió de la habitación. James miró atentamente a su esposa, la cual no estaba muy contenta con él.

Él levantó las cejas y le preguntó con inocencia:

—¿Qué sucede?

—Podrías haber sido un poco más cortés con él —le señaló Georgina.

—Fui lo más cortés que pude, George. Ahora, ¿que puedo hacer por ti antes de que llegue Charlotte y me eche?

—Puedes venir a sufrir conmigo debajo de estas mantas —le respondió con displicencia y mal humor, pero agregó—: Y abrázame, James. Estoy empezando a asustarme un poco.

Él hizo lo que le pidió de inmediato, ocultando su propio temor y la tranquilizó diciéndole:

—Ya sabes que en esto de tener un bebé no hay nada que temer.

—Para ti es fácil decirlo —replicó Georgina.

—Tú vienes de una buena cepa —le recordó—. Tu madre tuvo seis sin mucho alarde y cuando nacieron debieron de haber sido pequeños monstruos para llegar al tamaño que tienen ahora, excluyendo la presente.

—No me hagas reír, James.

—Esa es la idea.

—Lo sé, pero ahora duele.

—Georgie...

—Shhh, estoy bien. Aún no es tan terrible, y tienes razón, vengo de una buena cepa —suspiró dramáticamente—. Esto es lo que las mujeres debemos sufrir por nuestro placer, pero alguna vez me gustaría ver algún hombre sufrir lo mismo por el suyo.

—Muérdete la lengua, George. ¿Quieres ver el fin de la raza humana?

Ella se rió, ya que podía, pues estaba otra vez entre contracciones.

—¡Oh! no lo sé. Confío en que tú podrías manejarlo. No puedo decir lo mismo de los otros hombres de tu familia. Y puedes olvidar a los hombres de la mía, aunque Drew despertó riéndose después de que le hubieran derribado. Debe de haber soportado muy bien el dolor. Por supuesto que son dos de tantos, así que estoy de acuerdo contigo. La raza moriría definitivamente si ustedes tuvieran que encargarse de ella.

—No debes ser tan presumida, George —se quejó James.

—Sólo hago un bosquejo del estado de las cosas y cómo las mujeres no tenemos elección cuando llega el momento. Después de todo, a nosotras no nos verás como responsables del fin...

—Ganaste, querida —le respondió, y luego le dijo tiernamente—: ¿Te sientes mejor?

—Sí.

6

Warren Anderson andaba caminando por la sala y observando el reloj que se encontraba sobre la chimenea. Eran las cuatro menos cuarto de la mañana. Si Georgina no terminaba pronto con esto, él iba a... no sabía qué. Probablemente le golpearía la cara a James Malory. La idea no estaba mal... no, no podía. Esa maldita promesa. Aunque en ese momento James no hubiera notado que tenía la cara aplastada. El hombre tenía un aspecto peor que lo que Warren sentía, y este se sentía muy mal.

¡Dios!, estaba contento de no haberse encontrado en casa cuando la esposa de Clinton tuvo a sus dos bebés. En ambas ocasiones se encontraba en una de sus incursiones a China, las cuales tardaban de dos a cuatro años, teniendo en cuenta la forma de actuar del jefe militar. Pero la línea Skylark ya no navegaría más a China, no después de que el poderoso señor Zhang Yat-sen faltara a su palabra en una apuesta y manifestara que no quería volver a ver a un Anderson por allí. Aquella noche, en Cantón, Zhang trató de poner fin a sus días, enviando a sus polizontes a buscar a Warren y a Clinton, que en aquella ocasión estaban juntos, para que le trajeran sus cabezas y su precioso jarrón antiguo, que Warren le había ganado en el juego fatal de la suerte. Si aquella noche Warren no hubiera estado tan borracho no habría apostado su barco contra aquel jarrón barato, pero lo había hecho y como lo hizo lo iba a conservar.

Clinton pensaba lo mismo, y codiciaba el jarrón más que Warren. Pero su posesión había terminado con sus viajes a China. Uno no disgustaba simplemente a un hombre como Zhang, que era como un dios por el poder que tenía en el pequeño reino, y vivía para contarlo. Zhang prometió aquella noche que pondría sus cabezas sobre una bandeja si conseguía ponerles las manos encima; pero, gracias al oportuno rescate de su tripulación, los hombres de Zhang fallaron en su ataque en el muelle.

Sin embargo, Warren no iba a echar de menos sus viajes a China, ya que estaba aburrido de esas largas rutas y de estar lejos de casa tan a menudo. Si hubiera estado más en casa, quizá Georgina no se hubiera alejado para buscar a su novio en Inglaterra y no habría terminado encontrando a James Malory en su lugar.

Pensar en el mortal enemigo que había dejado en la otra mitad del mundo no impedía que Warren se olvidara de pensar durante mucho tiempo en su hermana.

Las cuatro de la mañana.

¿Cuánto más duraría? Alguien, posiblemente Amy, había dicho que sus dolores empezaron a las diez de la mañana anterior, que ella no se molestó en decírselo a su esposo porque no quería preocuparle; así que él se fue de la casa y no se enteró hasta que regresó, por la tarde, justo antes de que llegaran los otros. Dieciocho horas. ¿Cómo podía tardar tanto? Algo debía andar mal, a pesar de las manifestaciones periódicas del médico de que todo se estaba desarrollando normalmente.

Warren continuaba caminando. James Malory continuaba caminando. Cada tanto se encontraba de frente con él, ya que James estaba caminando en la dirección opuesta. Se esquivaban y continuaban, sin intercambiar palabra, apenas mirándose.

Drew se paseaba, caminando por la sala, ya que él y Warren se habían enojado, como lo hacían con frecuencia. Clinton estaba sentado, pero movía constantemente los dedos de las dos manos, sobre sus rodillas, sobre sus brazos, sobre los brazos de la silla. Él tampoco había estado en casa para el nacimiento de sus hijos, así que esto también era nuevo para él, pero se estaba conteniendo mucho mejor que el resto de los hermanos, con excepción de Thomas.

Boyd estaba recostado sobre el sofá, muerto para el mundo. Había consumido una botella de brandy él solo, y era más fuerte de lo que estaba acostumbrado. Warren lo había probado, y le hubiera gustado emborracharse, pero había dejado su copa y se había olvidado de ella.

Thomas estaba arriba, caminando por el corredor exterior de la habitación de Georgina; así que sería el primero en enterarse cuando todo hubiera terminado. Warren lo intentó, pero, con el primer quejido que oyó proveniente de la habitación de Georgina, empezó a transpirar y a temblar; así que Thomas se lo llevó abajo.

Eso había sucedido hacía cinco horas. Su hermana estaba atravesando literalmente el infierno, y la culpa la tenía James Malory. Warren se adelantó hacia su cuñado, pero vio que Anthony Malory le estaba observando, y advirtió que sus aristocráticas cejas negras se levantaban con curiosidad. Su promesa. Tenía que recordar esa maldita promesa.

Durante toda la noche, Anthony se había movido hacia atrás y adelante desde una silla hasta una cómoda postura contra la pared, junto a la chimenea, y simplemente había observado, o así lo parecía. Sostenía una copa de brandy que sólo olía ocasionalmente, y cada cierto tiempo trataba de colocarle la copa en la mano a James. No funcionó. James le había dicho categóricamente con anterioridad que no quería un «maldito» trago, y no cambió de opinión.

Anthony trató de favorecer la conversación con su hermano, acicateándole, con la clase de mofas que Warren no hubiera soportado sin que corriera la sangre. James las ignoraba, aunque, de vez en cuando murmuraba cosas como: «Maldito infierno» y «No volveré a tocarla» y una vez «Dios, por favor» y una vez directamente a Anthony: «Sácame de aquí y dispárame.»

Warren así lo hubiera querido. Aún lo quería. Pero Anthony sólo se rió y le dijo a su hermano: «También yo sentí lo mismo, viejo, pero tú lo olvidarás al igual que ella. Depende de ti.»

Otros tres Malory habían llegado poco después de que Warren llevara a Georgina a su habitación. Edward, el hermano mayor, había venido con su esposa Charlotte, quien fue directamente arriba y no apareció desde entonces. Y Regina Eden, otra sobrina, llegó después que ellos, y también se encerró arriba, aunque bajaba periódicamente para decirle a su tío James que todo estaba bien, que George lo estaba manejando «admirablemente», y la ultima vez que bajó comentó: «Aunque no te gustaría oír lo que piensa de ti en este momento.»

Edward jugó a las cartas con su hija durante un rato, pero ahora jugaba al solitario, ignorando la tensión de la habitación. Había pasado por esto tantas veces como para no alterarse. Su hija, Amy, estaba acurrucada en una silla, bien despierta, con el mentón apoyado sobre la palma de la mano. Ella se ocupó de que sirvieran comida más temprano, y otro refrigerio a medianoche, pero algunos se sirvieron un poco y otros nada.

Amy era una bella muchacha, no, en realidad, hermosa. Cada vez que la miraba ella bajaba la vista, como si hubiera estado observándole. Pero era una Malory... ¿Qué demonios estaba pensando? Era demasiado joven para él. Ella tenía el estilo de Drew, y ella le agradaba... si pudiera olvidar a sus tíos para llegar a ella.

Cuatro y cuarto.

Por más que a Warren le agradasen los niños, no volvería a pasar por esto. Tampoco iba a casarse para tener hijos propios. Las mujeres eran las criaturas más pérfidas de la tierra. No se podía confiar en ellas. No se les podía creer. Si él no tuviera la necesidad básica de la compañía de una de vez en cuando, no volvería a tener nada que ver con ellas.

Su hermana era la única excepción, la única mujer que le importaba, y si algo le pasaba...

Otro Malory más había llegado tarde, durante la noche; era Jeremy, el hijo de James. Se emocionó al enterarse de la novedad, jubiloso, demasiado joven para saber sobre las complicaciones que podían surgir, el riesgo, que no había nada por qué alegrarse hasta que la madre y el niño hubieran superado la experiencia. Pero Jeremy miró el semblante trasnochado de su padre, y partió de inmediato diciendo:

—Enviaré a Connie.

Desde entonces no volvió a aparecer. Sin duda la sala era un lugar demasiado deprimente para un muchacho de su natural exuberancia.

Warren no se inquietó al oír el nombre de «Connie», un nombre que no pertenecía a una mujer sino a un hombre, que, por lo que había escuchado, era el mejor amigo de James Malory, y otro ex pirata. Conoció a Conrad Sharpe en la casa de Anthony, la noche en que él y James dejaron supuestamente sus diferencias de lado por el bien de Georgina.

Las cuatro y media.

Entonces regresó Regina, seguida por Drew y Thomas. Estaba demasiado ansiosa por ir al encuentro de su tío como para detenerse y decirles algo. Pero la sonrisa que apareció cuando vio a James les decía lo que habían estado esperando. Comenzaba la alegría, despertando a Amy y sacando a Boyd de su estupor. Pero James contuvo la respiración, y permaneció en silencio, pues necesitaba algo más que esa bella sonrisa; necesitaba escuchar las palabras.

Regina comprendió perfectamente y se dirigió hacia James, le abrazó, y le dijo:

—Tienes una hija, y la madre está bien... ambas están bien —luego gritó cuando él la abrazó con demasiada fuerza.

La dejó ir riéndose y miró a su alrededor para ver dónde estaba Anthony.

—¿Dónde está esa maldita copa?

Anthony aún la tenía en la mano y la levantó. James la tomó y la vació, luego la dejó sobre la chimenea, y abrazó a Anthony. Anthony por lo menos podía resistir el abrazo, aunque no mucho.

Finalmente se quejó:

—¡Dios mío! James —luego cedió—. Deja tu sistema antes de ir a ver a George. Y por el amor de Dios, no llores. Yo lo hice, pero ambos no tenemos que convertirnos en asnos.

James se volvió a reír y palmeó a su hermano en la espalda. Estaba tan feliz que a Warren le hería cuando le observaba. Warren nunca le había visto así, nunca pensó que le iba a ver así, y no deseaba verle. Pero, en esos momentos en los qué compartían el mismo alivio por el bienestar de una mujer, no existía la menor animosidad entre ellos.

Cuando James se volvió y le vio, Warren le dijo:

—Ni siquiera lo pienses —refiriéndose a la obsesión de James por los abrazos. Pero mientras se lo decía ya estaba haciendo una mueca, y había estado haciéndola desde que la sonrisa de Regina les comunicó que madre e hija estaban bien, y James se la retribuyó y se adelantó para estrecharle la mano.

Las felicitaciones continuaron, y más abrazos y golpes en las espaldas. Finalmente, James trató de escaparse para ir a ver a su esposa, pero Regina le explicó que no había prisas, ya que Georgina se había dormido una vez que terminó su trabajo de parto, y que Charlotte y el médico se estaban ocupando de la niña.

Finalmente, apareció Roslynn, cansada pero sonriente, y se dirigió a los brazos de su esposo, mientras le decía a su cuñado:

—Es hermosa, James, una Malory sin duda. Puedes estar seguro de que no se parecerá a Tony —con lo cual informó a la mitad de los que estaban en la habitación de que la recién llegada sería rubia.

James ya se había recobrado y le respondió:

—Muy malo, esperaba poder jorobar a George con eso.

—¿Y darle otra razón para que no quiera recibirme en su casa? —se quejó Anthony.

—Ella no necesita que le dé razones, mi querido muchacho. Tú sabes arreglártelas solo.

—Se está enojando, Ros —le dijo Anthony de buenas maneras a su esposa—. Creo que es tiempo de que nos vayamos a casa.

Pero entonces llegó Charlotte, con un bulto envuelto, y se dirigió hacia James para ponérselo en los brazos. Se produjo un silencio, pero James ciertamente no lo advirtió mientras miraba por primera vez a su hija. Y nunca se había visto una mirada así en el rostro de un hombre; bueno, por lo menos la mayoría de los hombres que estaban allí nunca la había visto, una mirada que rebosaba de amor.

La niña estaba estrechamente relacionada con cada persona de la habitación, y todas se reunieron alrededor de ella, y el padre orgulloso deseaba compartirla.

Al recordar una conversación reciente que había tenido con su hermano, Anthony le preguntó a James:

—¿Y qué nombre le vas a poner a esta joya?

Anthony pensó que estaba obligando a James a retractarse de una de sus amenazas más perversas, pero James le miró durante un momento; luego miró en dirección a los Anderson, y respondió:

—Jack.

Por supuesto, surgieron protestas en cantidad, algunas de ellas bastantes violentas. Pero James las resistió manteniéndose firme, y finalmente dijo:

—Les recuerdo amablemente de quién es hija, y quién tiene derecho a ponerle el nombre.

Eso ponía fin a la discusión. La nueva Malory se llamaría Jack Malory, aunque en sus registros bautismales figuraría como Jacqueline, si sus tíos Anderson no estaban presentes, y sólo su padre la llamaría Jack, si su madre no tenía nada que decir al respecto.

7

—¿Dónde desapareciste anoche, Jeremy?

Amy le formuló la pregunta cuando su primo llegó al comedor para desayunar. Estaban sirviendo el desayuno a pesar de que eran las dos de la tarde, porque nadie se molestó en levantarse más temprano, y esto fue lo que Amy pidió cuando finalmente pudo acostarse.

—No pensé que volvería a verte por aquí tan pronto —le respondió Jeremy, evitando su pregunta.

—En realidad, no me fui —le contestó mientras le servía una taza de café, pero se detuvo para preguntarle—: ¿Prefieres té?

—Lo que tengas ahí está bien. No soy especial, y ¿qué quieres decir con que no te fuiste? ¿Estás diciendo que aún no te has acostado?

Como ella tenía puesto un vestido diferente del que tenía cuando la vio por última vez la noche anterior, este de organdí color durazno, y ella lucía tan fresca como la fruta del mismo color, su confusión era comprensible.

—Le prometí a la tía George que me quedaría y me encargaría de la casa mientras se recuperaba. El ama de llaves renunció el mes pasado, la que la remplazó no funcionaba y la despidieron la semana pasada; así que alguien se tenía que ocupar de las cosas. ¿O te ibas a ofrecer como voluntario?

Jeremy bufó.

—De ninguna manera. Pero no eres un poco joven para...

—Cuando la mayoría de las jóvenes de mi edad son arrojadas al mercado del matrimonio, entrenadas para manejar sus propias casas, ¿no crees que yo pueda manejarla?

Amy, que tenía los ojos del mismo color que los de él, le miró entrecerrándolos, y Jeremy se sonrojó.

—No dije eso.

—Mejor que no lo hicieras —replicó Amy— o te hubiera abofeteado.

Le hizo una de sus muecas más simpáticas para apaciguar su mal humor, el cual rara vez descargaba en él. Después de todo, ella era una Malory, y más de la mitad de los Malory tenían un temperamento fuerte. Sólo porque su padre fuera la excepción a la regla no significaba que ella también lo fuera. Pero él aprendía cosas nuevas de Amy todo el tiempo, ya que se había convertido en una de sus mejores amigas.

Jeremy le dijo fingiendo estar sorprendido:

—Si te vas a mudar aquí... ¿todos esos petimetres que estuvieron llamando a tu puerta la semana pasada no vendrán por aquí, verdad?

—No si mantienes la boca cerrada y no le dices a nadie dónde fui.

Ahora él estaba realmente sorprendido:

—¿Estás dispuesta a perder los resultados de tu éxito?

—Sí. Quería que me trataran como a una adulta, Jeremy; no esperaba ansiosa las acostumbradas probabilidades que surgen después de una presentación. Quizá mis hermanas hicieron una marca por cada pretendiente que apareció, pero yo no estoy para nada interesada...

—¿Por qué no? —insistió Jeremy, demasiado impaciente como para esperar que terminara—. ¿No te quieres casar?

—Sin duda que intentaré hacerlo.

—¡Ah! Aún no has conocido al tipo que te conviene. Vas a esperar hasta conocerle.

—Así es... —Amy mintió, pues no deseaba admitir que ya había realizado su elección.

—¿Es por eso que te ofreciste para ayudar a George, para poder ocultarte?

—Me encariñé mucho con tu madrastra, Jeremy. Me hubiera ofrecido para ayudarle aunque hubiera tenido muchas otras cosas que hacer. El médico dijo que debe permanecer en cama por lo menos durante una semana. Como soy la única de la familia que, por ahora, no tiene otras responsabilidades, parecía lógico...

—No necesitas ser tan pesada. Ya te entendí —le contestó incómodo por haber herido sus sentimientos. Luego volvió a hacerle una mueca para aligerar su quisquillosa respuesta—. Será un placer tenerte bajo los pies.

Amy levantó una ceja, igual que lo hacían su padre y su tío.

—¿Lo será? ¿Aun cuando no permita eludir las preguntas que tratas de eludir?

—Te diste cuenta, ¿verdad?

—No pude evitarlo.

Jeremy se rió.

—¿Cuál era tu pregunta?

—Adónde desapareciste. Pensamos que habías ido hasta Haverston personalmente a llamar a Connie.

—Envié a Artie, aunque, ahora que lo pienso, a ese viejo lobo de mar le costará encontrar por tierra la granja de Connie. Si se pierde en el campo será culpa de George. Si hubiera esperado hasta la semana que viene para tener al bebé, como se suponía, Connie hubiera estado aquí. Él planeaba regresar a Londres para el nacimiento.

—¿Qué está haciendo en el campo?

—Viendo si se puede salvar algo de la pequeña propiedad que tiene cerca de Haverston. Estuvo alejado durante tantos años que cree que probablemente todo sea malezas y ruinas. Por supuesto que ahora tiene tiempo y dinero como para arreglarla, ya que él tampoco volverá a navegar.

—¿Vas a echar de menos eso, Jeremy? ¿Ir a navegar con tu padre?

—¿Qué hay que echar de menos? Nunca estuve lo suficiente en el *Maiden Anne* como para acostumbrarme. Me hirieron en la primera batalla, y mi padre y Connie fueron a las Indias Occidentales para descansar. Además —agregó con una risita decididamente perversa—, me estoy divirtiendo mucho como para echar de menos algo.

—Demasiada diversión, no cabe duda, considerando las veces que te expulsan de la escuela.

—Por las campanas del infierno, ¿no vas a empezar como George, verdad? Ella me llena los oídos con sus retos, y eso no es nada comparado con mi padre y Connie. Podría decirse que no recuerdan cómo era tener dieciocho años.

Amy se sonrió ante su tono quejumbroso.

—Estoy segura de que tu padre sí lo recuerda, ya que fue a esa edad cuando te concibió, aunque lo supo años más tarde. Y oí lo que decían sobre él cuando se estaba por convertir en el libertino más notorio de Londres, que acostumbraba a tener una muchacha distinta a la mañana, al mediodía, y a la noche, y eso ocurría todos los días. ¿Es esa la clase de diversión a la que te refieres?

—Maldición, Amy. Se supone que no debes mencionar esas cosas... ¿Y dónde demonios lo oíste? —replicó Jeremy.

Ella se rió porque él se había sonrojado.

—Reggie, por supuesto. Ya sabes cómo le gusta fanfarronear sobre sus dos tíos preferidos. Por supuesto que el tío Jason y mi padre no tuvieron grandes aventuras para fanfarronear, aunque yo sé una o dos cosas sobre el tío Jason que nadie más sabe.

—¿Y qué es?

—No puedo decirlo.

—Vamos, Amy, sabes que finalmente te lo haré decir, así que puedes confesar.

—No, esto no. Lo prometí.

—Bueno, me agrada eso. Bueno, te contaré todos mis secretos...

El ruido brusco que le hizo lo detuvo.

—No me cuentes ni la mitad de ellos. Lo que estás haciendo es arreglártelas para no decirme por qué te fuiste anoche. ¿No crees que tu padre hubiera apreciado tu presencia en un momento así? Le superaban en número.

—Tony estaba allí —se burló Jeremy—. Y oí que tu padre puede golpear bien si es necesario.

—¿Puede? —replicó ella sorprendida—. ¿Dónde oíste eso?

—No importa —le respondió, devolviéndosela por guardar su secreto sobre Jason—. Y te olvidas que mi padre ya luchó solo contra los hermanos de George, y hubiera ganado esa pelea si ellos no le hubieran traicionado.

—¿Por qué estás hablando de pelea? No me refería a eso cuando te dije que le superaban en número.

—Porque le conozco. Estaba ansioso por descargarse con alguien, y yo siempre fui una buena cabeza de turco. No quería recibir la descarga de su ansiedad cuando estaba tan contento por él. Así que me fui.

—En realidad, se contuvo muy bien —respondió Amy—. Aunque estuvo cerca.

—No sabes cuán cerca. No lo había visto así desde que quería la sangre de Nicholas Eden.

Amy nunca escuchó esa historia completa, sólo partes de ella.

—¿Realmente eran enemigos mortales?

Jeremy hizo una mueca.

—No. Mi padre sólo quería despedazarle. Pero Nicholas, mientras tanto, se casó con nuestra prima. Mi padre nunca le perdonará por haber hecho eso.

Como Amy había oído varias escaramuzas verbales entre James y el esposo de Reggie, pensó que era cierto. Pero en este momento, James tenía sangre nueva para mantener una batalla verbal, los cinco hermanos de Georgina.

Al pensar en esos hermanos, Amy recordó haber observado a Warren cuando él no le advirtió. Eso había sido un placer para ella, aunque hubiera querido que fuera en otras circunstancias, pues él estaba tan distraído como James. Obviamente Warren quería mucho a su hermana, así que fue capaz de esa tierna emoción, a pesar de todas las señales en contra.

—¿Interrumpo?

Amy balbuceó al reconocer la voz profunda, y él estaba allí, de pie junto a la puerta, con su metro noventa de hermosura. Se le aceleró el corazón. No podía mover la lengua.

Jeremy le respondió, y con bastante júbilo:

—En absoluto, Yank. Ya me iba.

8

Jeremy no bromeaba cuando dijo que se iba. Tomó un par de salchichas, luego salió por la puerta y se fue de la casa. Warren lo observó. Amy observó a Warren, pensando que repentina e inesperadamente se habían quedado solos.

Pero no completamente solos, tenía que recordar su agitado corazón. No, había sirvientes en la casa. Henri había dejado entrar a Warren, así que andaba por allí en alguna parte. En ese momento estaban solos, y no podía creer cómo Jeremy la había dejado así.

Por supuesto que si hubiera sido otro, Jeremy no la hubiera dejado sola. Pero ella y Warren tenían lazos familiares. La hermana de Warren era tía de Amy. Debido a eso, Jeremy no vio nada de malo en dejarles sin un acompañante. Pero Jeremy no sabía lo que ella sentía por Warren.

Él la miró directamente y la puso nerviosa. Tenía marcas de hoyuelos en el rostro, pero nunca se le notaban... ella nunca le vio sonreír. Tenía la nariz recta, los pómulos enjutos y la mandíbula prominente. Sus ojos tenían el color de la primavera y el verano, pero en su duro semblante parecía frío. Su cabello dorado oscuro era una maraña de rizos indómitos, pero ahora lo tenía demasiado largo, y ella suponía que el largo extra ayudaba a controlar de alguna manera los rizos.

Su cuerpo era delgado, parecido al del tío Tony, aunque uno no podía decir que el hombre era delgaducho. Era más alto que Anthony, con hombros más anchos y brazos musculosos. Se paraba con sus largas piernas separadas; Amy advirtió que todos los hermanos Anderson se paraban así, como si estuvieran haciendo equilibrio en la cubierta de un barco. Ocasionalmente, el tío James también se paraba así.

Warren estaba vestido informalmente, con una chaqueta negra y pantalón gris, sin chaleco, y una camisa blanca sin corbata, otra cosa que tenía en común con sus hermanos; ninguno de ellos usaba corbata. Tenía un aspecto bastante rústico y adecuado para un capitán naval norteamericano.

Ella necesitaba decir algo, pero no sabía qué, no podía pensar en nada pues él tenía toda su atención centrada en ella. Lo irónico era que ella había estado esperando una oportunidad como esta. Había pensado decirle cantidad de cosas, cosas sutiles para darle a conocer su tierno aprecio. No se le ocurría ninguna en estos momentos.

—Desayuno —exclamó repentinamente—. ¿Quieres desayunar?

—¿A esta hora?

Él y sus hermanos se habían retirado a las cinco de la mañana. Oyó que se iban a hospedar en el Albany Hotel de Piccadilly, que no estaba muy lejos, pero aun así él se había acostado a eso de las seis de la mañana. Teniendo en cuenta que habían pasado,ocho horas, su tono derogatorio era innecesario. Pero por supuesto, este era Warren, el cínico, el que odiaba a las mujeres, el que odiaba a los ingleses, el que odiaba a los Malory, y el hermano con peor temperamento. Nunca se llevaría bien con él a menos que se lo propusiera firmemente e ignorara el insulto ocasional y sus modales fríos.

Amy se puso de pie para irse de la mesa.

—Supongo que viniste para ver a George.

—¿Él hace que toda la familia la llame así? —le preguntó Warren.

Esta vez ella ignoró su tono y le contestó:

—Lo lamento. Cuando el tío James la presentó como George, ella no le corrigió. Tardé un poco en saber que ese no era su nombre, y para entonces... —Amy se encogió de hombros para indicarle que ahora era un hábito—. Pero tú tampoco la llamas Georgina, ¿verdad?

Parecía mortificado por esa observación. O quizá tenía ese aspecto cuando se sentía incómodo. Tenía que sentirse incómodo. «Georgie» no era más femenino que «George». Pero ella no quiso incomodarle. Demonios, esto no estaba progresando nada bien.

Para ser prudente, ella debería evitar el nombre que a él no le gustaba, así que le dijo:

—Mi tía y mi tío aún están durmiendo. Se levantaron temprano cuando Jack pidió su primera alimentación, pero se volvieron a acostar después de dársela.

—Ten la amabilidad de no llamar a mi sobrina con ese nombre deplorable.

Esto era peor que un tono rudo. Esto era verdadero enojo, y era bastante intimidatorio experimentar el desagrado de Warren directa y personalmente, en su presencia, en especial después de la observación de ayer de su tío sobre su cinturón. Sus ojos observaron el cinturón sin que él lo advirtiera. Era ancho y de cuero grueso. Imaginó que su uso debía causar mucho dolor...

—¿Qué demonios estás mirando?

Su rostro se sonrojó. Pensó en arrastrarse debajo de la mesa para esconderse. En lugar de eso le dijo la verdad.

—Tu cinturón. ¿Realmente lo hubieras usado para desalentar la terquedad de tu hermana?

Warren frunció más el entrecejo.

—Veo que tu tío ha estado contando historias.

Amy se armó de valor e insistió en su pregunta:

—¿Lo hubieras hecho?

—Eso, pequeña, no es de tu incumbencia —le respondió con determinación lapidaria.

Ella suspiró. Nunca debió mencionarlo, pero obviamente él sería desagradable sin importar lo que ella dijera.

Por ahora decidió cambiar de tema.

—Veo que tienes un problema con los nombres. Mi tío Tony también... en realidad, todos ellos. Comenzó con el nombre de mi prima Regina. La mayor parte de la familia la llama Reggie, pero el tío James tenía que ser diferente y la llama Regan. Ahora no es tan difícil, pero sus hermanos se volvían locos cada vez que James usaba ese nombre. Es sorprendente que tengas eso en común con mis tíos.

Ella mostró su picardía. Y la expresión de disgusto de Warren, comparada con la de los Malory, era risible. Ella no se rió, tampoco se sonrió. En lugar de eso le ofreció una señal de paz.

—Si te sirve de consuelo, esta mañana tu hermana tuvo un ataque cuando escuchó lo que el tío James había hecho. Le dijo que iba a llamar a su bebé Jacqueline, o Jackie, y que se podía pudrir si no le gustaba.

—Él debería pudrirse...

—Sé amable, Warren... ¿está bien si te llamo así?

—No —le contestó inflexible, posiblemente porque había tenido la audacia de retarle, y eso no le gustaba para nada—. Deberías llamarme señor Anderson o capitán Anderson.

—No, no lo creo. Eso es demasiado formal, y tú y yo no vamos a ser formales. Así que tendré que pensar en otra forma de llamarte, si Warren no está bien.

Cuando terminó de hablar le sonrió como una pilluela, y pasó junto a él, consciente de que le había conmovido y dejado en silencio. El perverso pensó que podían tener una relación «formal»..., y aunque todavía no la tenían, la tendrían. Ella, simplemente, tenía que mostrarle que sería de otra, manera.

Se detuvo después de subir por algunos escalones de la escalera, y al volverse vio que él se había acercado a la puerta para poder verla. Estaba lo suficientemente molesta como para decirle:

—Si quieres puedes subir a ver a Jack al cuarto de los niños. De otro modo puedes entretenerte hasta que George se despierte.

No esperó su respuesta que, cuando se hallaba casi arriba del todo, le lanzaba de mala gana:

—Me gustaría ver a la niña.

—Entonces ven y te llevaré a verla.

Esperó a que él llegara hasta donde se encontraba. Amy comenzó a volverse, pero él la tomó del brazo y la detuvo. Ella jadeó, pero él no la oyó, pues ya había comenzado a preguntarle:

—¿Qué estás haciendo aquí?

—Me quedé para ayudar a tu hermana hasta que el médico diga que ya se ha recuperado y pueda volver a sus quehaceres.

—¿Por qué tú?

—Me agrada tu hermana. Nos convertimos en buenas amigas. ¿No estás avergonzado por la forma deplorable en que me has tratado?

—No —le contestó, pero había un enternecimiento alrededor de su boca, y sus ojos parecían un poco más cálidos, aunque agregó—: Y tú eres muy insolente para una niña de tu edad.

—¡Dios mío, no sonrías! —le pidió fingiendo estar sorprendida—. Se te podrían ver los hoyuelos.

Entonces él se rió. Pareció sorprenderse porque se detuvo repentinamente e, incluso, se sonrojó. Amy se volvió para no incomodarle más aun, y le condujo a la habitación apenas iluminada.

La adorable recién llegada a la familia estaba profundamente dormida. Estaba apoyada sobre su abdomen, con el rostro hacia un costado, y el pequeño puño cerca de la boca. El escaso cabello que tenía era color rubio claro. Sería interesante saber si sus ojos terminarían siendo castaños o verdes, pero por el momento eran azules como los de casi todos los bebés.

Warren se acercó a Amy para observar a la niña. Esto de tenerlo todo para ella, ya que Jack no estaba prestando atención, la impresionaba. Teniendo en cuenta el tamaño de sus respectivas familias y que Warren no estaría mucho tiempo en Inglaterra, ella era consciente de que probablemente esta sería la única vez que estaría a solas con él. Esto añadía una cierta desesperación a sus sentimientos que no sabía muy bien cómo manejar.

Cuando miró hacia el costado y volvió a ver esa tierna mirada que él sólo reservaba para algunas personas, le preguntó:

—¿Te agradan los niños?

—Los adoro —le respondió sin mirarla y, probablemente, sin intención de hacerlo, ya que agregó—: Ellos no te decepcionan ni te rompen el corazón... hasta que crecen.

Ella no sabía si se estaba refiriendo a su hermana o a la mujer que alguna vez había amado, o a ambas; así que no dijo nada y disfrutó del hecho de estar allí junto a él. Drew y él se parecían mucho, a pesar de los ocho años que se llevaban, pero sus personalidades eran exactamente opuestas. Uno de los objetivos de Amy era romper esa capa fría que envolvía el corazón de Warren, para ver si dentro había enterrado algo del atractivo encanto de Drew. Al hacerlo también esperaba encontrar al hombre tierno, el que tanto se preocupaba por su única hermana, y que ahora se estaba encariñando con la hija de Georgina.

Pero ella sabía cosas sobre él, sabía que estaba herido. Le habían destrozado el corazón. Se había convertido en frío, cínico y desconfiado. No sabía cómo iba a reparar todo eso, pero iba a lograr que quisiera darle otra oportunidad al amor.

De pronto, le dijo con un suave murmullo:

—Te deseo, Warren Anderson.

Había atraído definitivamente su atención y antes de morirse literalmente por lo que había dicho, Amy era atrevida pero no tanto, se enmendó:

—Permíteme aclarar eso. Primero quiero casarme contigo; entonces me agradaría cualquier cosa que siguiera.

Al principio él no dijo nada. Esta vez ella sí que le había sorprendido. Pero luego volvió a surgir todo su cinismo.

—Muy malo. La primera idea era interesante, la segunda no. No tengo deseos de casarme nunca.

—Lo sé —suspiró—. Pero espero hacerte cambiar de idea.

—¿En serio? ¿Y cómo intentas hacerlo, jovencita?

—Haciendo que dejes de verme como una jovencita. No lo soy. Soy lo suficientemente grande como para casarme y formar una familia.

—¿Y cuántos años tienes?

—Dieciocho —era sólo una pequeña mentirilla, ya que cumpliría años dentro de dos semanas.

—Vaya, verdaderamente mayor —le dijo mofándose—. Pero cuando seas mayor, aprenderás que a las damas que son tan atrevidas no se las trata como damas durante mucho tiempo. ¿O era eso lo que esperabas? No eres mi tipo, pero estuve en el mar durante un mes, así que ahora no puedo ser muy exigente. Llévame a tu cama.

Él estaba tratando de conmoverla. Afortunadamente, ella lo sabía, así que no se ofendió, ni se conmocionó, ni se intimidó con el tema.

—Lo haré, tan pronto como estemos comprometidos.

—La tentación proverbial —bufó, indicando que debió haberlo sabido, y luego se burló—: En este país a las niñas les enseñan temprano, ¿verdad?

—Esa no fue una tentación —le contestó Amy con suavidad—. Fue una promesa.

—Entonces veamos un ejemplo de lo que prometes.

Le tomó el cuello con la mano para acercarla. No la tomó de ningún otro lado. No tuvo que hacerlo. Ella deseaba más besarle que lo que él deseaba, que era darle una lección; y ella estaba segura de que eso era lo que él intentaba; así que le agarró con fuerza del cuello. Y cuando sus bocas se encontraron fue exactamente como ella lo esperaba, un beso profundamente erótico y sensual.

Pero ella tenía una sorpresa que conservaba para Warren. Ella estaba familiarizada con los besos, ya que sin saberlo su familia, había tenido mucha práctica durante los últimos años. No había estado totalmente excluida de fiestas y entretenimientos; había acudido como una niña hasta su presentación oficial, cada vez que incluían a otros niños. Después de todo, eso se consideraba como una experiencia de aprendizaje, una oportunidad para que los niños mayores vieran directamente cómo deberían comportarse cuando fueran adultos. Y siempre había niños y niñas de su edad, y ocasionalmente un niño que le gustaba y con el que terminaba en algún rincón apartado o en el jardín, en un sitio más apartado aun. Un niño en especial tenía más experiencia que todos los otros juntos. A él le había enseñado una mujer mayor que trató de seducirle, o, por lo menos, eso era de lo que él había alardeado.

Pero, ciertamente, la preparó para lo que Warren tenía en mente, aunque no para lo que la hizo sentir. En eso simplemente no había comparación. Ella ya sabía que deseaba a Warren, que él era el hombre, el único con quien quería hacer el amor. Pero al poder presionar su cuerpo íntimamente contra el de él, al probar su beso... se sintió seducida. No podía evitarlo. Soñó con esto, lo deseó con tanta vehemencia, quiso que él la deseara, y ahora que parecía que él...

Cuando Warren le introdujo la lengua en la boca, la de ella estaba allí para acariciarla, para explorar por cuenta propia. Gimió y se aferró más aun; luego pensó que moriría de placer cuando la abrazó y sus cuerpos se unieron más. Amy sintió primero la sorpresa de Warren, luego la aceptación de lo que ella le estaba dando, y, finalmente, aunque no demasiado rápido, la comprensión de lo que estaba haciendo, con lo cual concluyó bruscamente.

—Dios mío —exclamó y la alejó de él.

Su respiración estaba tan agitada como la de ella, y ahora, su mirada había perdido toda frialdad para volverse ardiente. Ella creía que era producto del deseo, aunque no estaba muy segura, ya que su expresión demostraba un cierto disgusto con ella y consigo mismo que aumentaba por momentos.

—¿Dónde has aprendido a besar así? —le preguntó Warren con severidad.

—He estado practicando.

—¿Qué más has estado practicando?

Su tono era lo suficientemente insinuante como para ofenderla un poco.

—No lo que estás pensando —replicó—. Soy muy buena tirando de las orejas si algún tipo trata de hacer algo más que besarme.

—Te recomendaría que no lo intentaras conmigo —le advirtió, aunque más amablemente, ya que había recobrado su compostura.

—Creo que no lo haría —le contestó recordando el ancho de su cinturón.

—No porque tenga la intención de hacer algo más contigo —agregó Warren rápidamente—. En realidad, trato de advertirte que te mantengas alejada de mí.

—¿Por qué?

—¡Porque eres aún una niña!

Amy entrecerró los ojos. Por fin había logrado que se enojase lo suficiente como para preguntarle categóricamente:

—¿Acostumbras besar a las niñas como me has besado a mí?

El color que encendió el rostro de Warren se hacía visible incluso en la penumbra del cuarto de los niños. Amy no se quedó para deleitarse. Se dio la vuelta y con espléndida dignidad salió de la habitación.

9

—Esa muchacha, Amy —comentó Warren repentinamente—, entiendo que te has hecho amiga suya.

Georgina no advirtió el leve rubor que acompañó la
observación de Warren. Ella tenía a Jacqueline en la falda, y comprensiblemente sólo miraba de vez en cuando
a su hermano.

—En realidad, fue al revés —dijo Georgina—. Aquí yo
soy la forastera, ¿recuerdas? Pero, ¿por qué lo preguntas?

—Me sorprendió volver a encontrarla aquí.

—¿No te mencionó que se quedará aquí hasta que el
médico y James decidan que puedo regresar a mi rutina
normal?

—A propósito, ¿cómo te sientes?

Ella se rió.

—¿Cómo demonios quieres que me sienta? Como si
acabara de tener a un bebé.

—Georgie, no tienes que parecerte a ellos porque
tengas que vivir con ellos.

—Por el amor de Dios, Warren, ¿voy a tener que
cuidar cada palabra que diga contigo? ¿No puedes estar
contento porque soy feliz, porque tuve una hija hermosa y saludable, porque soy afortunada al querer a mi esposo? No todas las mujeres tienen esa fortuna, sabes.
Se casan para complacer a sus familias, pero sus familias
no son las que terminan siendo miserables.

La entendía perfectamente bien, lo que no podía comprender era cómo un hombre como James Malory podía hacerla feliz. Él no podía tolerar al hombre ni su grotesco sentido del humor. Tampoco podía imaginar qué le había visto Georgina. Malory no era bueno con ella, de ningún modo. Pero, mientras la hiciera feliz, y por su aspecto no había duda de eso, Warren mantendría la paz. Sin embargo, ante la primera señal de discordia entre ellos, Warren estaría encantado de separarles y, así, poder llevar a su hermana de regreso a América, adonde pertenecía.

—Lo lamento —le dijo Warren, ya que no había querido causarle enojo. Y como parecía que ella estaba dispuesta a hablar sobre el tema, volvió a mencionar a Amy—. Esa muchacha, ¿no es un poco joven para asumir tus responsabilidades?

Esta vez ella le miró con incredulidad.

—Debes estar bromeando. ¿Ya te has olvidado de que yo tenía tan solo doce años cuando asumí la dirección de nuestra casa?

Lo recordaba, pero insistió:

—Tú eras una niña madura de doce años.

Ella resopló ante su terquedad.

—Y Amy es una muchacha madura de diecisiete, lo cual...

—¿Diecisiete?

—Bueno, no es para alarmarse —le respondió, frunciendo el entrecejo ante su reacción—. Cumplirá dieciocho dentro de una o dos semanas. Ya tuvo su presentación en sociedad, algo que fue todo un éxito —luego se rió—. Deberías haber visto lo malhumorado que estaba James porque no había notado hasta esa noche que ella había crecido.

—¿Por qué iba a notarlo? Ella no es su hija, lo cual no quiere decir que no podría serlo.

Georgina arqueó una ceja, otro hábito detestable que había adquirido de su esposo.

—¿Estás queriendo decir que es demasiado viejo para mí? Te aseguro que no lo es.

Warren se refirió a lo joven que era Amy, pero pensó que era mejor dejar el tema antes de que Georgina comenzara a inquietarse.

—Sólo estaba haciendo un comentario.

Permanecieron en silencio durante un momento mientras ella colocaba a Jacqueline a su lado en la cama. Warren estaba fascinado observando cómo le acariciaba el rostro y los brazos a la recién nacida, como si no le alcanzara con tocarla.

Georgina suspiró antes de decirle:

—Creo que pronto se casará.

—¿La niña? —le preguntó con incredulidad. Ella se rió.

—No, tonto. Amy. Voy a echarla de menos si se muda al campo como lo hicieron sus hermanas cuando se casaron.

—Si te preocupa sentirte sola, puedes venir a casa —le sugirió.

Ella le miró sorprendida.

—A menudo me sentía más sola en casa de lo que nunca me sentí aquí, Warren. ¿O te olvidas de que tú y nuestros hermanos rara vez estabais en casa?

—Pero ahora que no vamos a China eso ha cambiado.

—Pero ninguno de vosotros os quedáis mucho tiempo en casa entre viaje y viaje, sea cual fuere el puerto al que vayáis. Hasta Boyd navega con su barco, aunque todavía no sea capitán. Además, no estaba preocupada por sentirme sola. Eso es algo que nunca sentiré, ya que mi esposo cada vez pasa más tiempo conmigo.

Su disgusto mostró de manera elocuente sus sentimientos, aunque comentó:

—Porque no tiene responsabilidades, ni un trabajo decente, ni...

—Ya basta, Warren. ¿Lo vas a condenar porque es rico y no necesita trabajar? Porque tú tendrás que enfrentarte a la misma circunstancia que todo norteamericano se esfuerza por alcanzar, y que nuestros ancestros hicieron posible. Adelante. Te desafío.

—Eso no fue lo que quise decir. Yo tengo más dinero del que puedo gastar, pero no estoy sentado en casa sin hacer nada con mi vida, ¿verdad?

—James tampoco. Administraba una próspera plantación en las Indias Occidentales antes de regresar a Inglaterra. Antes de eso era capitán de su propio barco...

—¿Me estás sugiriendo que ser pirata es un trabajo duro?

—No siempre estaba pirateando —replicó Georgina—. Y no vamos a discutir sus días de pirata cuando no le conocíamos y ni siquiera sabemos qué le motivaba. Por el amor de Dios, tú apostaste tu barco, tu orgullo y alegría, por un maldito jarrón, y casi pierdes la vida cuando ese jefe militar chino quiso recuperarlo.

—¡Un jarrón inapreciable!

—Fue una locura casi tan grande como...

—No tan descabellada como...

Ambos se detuvieron al advertir al mismo tiempo lo que estaban haciendo, posiblemente porque Jacqueline había comenzado a llorar con todas sus fuerzas. Ambos se sonrojaron y dijeron al mismo tiempo:

—Lo lamento.

James, que subió por la escalera al oír los gritos, llegó para escuchar las disculpas, y expresó claramente sus sentimientos sobre la discusión:

—Si vuelves a hacerle levantar la voz, Yank, voy a barrer el piso con tu...

—No es necesario entrar en detalles, James —interrumpió Georgina rápidamente—. Solamente nos dejamos llevar un poco. Warren no está acostumbrado a que le contradiga. Nunca antes lo hice.

Otro mal hábito que Malory le había enseñado, pero Warren no lo comentó esta vez. Y como no tenía intenciones de volver a intercambiar golpes físicos con su cuñado, por lo menos no hasta que pudiera ponerse a tono con las habilidades pugilísticas de James, cosa que esperaba hacer mientras estuviera en Londres, le correspondía apoyar la afirmación de Georgina.

—Ella tiene razón, Malory, y ya me disculpé. No volverá a suceder.

James levantó una de sus cejas de manera horrenda, lo cual indicaba claramente que no creía una palabra de lo que decía. Pero Warren se sintió aliviado al ver que sólo se acercó a la cama y alzó a su hija.

—Vamos, Jack, buscaremos un lugar tranquilo —dijo James mientras salía de la habitación.

Georgina esperó hasta que su esposo cerrara la puerta para decirle en voz baja a su hermano:

—Ni una palabra sobre cómo la llama, ¿oíste?

—No iba a mencionarlo, pero ya que lo hiciste, sé que a ti tampoco te agrada el nombre que le puso a tu hija.

—No, pero yo sé cómo manejarlo, y también su diabólico sentido del humor.

—¿Cómo?

—Ignorándole. Deberías intentarlo, Warren —le señaló fríamente—. Un poco de clemencia haría maravillas con tu ánimo.

—Estás tan mal como él.

—A él le encantaría escucharlo.

Se le oscureció el entrecejo.

—Dime una cosa, Georgie, ¿sabes por qué James siempre es tan provocador y perverso?

—Sí, pero no voy a intentar explicarte las circunstancias que le convirtieron en lo que es, como no trataría de explicarle qué te convirtió en tan duro y temperamental. Si realmente quieres saberlo, ¿por qué no se lo preguntas tú mismo?

—Lo haré —refunfuñó.

—Muy bien. Entre paréntesis, el punto sobre el que estaba hablando cuando nos interrumpieron era que James no es un holgazán como tú pretendes que es. Ahora que regresó a Inglaterra para quedarse, despidió a los administradores de sus propiedades, y las está administrando él. También se está ocupando de las inversiones que le hizo su hermano Edward durante años. Incluso está averiguando para comprar una flota de buques mercantes.

—¿Para qué? —le preguntó Warren con incredulidad.

—¡Oh!, no lo sé —Georgina hizo una mueca—. Posiblemente para competir con sus cuñados. Posiblemente porque es algo en lo que yo podría participar, como asesora. Pero, si en lugar de eso, alguien le pidiera que se involucrara con la línea Skylark...

Warren no sabía si ella estaba bromeando o realmente quería que su esposo participara en Skylark. Pero la idea de hacer participar a un inglés, a cualquier inglés, en los negocios de la familia, le parecía espantosa, y mucho más a un hombre al que no toleraba.

—Esa idea podría haber prosperado si te hubieras casado con un norteamericano en lugar de un extranjero.

Esta vez ella no se disgustó, simplemente le contestó:

—¿Vamos a empezar otra vez? —luego suspiró—. Está hecho, Warren. Por favor, acostúmbrate.

Se levantó de la silla en la que se encontraba desde hacía una hora, y se acercó para mirar por la ventana. Dándole la espalda, le respondió:

—Créase o no, realmente lo estoy intentando, Georgie. Si no fuera tan provocador..., y creo que me disgusta el hecho de que ahora estaré más a menudo en casa y tú no estarás allí, ni cerca de allí.

—¡Oh! Warren, yo te quiero, aun con tu temperamento imposible —le contestó con ternura—. ¿Pero no se te ha ocurrido la idea de que tú y los demás vendréis con más frecuencia ahora que Clinton ha vuelto al comercio con Inglaterra? Posiblemente te veré tanto como antes, o quizá más.

Pero para poder verla tendría que discutir con James. Y eso ya no era lo mismo.

—A propósito, ¿cómo va eso? —le preguntó Georgina cambiando de tema.

Warren se encogió de hombros, no muy entusiasmado con la nueva aventura.

—Esta mañana Clint y los demás fueron a buscar algún lugar conveniente para instalar una oficina. Se supone que yo también debería estar buscando, pero quería tener la oportunidad de verte a solas antes de que todos viniéramos esta tarde.

—¿Quieres decir que Skylark tendrá una oficina en Londres? —le preguntó entusiasmada.

Se volvió y vio que estaba muy complacida.

—Fue idea de Drew. Como vamos a tratar otra vez con los ingleses, podríamos aprovechar y colocar toda la línea Skylark en esta nueva ruta.

—Y para eso debéis disponer de una oficina. Pero, ¿quién la va a llevar?

—Yo —le respondió tomando la decisión, pero sin saber por qué. —Por lo menos hasta que podamos traer a alguien de Estados Unidos —se corrigió.

—Podrían contratar a un inglés...

—Es una compañía estadounidense...

—Con una oficina en Londres...

Warren empezó a reírse. Lo estaban haciendo otra vez. Y ella le sonrió igualmente al advertirlo. Luego llamaron a la puerta y Regina Eden asomó la cabeza.

—Veo que estás despierta, tía George —dijo Regina—. Traje los nombres que te prometí. Nunca entrevisté a estas mujeres personalmente, ya que mi Meg insistió en que se ocuparía de cuidar a mi Thomas. Pero, en ese momento, estas dos eran muy recomendables, así que no puedo garantizar que aún estén disponibles.

—Le daré los nombres a James —respondió Georgina, quien, al parecer sabía exactamente de qué estaba hablando Regina—. Está decidido a realizar todas las entrevistas personalmente. «Sólo lo mejor para mi Jack», como él dice, como si yo no supiera qué es lo mejor.

—Un típico padre primerizo, pero ¿realmente crees que debes dejarlo que realice las entrevistas? Terminará ahuyentando a cualquier niñera idónea, y entonces dónde...? —Reggie se detuvo y advirtió que Warren estaba cerca de la ventana—. ¡Oh!, lo lamento. Amy no me dijo que tenías visita.

—No se preocupe, lady Eden —le dijo Warren adelantándose—. Tengo negocios que atender, así que ya me iba —se inclinó para besar a su hermana y le dijo—: Te veré esta tarde... George.

10

—¿Lo he escuchado correctamente? —preguntó Regina después de que Warren cerrase la puerta.

Georgina hizo una mueca, un poco sorprendida del cambio de su hermano.

—Creo que fue su forma de decirme que lo iba a intentar.

—¿Qué?

—Llevarse bien con James.

—Nunca sucederá. Ese hermano tuyo tiene un temperamento demasiado irascible como para apreciar los sutiles matices del humor del tío James.

—¿Sutiles?

—Está bien, sutiles no los describe con exactitud —admitió Regina.

—Yo diría que arroja ladrillos.

Regina se rió.

—No es tan malo.

—No, con los que quiere no. Nosotros tenemos un moretón de vez en cuando. La gente que no le agrada queda aplastada. Aquellos con los que está realmente enojado quedan enterrados. Estuve allí, así que hablo por experiencia. Y Warren se las arregla para fastidiar siempre a James.

—Debe ser toda esa hostilidad. Se le nota. Te juro que cada vez que le veo espero que se produzca una explosión. Acabo de comprobar la primera excepción. Realmente, deberías mantenerle separado del tío James mientras esté aquí.

—Tenía la esperanza de que la familiaridad engendraría un poco de tolerancia por parte de Warren, pero, probablemente, tienes razón. —Georgina suspiró—. No es sólo James el que hace aflorar lo peor de Warren. Desde hace un tiempo está enojado con la vida y no discierne con quién se desquita. Con frecuencia, Drew recibe la peor parte. Un par de veces llegaron a los golpes físicos en los pocos días que estuve en casa, antes de que James llegara para... enterrarme.

—Para casarse contigo —le recordó Regina con una mueca—. Si él no hubiera revolcado tu reputación por el barro, tus hermanos no le hubieran obligado a casarse contigo.

—Bueno, eso es otra cosa. Warren está enojado conmigo porque quiero seguir casada con James, cuando él fue el que me obligó a casarme. Y está mezclando su amargura anterior en esto. —Georgina volvió a suspirar—. Sé que quiere mi bien... a su manera. Es sólo que insiste en protegerme, cuando yo ya no necesito protección.

—Parece como si necesitara su propia familia para cuidar y preocuparse —sugirió Regina—. Algunos hombres no son felices a menos que se sientan necesitados.

—Ojalá hubiera una opción, pero Warren está demasiado herido como para volver a confiar en una mujer. Dice que nunca volverá a casarse.

—Todos lo dicen. Pero «nunca» es una palabra que, con frecuencia, cambia su significado a través de los años. Mira al tío James. Juró que nunca volvería a casarse, y mira...

Georgina se rió.

—Yo no los compararía. Tu tío, como señalaste, no quería casarse debido a todas las esposas infieles, esposas de otros hombres, que terminaron acostándose con él. Por otra parte, mi hermano se enamoró y le pidió a la dama que se casara con él. Su nombre era Marianne. Era increíblemente hermosa, por lo menos yo pensaba eso. Warren también debía pensarlo. Aquellos cinco meses que la cortejó fue uno de los períodos más largos que estuvo en casa, desde que comenzó a capitanear su propio barco. Y era un placer tenerle en casa.

—¿Ese gruñón?

—Así es, Reggie. Warren no era así como es ahora. Era tan encantador y divertido como mi hermano Drew. Aún tiene mal genio, siempre lo tuvo. Pero no se veía tan a menudo, y no era como ahora. Se reía contigo durante media hora después de haberte tirado de las orejas por algo. No había proyección de malos sentimientos, ni amargura prolongada... ¿No te conté todo esto antes?

—A mí no.

Georgina frunció el entrecejo.

—Pensé que... Se lo debo de haber contado a Amy. James no quiere escuchar nada que tenga que ver con Warren. Con sólo oír su nombre...

—¡George! —Regina la interrumpió impaciente—. Te estás yendo del tema. ¿Debo suponer que Warren y Marianne no se casaron?

—Así es —respondió Georgina con amargura—. Los arreglos para la boda estaban terminados, faltaban unos días y, entonces... Marianne la suspendió. Le dijo a Warren que no podía casarse con él, que había decidido aceptar otra oferta, a pesar de que afirmaba que le amaba. Le envolvió con la excusa de que quería un esposo que estuviera más en casa que un capitán de barco.

—Oí que actualmente las esposas navegan con sus

esposos, y que algunas hasta forman sus familias a bordo del barco.

—Eso es verdad. Sin embargo, Marianne sostuvo que no tenía la constitución física para viajar por mar, mucho menos para vivir en él.

—Lo dices como si dudaras.

Georgina se encogió de hombros.

—Sólo sé que ella provenía de una familia pobre, o por lo menos de una que había enfrentado tiempos difíciles, y que dejó a mi hermano para casarse con alguien de la familia más rica del pueblo, uno de los últimos descendientes de los fundadores de Bridgeport. Steven Addington fue el heredero que la atrajo más.

—Pero tu hermano no es exactamente un pobre, y si ella realmente le amaba... quizá sus razones eran legítimas. Creo que yo no me hubiera enamorado de un marino, especialmente si me descompongo cada vez que piso un barco.

—¡Oh! estoy de acuerdo, si eso hubiera sido todo. Pero el hombre con el que se casó, bueno... él y Warren eran enemigos desde la infancia, rivales constantes, de los que frecuentemente se hacían sangrar por las narices, de los que se odian aun después de que hayan terminado sus estudios en la escuela.

—Eso no fue muy astuto por su parte, ¿verdad?

—No. Cualquiera hubiera sido preferible. Pero eso no es todo. Ella y Warren habían sido amantes, y estaba embarazada cuando rompió con él.

—Dios mío, ¿él lo sabía?

—Te garantizo que si lo hubiera sabido el final de la historia habría sido diferente. Pero él no tenía idea, y lo averiguó un mes después de que ella se hubiese casado con Steven. Para entonces ya se le notaba, así que lo sabía de antemano, y aun así se casó con otro. Eso fue lo que más le hirió, que le negara la oportunidad de criar a su hijo. Por su modo de ser no lo debes creer, pero a Warren le agradan mucho los niños, así que fue un golpe doble para él, o mejor dicho triple. Le negaron su propio hijo, perdió a la mujer que amaba y la perdió por un hombre al que ya despreciaba.

—¿Pero no tenía algunos derechos legales sobre el niño?

—Esa fue su primera intención, seguir ese curso legal, hasta que ella le dijo que negaría que el niño fuera de él, y Steven apoyaría su argumento y sostendría que era suyo.

—¿Pero no era de conocimiento público que ella y Warren... quiero decir, después de cinco meses de cortejarla...?

—Eso es verdad, pero Steven iba a mentir diciendo que era su amante, su única amante, y que habían peleado y por eso ella acudió a Warren, pero que reflexionó a tiempo y etcétera, etcétera. Incluso él iba a dar fechas en las que la había visto en secreto y le había hecho el amor, durante la época en que ella estaba saliendo con Warren. Con los dos en contra, realmente Warren no podía hacer nada.

—¿Existe alguna posibilidad de que lo que Steven iba a afirmar fuera verdad?

—No... por lo menos Warren está seguro de que no. Aun si lo era, no hubiera ayudado a mi hermano a menos que él lo creyera, y ni siquiera así, ya que se estaría añadiendo engaño y otras mentiras, si ese fuera el caso. El bebé, Samuel, no probaba nada, ya que no se parecía a ninguno de los dos hombres, sino a Marianne. Yo lo vi una sola vez, y se me rompió el corazón al no poder reclamar que era mi sobrino, así que no puedo imaginarme cómo debe sentirse Warren, aunque nunca le pregunté si lo volvió a ver. Es un tema que a ninguno de los dos nos gusta tocar, por razones obvias... su reacción nunca es agradable.

Regina negó con la cabeza.

—A tu hermano le debe enloquecer el hecho de saber que un hombre que le desprecia tanto está criando a su hijo.

—Le enloquecía —respondió Georgina con suavidad y tristeza—, hasta que Samuel murió hace tres años. Ellos dijeron que fue un accidente. Warren tiene sus dudas.

Regina se sentó en la silla que se encontraba cerca de la cama.

—Nunca creí que me ibas a contar eso, George, pero, repentinamente, siento pena por tu hermano. Creo que le voy a invitar a cenar. Él y Nicholas deberían conocerse mejor, ¿no crees?

—¿Estás loca? —le preguntó Georgina abriendo mucho sus ojos—. Estos dos tiene demasiado en común... ambos desprecian a mi esposo. Estoy tratando de terminar con su animosidad, no de ofrecerle a Warren un aliado para que ambos se enfrenten a James.

—Pero mi tío James puede defenderse solo, si no, no lo hubiera sugerido —levantó una ceja negra en la forma en que lo hacían los Malory—. ¿Lo dudas?

Georgina conocía a su esposo. Por supuesto que no lo dudaba. Pero eso no era lo que esperaba lograr durante esta visita de su familia.

—En realidad, tu otra sugerencia es más acertada. Voy a pensar seriamente en buscarle a Warren otra persona a quien proteger. Podría volver a enamorarse. Los milagros también existen.

11

Warren tardó un momento en advertir que estaba en la parte superior de la escalera mirando a Amy Malory, mientras ella arreglaba unas flores en el salón de entrada. Se detuvo porque no quería molestarla; no quería tener que hablarle; no confiaba en su temperamento si se acercaba otra vez a ella. Sin embargo, no se movió de la escalera, hacia donde ella podía mirar en cualquier momento y advertir que estaba allí.

No tenía otro lugar adonde ir. Supuso que su cuñado estaría con la niña; así que no podía ir a visitar a su sobrina... hasta que el salón de entrada estuviera vacío otra vez. Y se sintió incómodo en presencia de Regina Eden, después de advertir el parecido que tenía con la joven Amy, con los mismos ojos celestes, el mismo cabello negro... la misma belleza perturbadora, pero combinados de una manera diferente. Así que no iba a regresar a la habitación de su hermana. Y, sin duda, gran parte de las otras habitaciones de arriba estarían ocupadas, por el hijo de James, temporalmente por Amy, por algunos de los sirvientes de la casa, aunque abajo había otro piso con habitaciones.

Era una casa grande, mucho más hermosa de lo que Warren esperaba encontrar, aunque supuso que hubiera sido ilusorio pensar que su hermana hubiera vivido en un lugar desagradable, lo cual habría sido una espléndida excusa para llevarla a casa, no cuando estaba casada con un lord inglés del reino. Sólo porque la última vez la había encontrado viviendo en la casa de su cuñado, no significaba que su esposo no pudiera darle un buen acomodo. Obviamente, James Malory no tendría dificultades para hacerlo.

Consciente de lo que estaba haciendo al permitir que una chiquilla determinara sus acciones, aun así no se movió de la escalera. ¿Sabía ella que él estaba allí? No; parecía demasiado tranquila, demasiado calmada, lo cual era extraño. La gente joven de su edad estaba llena de energía, rara vez estaba quieta. No proyectaba serenidad, lo cual tenía un efecto sedante en el observador... por lo menos en Warren. Se sorprendió al advertir que era un placer observarla y, probablemente, esa era la razón por la cual permanecía allí en lugar de ir a atender sus ocupaciones.

Aún no podía creer lo que había sucedido entre él y Amy Malory. Pensó que era una inocente, y las jóvenes inocentes no lo atraían en absoluto. ¿Cómo pudo convencerle con esas tres palabritas, haciéndole ignorar quién era ella, haciendo que deseara probarla, y aferrándose a cualquier excusa para hacerlo? ¿Excusa? Ella había cumplido con la lección que trató de impartirle; no funcionó como él quería. En lugar de eso, aprendió algo, que ella no era tan inocente como pensó... y que le gustó lo que había hecho.

Al recordar esos momentos estimulantes, sintió que la sangre se le aceleraba otra vez, y le enfurecía que Amy Malory tuviera ese efecto sobre él. Ella era joven, dulce, la clase de muchacha con la que uno se casaba; y la clase de mujeres que a él le atraían eran maduras, mundanas, de la clase que comprendía que su interés no era honorable y nunca lo sería. Una vez que las dejaba, las olvidaba, y nunca se preocupaba si dejaba expectativas rotas detrás de sí. Nunca fue más cierto aquello de que ojos que no ven, corazón que no siente.

Finalmente, ella retrocedió para observar su trabajo, arregló una flor más, y se volvió para irse. Warren retrocedió, pero, perversamente, cambió de idea con el fin de intentar evitarla. Amy le vio y se detuvo. No sonrió ni parecía sorprendida, pero sus mejillas se sonrojaron lentamente.

Bien. Definitivamente sentía un poco de arrepentimiento por su impetuosidad. Si hubiera tenido la costumbre de abordar hombres como lo hizo con él, no era extraño que ya no fuera inocente. No pensó ni por un momento que él era el único al que le había dicho esas infames palabras. Pero eso no apaciguaba la irritación que sentía hacia la muchacha.

Warren bajó por la escalera, sin apurarse, sin dejar de mirar a Amy. Ella no evitó su mirada, aunque sus mejillas se sonrojaron más aun.

Estaba lo suficientemente enojado como para hacérselo notar cuando llegó al salón de entrada y estuvo cerca de ella.

—¿Perturbada? Deberías estarlo.

Ella pareció sorprendida por su observación, pero sólo momentáneamente, ya que le respondió con una mueca traviesa:

—No estoy perturbada. Si me sonrojé es porque recordé lo mucho que me gustó besarte. Dime cuándo quieres hacerlo de nuevo.

No pensó recibir otra vez esa audacia de la muchacha, ese completo descaro, así que sólo le pudo contestar:

—¿No te di una advertencia?

—¿Y si no la escucho?

La muchacha no era normal. Un ceño como el que

le estaba mostrando tendría que haberla hecho correr a esconderse, pero ella le desafiaba sin intimidarse. Warren no estaba acostumbrado a esto. Generalmente, las mujeres eran cautelosas con él, evitaban provocarle, y a él le agradaba ser de esa manera. Evitaba la charla innecesaria. Pero a esta pequeña descarada, con su mezcla de desvergonzada seducción y traviesa picardía, no sabía cómo tratarla. No era suya para disciplinarla ni reprenderla, aunque en ese momento deseaba que hubiera sido de otro modo, aunque fuese temporalmente.

—Supongo que tendré que hablar con tu padre —le contestó en respuesta a su desafío.

Lo dijo para atemorizarla. No lo logró.

—Él sabrá que te quiero, así que cuando lo hagas puedes pedirle mi mano... para acelerar las cosas.

Obviamente, era incorregible. Warren tenía ganas de sacudirla...; no, eso no era lo que realmente quería hacerle, pero no volvería a dejarse llevar por sus instintos. Sin embargo, tenía que ser claro:

—No quiero tu mano. No voy a pedir eso ni ninguna otra cosa que tengas para ofrecer, pequeña.

Amy irguió su espalda. Entrecerró los ojos. Y tuvo el atrevimiento de colocarle un dedo en el pecho mientras le informaba:

—El hecho de que seas tan alto no me convierte en pequeña. Por si no lo notaste soy más alta que tu hermana, pero no escuché que la llamaras pequeña.

Fue sorprendido por su ataque, pero se recuperó rápidamente.

—No me estaba refiriendo a tu estatura, pequeña.

Al escuchar eso, su rigidez desapareció con un suspiro y un encogimiento de hombros.

—Lo sé. Te estaba dando una salida, porque machacar sobre nuestra diferencia de edad es ridículo. Sabes perfectamente que hombres mayores que tú se casan con muchachas de mi edad de forma habitual. Tú no eres demasiado viejo para mí, Warren Anderson. Y además, desde que puse mis ojos en ti, los jóvenes más próximos a mi edad me parecen tontos e inmaduros. Hay pocas excepciones, pero tengo parentesco con ellas, así que no cuentan.

Era la segunda vez que eludía el tema que él trataba de enfatizar. Volvió sobre él directamente.

—No estoy en absoluto interesado en tus preferencias.

Impávida, le predijo:

—Lo estarás. Pensé en explicártelo ahora, para evitar que más tarde te volvieras celoso.

Warren estaba sorprendido por no haber perdido la paciencia.

—De eso no tienes que preocuparte. Ahora debo insistir en que dejes este coqueteo. No me divierte. En realidad, me estoy enojando.

Amy sólo levantó una ceja.

—Tú no eres de los que se fijan en los modales, Warren. Si te enojo tanto, ¿por qué no te fuiste?

Si lo decía le condenarían. Antes de que pudiera decir algo, ella se adelantó y se acercó a él, demasiado cerca como para que sus sentidos no reaccionaran.

—Te gustaría besarme otra vez —conjeturó con bastante acierto—, pero veo que no la harás. ¿Ayudarías si yo tomo la iniciativa?

Warren contuvo la respiración. Ella lo estaba haciendo otra vez, lo estaba seduciendo con sus palabras y su mirada provocativa. La deseaba..., ¡cómo la deseaba! Nunca había sentido algo tan fuerte. Ni siquiera... Pensar en Marianne era suficiente para hundirle en el hielo.

—¡Ya basta! —exclamó cuando Amy trató de abrazarle.

Mientras se lo decía la tomó de las muñecas con un poco más de fuerza de la necesaria. Vio que ella retrocedía, pero lo ignoró. Ella coqueteó con su pasión y ahora la tenía, pero no era la que esperaba.

—¿Qué necesitas para entenderlo, niña? —le interrogó con rudeza—. ¡No estoy interesado!

—Tonterías —se atrevió a contestarle—. Enloquécete todo lo que quieras, pero por lo menos confía. Ya sabía que no estabas interesado en el matrimonio, pero ya lo solucionaremos. Pero después de la forma en que me besaste no trates de decirme que no desperté tu fantasía.

—Estaba tratando de lograr un objetivo —respondió haciendo crujir los dientes.

Ella hizo una mueca.

—¡Oh!, lo lograste, y yo disfruté de cada momento de él. Y, si eres sincero, tú también lo hiciste.

Él no lo negó, pero la exasperación le hizo decir:

—¿Por qué estás haciendo esto?

—¿Haciendo qué?

—Ahora no te hagas la tonta —replicó Warren—. Estás haciendo lo imposible por seducirme.

Le sonrió complacida.

—¿Funciona?

Como si ella no lo supiera... o quizá no lo sabía. Bueno, si no lo sabía, él ciertamente no le iba a alentar con una confirmación.

—Contéstame, maldición —gruñó—. ¿Por qué insistes cuando te pedí... te exigí que te alejaras?

Ella aún no estaba intimidada. Todo lo que hizo fue suspirar antes de decirle:

—Es mi impaciencia. Realmente odio esperar las cosas que son inevitables, y tú y yo...

—¡No son inevitables!

—Pero nosotros lo somos —insistió Amy—. Y por

eso no veo por qué necesitamos prolongar esto. Tú te vas a enamorar de mí. Nos vamos a casar. Vamos a ser increíblemente felices juntos. Deja que suceda, Warren. Dame la oportunidad de que vuelva a llevar la risa a tu vida.

Lo que le sorprendió fue que pareciera tan seria... y su confianza era aterradora. Tenía que reconocer que era buena, lo suficientemente buena como para que se preguntara con cuántos otros hombres había jugado a ese mismo juego. ¿Les condujo hasta el altar antes de admitir que sólo estaba probando sus ardides... o sólo hasta su cama? Finalmente, se le ocurrió que la estaba alentando al discutir con ella.

Le soltó las muñecas, en realidad las arrojó hacia abajo, para decirle de manera inflexible y por última vez:

—Ya basta. Estás buscando algo que no existe. Actualmente, hay una sola cosa que deseo de las mujeres, y no tardo mucho en conseguirlo.

—No tienes que ser crudo —le dijo con voz suave y lastimosa.

—Al parecer lo soy. Mantén tu distancia, Amy Malory. Que no tenga que hacerte otra advertencia.

12

El optimismo de Amy disminuyó considerablemente después de que Warren se fue. Y pensar que creía que había progresado. Vio y sintió que lo estaba logrando. Pero todo lo que hizo fue ponerse en ridículo.

No debió apremiarle. Ahora lo comprendía. Tendría que haber sido más sutil, haber incitado su interés en lugar de darle una andanada de honestidad. Pero había que pensar en el tiempo.

Uno de los hermanos, ella creía que Boyd, mencionó que estarían sólo una semana en Londres, dos como mucho. ¿Cómo iba a lograr lo imposible en tan poco tiempo sin su franqueza? Pero tendría que buscar otra forma, ya que dicha franqueza enfurecía a Warren, y nunca llegaría a ninguna parte con él si no podía superar su enojo.

Lo que hacía que levantase sus defensas ante ella era la mención del matrimonio. Eso había sido realmente estúpido sabiendo lo apegado que estaba a la soltería... y por qué. Maldita norteamericana que le había engañado tanto y le iba a dificultar tanto a Amy alcanzar su objetivo. Pero, en realidad, eso era agua bajo el puente, porque si esa mujer no le hubiera engañado, ahora estaría casado con ella, y Amy no tendría ese problema. Aun así, lo que hoy había arruinado las cosas, y posiblemente de manera irreparable, fue la mención del casamiento. Y el daño estaba hecho. Él ya sabía lo que ella perseguía. Todo lo que podía hacer era no volver a mencionarlo, y esperar que creyera que había cambiado de idea. Entonces se relajaría y la naturaleza seguiría su curso... si ella tuviera seis meses para lograrlo en lugar de sólo dos semanas.

Su optimismo estaba sufriendo. Tampoco mejoró cuando Warren regresó aquella tarde con sus hermanos. Drew coqueteó con ella un poco, pero probablemente Drew coqueteaba con todas las mujeres que conocía. Por otra parte, Warren la ignoró, no la saludó, y no le dijo más de dos palabras.

Esta vez, Jeremy estaba disponible para apoyar a su padre contra el «enemigo», pero no fue necesario. Los hermanos Anderson no se quedaron lo suficiente como para provocar ningún enfrentamiento.

Amy podía adivinar por qué estaban ansiosos por irse, aunque, en este caso, hubiera deseado ser un poco más ignorante. Pero con hermanas casadas, una prima casada, y tías jóvenes casadas, que discutían candorosamente sobre los hombres, los suyos y los demás en general, ella sabía más sobre ellos de lo que cabría a su edad. En el caso de los Anderson, era su segunda noche en Londres después de un largo viaje por mar. Habían visitado a su hermana. Se habían ocupado de los negocios. Ninguno de ellos estaba casado. Y viriles como eran, ahora irían a buscar alguna compañía femenina.

Esa certeza era devastadora... e irritante. Amy ya había pensado en Warren como suyo, aunque todavía no fuera exactamente correcto. Así que pensó que no podría tolerar saber que estaba durmiendo en los brazos de otra mujer durante esa noche, mientras ella le hacía la corte de día.

Le había dicho que era inevitable que terminaran

juntos, pero después de hoy no estaba tan segura. Iba a tener que hacer algo, quizás algo drástico, para que esta noche se acostara solo y pensando solamente en ella. Pero ¿qué? ¿Y cómo, si no tenía ni idea de adónde había ido?

La forma de encontrar la respuesta a su paradero surgió cuando vio a Jeremy que estaba a punto de salir. Corrió hasta el salón de entrada para detenerle.

—¿Me concedes un momento, Jeremy?

—Para ti, querida, siempre, aunque esta noche sólo un momento.

—No vas a llegar tarde a algún lado, ¿verdad?

—No, sólo estoy ansioso —hizo una mueca—. Siempre ansioso.

Ella le sonrió. Realmente estaba siguiendo los pasos de su padre, aunque ella no podía imaginar que su tío James hubiera sido tan encantador y alegre como lo era el pícaro de su hijo. James había sido mucho más serio en sus seducciones, mientras que Jeremy rara vez era serio con algo.

—No te detendré mucho —le prometió—. Pero ¿podrías retrasarte un poco en llegar a tu destino? —su vestimenta indicaba que se detendría en una o quizá dos de las fiestas a las que ella había sido invitada y no deseaba acudir—. Sólo para averiguar dónde fue Warren esta noche.

La expresión de Jeremy indicaba que se había sentido sorprendido.

—¿Y por qué iba a querer hacer eso?

Amy no había pensado en ello.

—George quiere saberlo —fue todo lo que pudo decir—. Tiene un mensaje urgente para él que no puede esperar hasta mañana.

—Muy bien, pero no esperes que regrese para decirte su paradero. Enviaré a un mensajero con una nota.

—Estoy segura de que estará bien así.

Después de que Jeremy se hubiese ido, Amy se sintió miserable. No estaba acostumbrada a mentirle a él ni a ningún otro miembro de su familia. Ocultar la verdad ocasionalmente, pero no mentir abiertamente.

Pero Jeremy nunca hubiera hecho lo que le había pedido si le hubiera dicho que era ella la que deseaba enviarle un mensaje a Warren y no Georgina. Hubiera querido saber por qué, y no había una buena excusa para enviar un mensaje al hotel de Warren.

Confesar que quería alejar a Warren de la cama de alguna pícara esta noche se hubiera sabido en seguida. Hubiera recibido un sermón de una hora por parte de él, y el resto de la familia hubiera sido informado, probablemente esa misma noche, de su tierna preocupación por el hermano más taciturno de Georgina. Sin duda, la enviarían con urgencia al campo..., por lo menos hasta que Warren regresara a Estados Unidos.

Jeremy le informó de forma más rápida de lo que esperaba. Menos de una hora más tarde, tenía el nombre de un lugar, Hell and Hound, y ella supuso que era una taberna. Nunca había oído hablar sobre ella, pero reconocía la dirección, y no quedaba en la mejor zona de la ciudad. Ahora, todo lo que tenía que hacer era redactar un mensaje, algo horrendo, algo que conmoviera la tierra, algo que garantizara que Warren se alejaría de su pícara...

13

—¿Qué demonios estás haciendo aquí?

Amy retrocedió ante la voz de trueno de Warren. Y deseaba tener una respuesta que no fuera la verdad, pero no podía pensar en una, como tampoco pudo encontrar un mensaje adecuado que le obligara a abandonar este lugar. Lo intentó, realmente lo intentó, pero no se le ocurrió nada que hubiese funcionado y que hubiera hecho que no deseara matarla en el momento en que descubriera que el mensaje era de ella y no exactamente la verdad.

Pero supuso que no debió haber venido ella misma. Eso había sido demasiado impulsivo, aun para ella, y también peligroso e irresponsable; y ¿por qué no pensó en todo eso antes de llegar hasta la puerta de Hell and Hound?

Estúpidos celos, acicatearla de esa manera, cuando Warren tenía el derecho de acostarse con tantas mujeres como quisiera... por lo menos hasta que ella tuviera un compromiso más firme con él, otro que el de «mantén tu distancia». Después de que estuvieran casados llegaría el momento de hacer algo al respecto si Warren pensaba serle infiel, pero ahora no, ya que él aún no era suyo.

Pero había ido, y justo a tiempo. No tuvo que buscar a Warren en la habitación llena de humo. Le vio fácilmente en el momento en que entraba. Estaba subiendo por la escalera situada en un extremo del salón, mientras una alegre cantinera tiraba de su mano para que se apurara, prometiendo placeres incalculables. Amy lo vio todo rojo, mejor dicho verde, y corrió tras de él por la escalera, ignorando las exclamaciones de los pocos clientes que había, gritando su nombre justo cuando él estaba entrando en la habitación de la cantinera. Eso llamó rápidamente la atención de Warren, y la cantinera le cerró la puerta en las narices, pues la muchacha pensó que su cliente había sido encontrado por su enfurecida esposa.

Amy podía estar agradecida por la suposición de esa muchacha, y por el cierre de la puerta justo a tiempo, ya que le permitiría dar su explicación en privado, en ese pasillo poco iluminado en lugar de abajo, con la habitación llena de espectadores borrachos. Y Warren estaba esperando esa explicación. Ya se había recuperado de su primera impresión, y ahora estaba impaciente y furioso.

—¿Vas a contestar o te vas a quedar ahí retorciéndote las manos?

Era el momento de una decisión importante. ¿Recurriría a lo drástico, o continuaba como había comenzado? Pero nada de lo que había intentado hasta ahora había funcionado. Entonces lo drástico, y sin volver atrás.

—Lo que viniste a buscar aquí me lo puedes pedir a mí.

Ya lo había dicho, y no se iba a retractar. Pero él no parecía muy sorprendido por su decisión momentánea. Mirándole más de cerca, tampoco parecía muy sobrio. Y mientras se aproximaba lentamente a ella, su expresión de furia se convertía en mofa.

—¿Sabes para qué estoy aquí? Sí, por supuesto que lo sabes, descarada promiscua.

Le colocó hacia atrás los pliegues de la capa color

lila que llevaba para cubrir su delicada figura, y descubrió el forro de raso color púrpura y el recatado estilo de su traje color lavanda, que no era precisamente la vestimenta de una seductora, aunque Amy atraía por su simple belleza. La capucha se cayó parcialmente hacia atrás, de manera que su rostro ya no estaba en la oscuridad, y sus ojos celestes parecían violetas en el marco de raso púrpura. Si se hubiera puesto algo más revelador, él nunca habría podido continuar con su irrisoria línea de ataque.

—¿Así que quieres ocupar el lugar de la prostituta? Ah, pero con condiciones, primero un maldito compromiso —le pasó un dedo lentamente por la mejilla. Había una sensación de arrepentimiento en esa caricia—. Me quedaré con la ramera que sólo quiere una o dos monedas, gracias. Tu precio es demasiado elevado, lady Amy.

—Sin condiciones —susurró—. Ahora que me declaré...

—No lo hiciste.

—Por supuesto que sí —se sorprendió ante su rápida negativa—. Te dije que quería... te dije que te deseaba.

—Lo que quieres. Eso no significa que esté aquí —detuvo la mano sobre el corazón de Amy, a pesar del hecho de que su seno estaba en el camino. Ambos lo advirtieron—. ¿Estás diciendo que me amas?

—No lo sé.

Eso no era lo que esperaba oír de una muchacha que afirmaba que quería casarse con él, y le desconcertó.

—¿No lo sabes?

Ella le contestó rápidamente:

—Ojalá hubiera más tiempo para averiguarlo, pero no lo hay. No te quedarás tanto aquí, Warren. Pero sé que te deseo. No hay duda sobre eso. Y sé que nunca sentí lo que me hiciste sentir. También sé que me disgusta pensar que vayas con otra mujer. Pero aún no sé si te amo.

Warren había bebido un poco, demasiado como para tratar con lady Amy y su complejidad de dudas y certezas. Le retiró la mano del pecho, y le dijo de manera concisa y terminante:

—Vete.

Amy bajó la mirada.

—No puedo. Despedí el carruaje.

Warren explotó.

—¿Por qué demonios hiciste eso?

—Así tendrías que llevarme a casa.

—Lo tienes todo planeado... excepto si me amas o no... así que puedes regresar sola a casa.

—Muy bien.

Amy se volvió para irse. Warren la detuvo.

—Maldición, ¿dónde crees que vas?

—A casa.

—¿Cómo?

—Pero tú dijiste...

—Cállate, Amy. Cállate y déjame pensar. No puedo hacerlo con tu charla incesante.

Ella no dijo nada, pero al ver que el silencio se prolongaba entre ellos, y él fruncía cada vez más el entrecejo, se inquietó un poco y pensó en una sugerencia:

—Quizás uno de tus hermanos me podría llevar a casa.

—No están aquí.

Ella no pensó en eso, por lo cual se sintió segura al hacer el ofrecimiento. Cuando miró rápidamente en la habitación de abajo no vio a ningún Anderson más que a Warren, y una vez que lo localizó en la escalera, no miró más. Pero quizá vio mal, y en realidad, estaba preocupada pensando que tendría que tratar con los hermanos de

Warren al igual que con él cuando llegara a este lugar.

Pero tendría que haber sabido que a Clinton y a Thomas no les importaría un lugar así. Los dos hermanos más jóvenes preferirían un lugar sin problemas. Sólo a Warren no le importaría, y en realidad, probablemente esperaba una pelea aquí, como también una mujer complaciente. Una de las cosas que Georgina mencionó sobre él era que cuando estaba disgustado buscaba peleas, y no le importaba con quién.

En este momento estaba definitivamente disgustado. Si averiguaba que ella sólo había enviado el carruaje a la vuelta de la esquina para que esperara, probablemente la mataría... no, la llevaría hasta él, la arrojaría adentro, y regresaría con su ramera. Su mentira a medias lo mantendría alejado de la cantinera por el momento, aunque probablemente no durante toda la noche. Él deseaba una mujer, o no estaría allí. ¿Qué tendría que hacer para que la eligiera a ella?

—Maldición —exclamó por fin, y, obviamente ya había decidido qué hacer con ella, ya que la tomó del brazo y comenzó a arrastrarla por el pasillo.

—¿Adónde me llevas? —No iban en la dirección por la que habían venido, lo cual le brindó un momento de esperanza, que él desvaneció con la palabra «casa».

Había una escalera por detrás que daba a una bodega y luego a un callejón. Por lo menos él no tenía un carruaje esperando allí. El callejón estaba vacío. Amy pensó que debía confesar que tenía un carruaje disponible, pero así concluiría más rápidamente el tiempo que compartiría con él, y cuanto más estuviera con él esta noche...

—¿No sería mejor que me llevaras a tu hotel?

—No —replicó Warren.

Aún la estaba arrastrando hacia la calle. Iba muy apurado, así que ella tenía que correr para seguirle los pasos.

No sabía qué iba a hacer si Warren se dirigía hacia donde estaba el carruaje que la esperaba, especialmente si el cochero decía algo para indicarle a Warren que la estaba esperando, algo que, probablemente, iba a hacer, ya que Amy le había prometido una buena propina.

Para su alivio, cuando llegaron a la calle, Warren se dirigió en dirección opuesta, y no había ni un solo carruaje a la vista... por ahora. Pero a la velocidad que iba, encontraría uno en seguida.

Ella le dio otra sugerencia:

—¿Podrías ir más despacio, Warren?

Otro «no», categórico y cortante.

—Si no lo haces, me torceré un tobillo. Entonces tendrás que cargar conmigo.

Caminó más lentamente de forma instantánea. Probablemente le estaba matando la idea de tener que llevarla del brazo para arrastrarla tras de sí. Que el cielo no permitiera que tuviera que abrazarla.

Pero ahora que caminaba de forma más lenta en lugar de correr, y su paso era casi normal, aunque aún iba por delante de ella, su mente debió comenzar a trabajar otra vez, ya que, repentinamente, le preguntó:

—¿Tu tío sabe que frecuentas tabernas?

—¿Qué tío?

La miró fijamente y le respondió:

—Con el que estás ahora.

—Pero yo no frecuento tabernas.

—¿Y cómo llamas a Hell and Hound?

—¡Un nombre horrible!

Warren se detuvo y se volvió hacia ella. Durante un momento ella pensó que la iba a estrangular, pero la soltó y se agarró la cabeza con ambas manos, una clara señal de que le estaba exasperando demasiado.

Ella decidió confesar.

—Así que no he conseguido arreglármelas muy bien en mi primera experiencia de celos. Lo haré mejor cuando me acostumbre. —Él emitió un sonido entre un resoplido y una risa; así que Amy pensó que le estaba divirtiendo y agregó—: Está bien si te ríes. Te prometo que no se lo diré a nadie.

Le tomó la mano y comenzó a caminar otra vez. Tuvo que volver a correr para seguirle.

—¿El tobillo?

—Correré el riesgo —replicó Warren.

Eso la tranquilizó. Su futuro esposo era incurable, no tenía sentido del humor, no tenía sentido del romanticismo... Bueno, ya tenía suficiente de este mal genio por un día. Ella podía haber provocado ese mal genio..., ¿a quién estaba engañando?... él no tenía otro genio, pero no tenía que soportarlo más.

Amy se soltó y se negó a seguir caminando ni a dar un paso más. Eso hizo que él se volviera otra vez, con las manos en la cintura.

—¿Y ahora qué? —preguntó.

—Ahora nada —le contestó acaloradamente—. Vuelve con la ramera de la taberna, Warren. Puedo regresar sola a casa, y llegar allí íntegra, gracias.

—¿Tenías planeado llegar a casa íntegra?

Su tono era sarcástico, sin duda se refería al último ofrecimiento de Amy, pero ella estaba demasiado enojada como para sonrojarse, y en lugar de ello, le dio más de lo mismo:

—En realidad, el plan era que después de esta noche ya no sería virgen, pero como todavía no estás listo para...

—¡Basta! Si hubiera sabido por un minuto que eras virgen, probablemente te hubiera castigado con el cinturón por un comportamiento tan inapropiado. Alguien debería haberlo hecho, para evitar que siguieras la tradición Malory de la corrupción... ¡Amy, regresa aquí!

¿Estaba bromeando? ¿Después de esa reprimenda y horrible amenaza, sin mencionar el insulto a su familia? Se levantó la falda y corrió más rápidamente, de regreso hacia la taberna y el carruaje que le estaba esperando, y al infierno con los Anderson. ¿Golpearla sólo porque le deseaba? ¿Como si no hubiera tenido intenciones honorables? ¿Como si fuera por allí tratando de seducir a cada hombre que veía? ¿De qué otro modo tenía que derretir esa capa de hielo protectora en la cual estaba encerrado su corazón? No era como cualquier otro hombre normal con el cual ella podía tratar de una manera normal. Él odiaba a las mujeres, desconfiaba de ellas, las usaba sin permitirles que se le acercaran.

Duro, frío, un grosero; estaba probablemente loca al pensar que podía cambiar todo eso. Le faltaba la experiencia, aunque él, obviamente, creía que sí la tenía. ¿Que no era virgen? No importaba que no la deseara... no, debería ser lo contrario. Ella pensó que era su inocencia lo que le hacía resistirse a ella, pero si creía que no era virgen, ¿por qué rechazar lo que le estaba ofreciendo?... A menos que realmente no la deseara.

Amy se detuvo pensando en todo esto. Miró hacia atrás y vio que Warren se estaba acercando a ella. Pero nunca la alcanzaría. Superaba en años a todos sus hermanos, que no eran tan grandes y torpes como él. Pero no había contado con que iba a dar de narices contra uno de los clientes de Hell and Hound.

Casi lo tira al suelo. Él la abrazó por acción refleja, y, afortunadamente, recuperó el equilibrio antes de que ambos se desplomaran. Desafortunadamente, advirtió lo que estaba sosteniendo antes de soltarse.

—Bueno —dijo el hombre con agrado—, ¿qué tenemos...?

No tuvo oportunidad de terminar. Warren llegó hasta Amy y su puño fue a dar directamente contra el rostro del hombre. Esta vez sí fue derribado. Amy chilló mientras se caía con él, ya que él se aferró más fuertemente cuando comenzó a caer. Antes de que pudiera ponerse de pie, Warren la tomó por la cintura y la levantó.

El hombre, que aún estaba tendido en el suelo, miró a Warren y le preguntó:

—¿Y eso por qué fue?

—La dama no está disponible.

—Podrías haberlo dicho —se quejó el hombre, señalándose la mejilla.

—Lo hice, a mi manera —contestó Warren—. Y si fuera tú, me quedaría ahí, a menos que quieras más de lo mismo.

El hombre había comenzado a sentarse. Ante tan nefasta amenaza se volvió a tirar al suelo. Bueno, Warren era un hombre corpulento, y el inglés parecía bastante flacucho. En ese momento, Warren parecía capaz de una violencia más seria. Amy, aprisionada junto a él, podía sentirle, así como también su decepción al ver que el hombre no quería pelear con él.

Se marchó, furioso. Como no había soltado a Amy, ella se preguntaba si se habría olvidado que estaba cargando con ella. Comenzó a recordarle su presencia cuando oyó otro quejido que provenía de detrás de ellos.

—Un maldito norteamericano —el hombre lo adivinó por el acento de Warren—. ¿No has oído que la guerra ha terminado? —y añadió gritando—: Y si yo hubiera estado allí, les hubiéramos golpeado las colas.

Warren se volvió. El hombre se puso de pie y se alejó corriendo. Amy se hubiera reído si hubiera tenido aliento para hacerlo. Esta noche su futuro esposo no estaba obteniendo ninguna clase de satisfacción. Se alejó en la dirección que lo habían hecho antes.

Amy le llamó la atención por la seguridad de su estómago:

—Si vas a cargar conmigo, ¿podrías darme vuelta para que pudiera disfrutarlo?

Él la soltó. ¡El muy maldito la soltó! En otro momento, su temperamento Malory hubiera explotado. Pero cuando miró a Warren, él parecía tan sorprendido como ella al verla sentada en el suelo.

—¿Debo entender eso como un no?

—Maldición, Amy, ¿no puedes tener un poco de seriedad?

—No querrías verme seria, a menos que quieras ver llorar a una mujer. Aunque, pensándolo bien, probablemente sí querrías —le contestó disgustada.

—¿Qué significa eso? —le preguntó mientras le ayudaba a ponerse de pie. Pero advirtió que retrocedía y agregó—: ¿Te hice daño?

—No finjas preocupación por mi trasero, al que querías golpear con un cinturón.

—No lo hubiera hecho —murmuró.

—¿Qué significa eso?

—Que no te hubiera causado daño.

—¿Eso dice un hombre que piensa que las mujeres nunca son demasiado viejas para pegarles? —se burló Amy.

Warren frunció el entrecejo.

—Te has hecho demasiado amiga de mi hermana, ¿verdad?

—Si te refieres a que sé cosas de ti que probablemente no querrías que supiera, sí. Algún día te alegrarás, ya que ese conocimiento me lleva a pensar que no eres una causa completamente perdida, sino que tienes una o dos cualidades capaces de ser rescatadas.

—¿Eso piensas? Y supongo que vas a decirme cuáles.

—No, no voy a hacerlo —hizo una mueca traviesa—. Dejaré que adivines qué me impresiona.

—Hubiera preferido que me consideraras una causa perdida.

—Sí, lo sé —suspiró Amy—. Y, sin duda, hace unos minutos te lo hubiera agradecido.

—¿Puedo preguntarte qué te hizo cambiar de idea?

—Esa espléndida demostración de celos que acabas de llevar a cabo —le contestó con presunción.

—¡Oh, Dios! —Warren se quejó—. Esos no eran celos.

—Por supuesto que sí, y nada de lo que digas o hagas me convencerá de lo contrario. ¿Te gustaría saber por qué?

—Me aterroriza preguntar.

De cualquier manera, se lo dijo.

—Porque me declaré. Soy tuya y tus instintos más profundos lo aceptaron, aunque no estés listo para admitirlo.

—Qué tontería. Sólo tenía ganas de dar un puñetazo al hombre. Tenía ganas de golpear a alguien desde que desembarqué. Pero siempre me pongo así cuando sé que tendré que ser civilizado con mi cuñado.

Amy se rió.

—Al tío James le encantaría saber eso, estoy segura, pero elegiste a ese hombre para darle un golpe porque me estaba abrazando.

Warren se hizo el indiferente.

—Di lo que te apetezca.

—Lo haré, Warren. Podrías depender de eso. Y, a propósito —le dijo con un tono más seductor— sobre mi virginidad y tu contención, eso es sólo un recuerdo. Tú sabes cómo puedes probar si aún soy virgen o no, ¿verdad?

Ya fuese por la bochornosa forma con que lo dijo o por el atrevido desafío implícito, el hecho es que Amy obtuvo lo que deseaba. Le tomó la cabeza con las manos; así que tuvo que aceptar su beso lo quisiera o no. Pero sí lo quería, oh, sí. No podía tener dudas por la voracidad de su respuesta, la cual fue inmediata.

Ella también le abrazó, mientras sus lenguas se entrelazaban con frenética desesperación. Era un remolino de vehemencia y deseo, de frustración e inexperiencia, unidos en una dulce pasión.

El tiempo y el espacio no tenían significado en esa tormenta erótica, pero era una tormenta delicada, tan fácil de comenzar como de terminar. Cuando Warren la tomó de los glúteos para acercarla a su pene, un gemido de placer de Amy rompió el hechizo.

Se separaron de inmediato, aunque el fuego era demasiado intenso aún estando separados. Él le dio la espalda, como si el verla fuera a destruir su compostura. Ella permaneció allí jadeando, con los puños cerrados, luchando con su necesidad de ir a la cama, profundamente frustrada. Pero comprendió que ese no era el momento de presionar. Él era un hombre variable en todas sus pasiones, y era obvio que ella tendría que pisar con cuidado para obtener lo que deseaba. Y lo conseguiría. Ahora estaba segura de eso. El problema era que la paciencia no era una de sus virtudes.

—Dios mío, me hubieras dejado que lo hiciera aquí en la calle, ¿verdad?

Warren no se volvió para preguntárselo. Ella ignoró el tono, que no era cortés, y le respondió con sinceridad:

—Al parecer no tengo vergüenza cuando se trata de ti —él irguió la espalda, así que ella agregó en tono de broma—: Supongo que no te volverás atrás y que me llevarás a tu hotel.

—¡No!

Ella retrocedió ante su explosiva respuesta.

—¿Algún otro hotel?

—¡Amy!

—Estoy bromeando, por el amor de Dios. Sinceramente, vamos a tener que hacer algo con tu sentido del humor, Warren.

Él se volvió para decirle:

—Al diablo con mi sentido del humor, lo que es atroz es tu sentido del decoro, y creo que mi «contención», como lo llamas, fue ampliamente probada. No puedes ser así de desenfrenada y seguir siendo virgen.

—¿Porqué no? Soy joven, saludable, y mis instintos son muy buenos. Y no soy yo, tonto. Tú eres el que provocas que quiera devorarte.

—Una palabra provocativa más y...

—Sí, sí, ya sé, me golpearás con tu cinturón. Si no tienes cuidado, Warren, aún podría desistir de ti.

14

Amy no estaba segura de por qué lo hizo. Posiblemente porque Warren no conocía bien Londres y se podrían haber perdido fácilmente. O posiblemente porque cuanto más caminaba parecía más enojado, y no aparecía ningún carruaje que le liberara de su carga. Y si estaba tan enojado, ella sabía que esta noche no llegaría a ninguna parte con él. Así que, finalmente, confesó que el carruaje que la había traído probablemente la estaría esperando cerca de Hell and Hound.

Él no recibió la noticia demasiado bien, por supuesto. Para decirlo suavemente, casi le dio un ataque, la acusó de mentirosa y cómplice y otras prácticas engañosas. Ella no se molestó en negarlas; bueno, ¿cómo iba a hacerlo si en parte eran ciertas? De cualquier manera, él no le dio la oportunidad de decir mucho, repitiéndole una y otra vez esas cosas mientras regresaban por donde habían venido.

Cuando llegaron al carruaje alquilado, que aún estaba esperando a la vuelta de la esquina, ella estaba segura de que la empujaría hacia dentro y eso sería todo. Y la empujó hacia dentro. Pero él también subió, gruñéndole la dirección de Amy al cochero.

Se sentaron uno frente al otro y en silencio, mientras el carruaje avanzaba, y él no le dijo una sola palabra más después de cerrar la puerta y, al parecer, no tenía intenciones de hacerlo. A Amy no le importaban los gritos ni la furia. Ella era muy buena con eso cuando le provocaban. Pero su naturaleza traviesa no podía tolerar el silencio, no más de algunos minutos. Y a decir verdad, él la ponía más nerviosa cuando estaba tranquilo que cuando le gritaba. Por lo menos cuando le gritaba sabía exactamente lo que estaba pensando.

Así que dejó que su naturaleza hiciera lo suyo. Desafortunadamente, ella aún tenía una sola cosa en la cabeza, así que la broma no sonó como una broma, por lo menos para los oídos de Warren.

—Los carruajes espaciosos como este son muy convenientes, ¿verdad? Piensa, dudo que tengamos otra oportunidad de estar así solos otra vez... al menos no hasta que accedas a llevarme a la habitación de tu hotel.

—Cállate, Amy.

—¿Estás seguro de que no quieres aprovechar estos suaves y cómodos asientos? Mis tíos nunca hubieran dejado pasar una oportunidad así.

—Cállate, Amy.

—Mis primos tampoco. Derek y Jeremy le hubieran subido la falda a la dama...

—¡Amy!

—Bueno, lo hubieran hecho —le aseguró—. Y no buscarían escapatorias por la edad o la inocencia ni por la carencia de esto, ya que se están convirtiendo en verdaderos libertinos.

—Yo no soy un libertino.

—Ya me di cuenta. Si lo fueras, yo no estaría sentada aquí sola, ¿verdad? Estaría sentada en tu regazo, posiblemente con la falda levantada, o con tus manos tratando de levantarla sin que yo lo advirtiera mientras...

Warren gruñó y se tapó los ojos con las manos. Amy hizo una mueca mostrando satisfacción por haberle conmovido otra vez, hasta que él le dijo de manera burlona:

—Hasta tus conocimientos te traicionan.

—¡Oh!, tonterías. Hay un buen número de personas casadas en mi familia que, a veces, se olvidan de que yo no lo estoy. Hasta tu hermana me ha contado una o dos cosas sobre el tío James que me parecieron fascinantes. ¿Sabías que él acostumbraba a llevarla del alcázar del buque a su cabina en pleno día para?...

—¡Al diablo si lo hizo!

—Lo hizo —insistió Amy—. Eso fue antes de que se casaran.

—No quiero escuchar nada de eso.

—Pareces una mojigata, Warren.

—Y tú pareces una ramera del puerto —le replicó Warren.

—Bueno, estoy tratando. Después de todo, eso es lo que buscabas esta noche, ¿verdad? Y estoy tratando de ser servicial.

No le respondió, pero la volvió a mirar de forma fija. De un momento a otro parecía que se iba a acercar a ella. Aunque fuera para castigarla, se hubiera conformado con eso. Se volverían a tocar, y cuando lo hacían se producía algo electrizante. Pero él no se movió. Sin duda el hombre jugaba con su amor propio.

—Sé lo que estás pensando —dijo con un tono de descontento—. Puedes olvidarlo. Tendrías que salir al campo para darme una buena paliza. Y yo gritaría como loca si me pones una mano encima para otra cosa que no fuera brindarme placer. Claro que... —agregó pensativa— también gritaría como loca cuando se tratara de placer. No lo sé, ya que todavía no he tenido esa clase de placer. Tendremos que esperar y ver cómo reacciono, ¿verdad?

Warren se inclinó hacia adelante. Tenía los puños cerrados. Por primera vez Amy advirtió que se le movía la pequeña cicatriz de la mejilla. Ojalá supiera si, finalmente, le había impulsado a hacerle el amor o a estrangularla. Pero, definitivamente, lo había impulsado demasiado en una de las dos direcciones, y como no estaba segura hacia cuál, decidió no arriesgarse a averiguarlo.

—Está bien —le prometió rápidamente—, si lo que quieres es silenció, lo tendrás.

Amy miró hacia fuera, por la ventanilla, conteniendo el aliento, y esperando haberle satisfecho. Después de algunos minutos de tensión oyó que se volvía a apoyar en su asiento. Suspiró por dentro. Su mal genio era un problema y le iba a dificultar las cosas durante algún tiempo, aunque no indefinidamente. Una vez que comenzara a interesarse por ella, ya no tendría que preocuparse por su temperamento. Para entonces le conocería lo suficientemente bien como para saber cómo evitarlo, sacarlo de él, o simplemente ignorarlo, pero tendría que estar segura de que no temería nada de él. Sus orejas podrían sufrir ocasionalmente, pero no sus glúteos.

Ella tenía confianza en que, finalmente, se llevarían muy bien. Pero mientras tanto, tendría que pensar hasta dónde podría provocarle sin sentirse realmente intimidada. En su opinión, retirarse era un retroceso definitivo, porque ella no quería que él la relacionara con todas las demás mujeres que habían andado de puntillas debido a su temperamento.

Georgina le contó que las mujeres se sentían atraídas por Warren, a pesar de ser cautelosas con él. Y él se había acostumbrado a esto, lo cual mantenía firme la barrera que encerraba su corazón. Amy quería que fuera vista por él de manera diferente. Tenía que romper sus defensas, y no podía hacerlo si él creía que podía alejarla como había hecho con todas las mujeres que habían tratado de acercarse a él.

También tenían que hacer el amor. Ahora eso era imperioso debido al poco tiempo que le quedaba. Pensó que haciendo que la deseara bastaría, pero obviamente no funcionó. Su voluntad era demasiado fuerte. No, hacer el amor era la única forma de acercarse a él lo suficiente como para lograr algo, acercarse lo suficiente como para demostrarle que ella no era otra Marianne, que podía confiar en que nunca le causaría daño, que podía hacerle feliz. Hacía ocho años que el hombre era desdichado, y se había convencido de que le agradaba esa forma de ser. Ella estaba decidida a mostrarle otro camino, a devolverle el amor y la risa a su vida.

Un profundo bache en el camino, o alguna otra obstrucción hizo saltar repentinamente el carruaje, sacando a Amy de su ensimismamiento y alertándola sobre lo que estaba viendo fuera. Frunció el entrecejo, confusa durante un momento; luego se alarmó, no por ella sino por el simple hecho de que su compañero no iba a apreciar esto para nada. Y, desgraciadamente, dependía de ella darle las malas noticias.

Pero ya no había más remedio. Warren tenía que estar preparado, y también que no existía un verdadero peligro por el que preocuparse.

—¡Ah!... Warren. Creo que este carruaje no va hacia donde le indicaste.

Miró por la ventanilla, pero como no estaba familiarizado con Londres, el paisaje no le decía nada.

—¿Entonces, dónde estamos?

—Si no me equivoco, esos no son los árboles de uno de nuestros espléndidos parques. Este es el camino que sale de Londres, en el cual no tenemos nada que hacer para llegar a Berkeley Square.

Su voz era tranquila cuando le preguntó:

—¿El cochero me entendió mal?

—Lo dudo.

La miró con los ojos entrecerrados.

—No será idea tuya, ¿verdad? ¿Algún íntimo nido de amor en las afueras de la ciudad que esperabas usar esta noche?

Ella le hizo una mueca. Realmente no podía evitarlo.

—Lo lamento, pero sólo esperaba terminar en la cama de la habitación de tu hotel.

—¿Entonces, qué es esto?

—Una de mis mejores conjeturas es que nos van a robar.

—Tonterías. Sé que en la zona en la que estábamos los robos son muy habituales. No había razón para sacarnos de la ciudad.

—Es verdad, excepto que estos robos también son muy comunes, ya que los ladrones pueden robar caballos, un carruaje y nuestros bolsos. Por supuesto que, generalmente, los coches de alquiler no son un blanco. Su carne de caballo no es la mejor ni tampoco el equipaje; así que no obtienen mucho en sus ventas. Pero este estuvo sentado mucho tiempo en un lugar. Quizá le preguntaron al cochero y les dijo que recibiría una buena suma por esperar.

—¿Estás diciendo que tu cochero no está aquí? —le preguntó Warren.

—Lo dudo mucho. Pudieron deshacerse de él, y alguien de su tamaño se pudo haber puesto la chaqueta para evitar sospechas. Y odio decirlo, pero probablemente haya más de uno de esos ladrones. Generalmente, estos operan de dos en dos o de tres en tres, y los otros dos se colocan en el techo o esperan en algún camino desierto, preparado de antemano. Espero que sólo hayan golpeado al cochero y no le hayan malherido o matado.

Esta vez Warren realmente estaba frunciendo el entrecejo.

—Si yo estuviese en tu lugar me preocuparía por ti.

—En realidad, no creo que estemos en un serio peligro. No sé cómo son tus ladrones norteamericanos, pero los nuestros tratan de no matar a nadie si pueden evitarlo. La alarma que cunde después de un hecho así es mala para todos ellos. Incluso ahorcan a uno de los suyos para terminar con el asunto.

—Amy, ¿por qué me cuesta creer todo esto?

—Porque no te has dado cuenta de lo ingeniosos que son nuestros ladrones.

Su mirada le indicó que, en ese momento, no le importaba su humor.

—Prefiero pensar que el cochero, simplemente, no escuchó claramente las direcciones, y que se puede corregir.

Para corregirlo, primero golpeó el techo para llamar la atención del cochero, y luego abrió la puerta para gritarle al hombre que se detuviera. En lugar de ello, el carruaje tomó más velocidad y Warren fue arrojado contra su asiento y la puerta se volvió a cerrar con violencia.

—Bueno, eso termina con las dudas —le señaló Amy.

—Maldición, si no estuvieras aquí, simplemente saltaría —le respondió.

—Muy bien, cúlpame por evitar que te rompas el cuello.

—En primer lugar eres culpable de que esté aquí.

—¿Preferirías que estuviera aquí, sola, enfrentándome a esto? —le preguntó levantando una ceja.

—Preferiría que te hubieras quedado en casa; entonces ninguno de los dos estaría aquí.

Le hubiera gustado tener un buen argumento para

contestarle, pero no lo tenía, así que distrajo sus pensamientos.

—No tienes mucho dinero, ¿verdad?

—¿Para ir donde fui? No soy estúpido.

—Entonces no te resistas —le sugirió razonablemente—. Es muy simple. Entregas el dinero y no te causarán daño alguno.

—Esa no es la forma en que yo hago las cosas, pequeña.

Comenzó a sentir un verdadero temor al escuchar esas palabras.

—Warren, por favor, sé que esta noche esperabas una pelea, pero no elijas a esos tipos. Van a estar armados...

—Yo también lo estoy.

—¿Lo estás?

Se levantó ambas piernas del pantalón para sacar una pistola de una bota y un cuchillo de la otra. El temor de Amy se convirtió en pánico.

—¡Deja eso!

—No lo haré —le contestó.

—¡Norteamericanos! —exclamó, dejando en claro que en ese momento no tenía un alto concepto de ellos—. No quiero quedar atrapada en el fuego cruzado mientras tú juegas al héroe, y, si te hieren, verme obligada a hacer algo estúpido, como buscar revancha en tu nombre, y además esta noche no quiero que me maten, gracias.

—Tú te vas a quedar en el carruaje —fue todo lo que le respondió.

—No lo haré.

—Lo harás.

—Te prometo que no lo haré. Me quedaré tan cerca de ti que una bala que venga en tu dirección tendrá la misma oportunidad de encontrarme a mí. ¿Eso es lo que quieres, Warren Anderson?

—Maldición, ¿por qué no puedes ser sensata como las mujeres normales y tratas de esconderte debajo del asiento? Incluso no me importaría si te pones histérica.

—Tonterías. Los hombres odian a las histéricas, y los Malory no las tienen.

Antes de que pudiera responderle, el carruaje se detuvo tan bruscamente que Warren casi se cae del asiento. Se le cayó la pistola que estaba sosteniendo, y Amy trató de recogerla, pero Warren la alcanzó primero.

—¿Te puedo preguntar qué ibas a hacer con ella?

—Tirarla por la ventana —su tono de disgusto indicaba que había pensado en esa idea, así que Amy agregó—: Mira, déjalos y haré cualquier cosa que me pidas.

Más tarde tendría que pensar cómo salir de esa promesa, porque imaginaba lo que podía pedirle... no volver a verla. Y Warren lo pensó durante un momento. No había tiempo para más.

—¿Cualquier cosa? —quería que se lo aclarara.

Amy asintió con la cabeza, pero también contestó:
—Sí.

—Muy bien —volvió a colocar el cuchillo en su bota, pero escondió la pistola en la espalda, donde estaría tapada por la chaqueta, pero lista por si la necesitaba—. Y tápate con la capucha —le indicó enojado, al parecer no muy feliz por el trato que había hecho—. No tiene sentido anunciar tu belleza.

En algún otro momento, el irónico elogio la hubiera conmovido, pero, en ese momento, hizo lo que le indicó de inmediato. Se abrió la puerta y se introdujo una pistola mucho más grande y vieja que la de Warren.

—¡Fuera! —fue todo lo que les dijo el ladrón, que tenía la cara cubierta con una bufanda, aunque su pistola les dijo mucho más, indicándoles que se apuraran.

Warren bajó primero y no se apuró. Se movió con

exagerada lentitud, esperando cualquier excusa para disparar. Pero los ladrones no le darían esa excusa. No le obligaron a apurarse, así que no tuvo otra posibilidad que la de bajar a Amy. En realidad, tenía otras muchas posibilidades, pero por el momento estaba accediendo a su petición, y ella se sentía agradecida por eso, especialmente cuando vio que los ladrones eran cuatro.

Dos estaban esperando el carruaje. Ninguno de ellos era demasiado corpulento, y probablemente la altura de Warren hizo que esperaran, pero todos estaban bien armados, así que la pausa no fue muy prolongada.

—No hay necesidad de demorarse. Dénos el dinero y usted y la dama podrán seguir su camino.

—¿Y si no lo hago? —preguntó Warren groseramente.

Amy se quejó interiormente. Hubo un momento de silencio; luego, el hombre que había hablado primero respondió:

—Bueno, todos sabemos la respuesta a eso, ¿verdad?

Se oyeron algunas risitas después de la observación. A Amy no le agradó el sonido de esas risitas. Quizá se había equivocado completamente en lo que le había dicho a Warren. Después de todo, siempre ahorcaban a alguien cuando los ladrones comunes no seguían las reglas.

Amy arrojó de inmediato el bolso que llevaba en la muñeca. Uno de ellos lo levantó, le tomó el peso, y sonrió al comprobar que tenía bastante peso.

—Muy agradecido, milady —le dijo el ladrón.

—No tiene por qué —respondió Amy.

—Diablos —murmuró Warren, disgustado por sus modales en un momento como este.

Amy estaba más disgustada por los de él, y se lo indicó con un codazo en las costillas. Después de mirarla fijamente, Warren buscó en sus bolsillos para arrojar hasta la última moneda que tenía. Con más exactitud, arrojárselas a ellos.

Amy quería volver a golpearle, pero Warren aún no les había provocado.

—Al parecer estaba preparado para las ratas. No me sacarán nada más.

Finalmente hizo que se enojaran, por lo menos el líder.

—Si queremos podemos quitarle la ropa a ella —le advirtió.

El otro le preguntó a Amy:

—¿Qué hace una dama como tú con un yanqui?

—Pensando en asesinarlo —le respondió con tanta sinceridad que todos se rieron—. Así que si nos disculpan, caballeros, continuaré con eso.

No esperó que le dieran permiso para irse. Se alejó con desfachatez hacia la dirección de la que habían venido, arrastrando a Warren del brazo.

Durante un momento pensó que eso era todo lo que tendría que hacer, hasta que el líder le gritó:

—¿Está segura de que no tiene alguna otra chuchería para agregar al botín, milady?

Ella se endureció, pero no era nada comparado con la violencia que sentía que emanaba de Warren. Realmente le molestaba no poder hacer nada. Obviamente, su estilo no era retirarse, aun cuando le estuvieran apuntando cuatro pistolas.

Pero Amy era mucho más pacífica, y antes de que él pudiera hacer algo, le contestó:

—No, y si no quieren enfrentarse con los Malory de Haverston por el trabajo de esta noche, os deberéis contentar con lo que tienen.

Quizás ellos no habían oído hablar de los Malory de Haverston, pero el nombre Malory era bien conocido aun para los ciudadanos más bajos de la ciudad de Londres. Anthony Malory se había encargado de eso durante sus días como libertino, de prostitución, juegos y duelos al amanecer.

Ella no se equivocó, ya que los ladrones no dijeron nada más. Eso no la detuvo para que continuara arrastrando a Warren. No respiraría tranquila hasta que estuvieran bien lejos de la zona.

Habían caminado quinientos metros cuando Warren por fin dijo algo:

—Puedes dejar de estrangularme el brazo, pequeña. No voy a regresar.

—Al fin sale algo sensato de tu boca —murmuró Amy.

—¿Qué dijiste?

—Nada.

Le soltó y caminó delante de él, casi corriendo debido a su ansiedad por regresar a la ciudad. Según sus cálculos, todavía les faltaban un par de millas para llegar a los suburbios, y, cuando por fin, llegara a casa... No quería pensar en eso. No había planeado estar tanto tiempo fuera. Le dijo a Artie que se retiraba a descansar esperando que no la molestarían. Pero aún tenía que entrar a hurtadillas en la casa, y cuanto más tarde fuera, más silencio habría y la podrían oír más fácilmente.

—No te habrás tranquilizado porque estamos rodeados de varillas, ¿verdad?

Cuando le dijo esto ya habían caminado otra milla. Amy esperaba que fuera el surgimiento de un tardío sentido del humor, pero lo dudaba.

—Una varilla recién cortada es inferior —le informó sin volverse para ver su reacción—. Necesita un acondicionamiento que sólo el tiempo...

—Una varilla recién cortada daría en el blanco. No tengo dudas.

Ella se volvió para decirle:

—Olvídalo, Warren. No hice nada para merecer...

—¿No hiciste? Si no fuera por ti mi cuerpo no estaría... necesitado. No me hubieran robado. No estaría aquí en este camino miserable.

—Este es un espléndido ejercicio, no llevabas tanto dinero, y ya sabes lo que puedes hacer con tu otro problema... si no fueras tan obstinado.

—Ya basta.

Warren se encaminó hacia el borde del camino y los matorrales de los que estuvieron hablando. Amy no esperó a que rompiera una varilla. Salió corriendo por el camino.

15

La luz de la luna se filtraba a través de las nubes, y permitía ver claramente el camino, así que no era difícil evitar los baches y los surcos de las ruedas de los carruajes. Y el camino estaba seco. No llovía desde hacía tres días, así que no había peligro de resbalarse y caerse en los charcos con lodo.

La única preocupación de Amy era que le alcanzara aquel loco que estaba decidido a descargar sus frustraciones en ella de una manera física..., pero no de la manera física adecuada. No podía permitir que lo hiciera. Después, él se arrepentiría, aunque ella se arrepentiría más aun... por lo menos su trasero sí lo haría. Sin embargo, estaba segura de que ganaría esta carrera, ya que aquí no había nadie que pudiera cruzarse en su camino, como había sucedido antes. Pero Warren había tenido el tiempo y esfuerzo necesarios como para recuperarse perfectamente; así que, esta vez, no tendría problemas para atraparla.

En unos instantes le tomó la capa con la mano y luego el brazo. Desafortunadamente, cuando se volvió Amy tropezó y le hizo perder el equilibrio. Él se cayó sobre ella. Cuando el dolor se hubiese suavizado, probablemente advertiría que tenía uno o dos huesos rotos, si es que no los había roto todos, como sentía.

Y él no se puso de pie. Comenzó a hacerlo, pero después de levantarse un poco, vio sus grandes ojos, sus labios anhelantes, e inclinó la cabeza.

Sus dulces labios hicieron que Amy olvidara su incomodidad. Su falda no era lo suficientemente amplia como para que él se acomodara entre sus piernas, a menos que estuviera levantada, lo cual no era así. Pero permitía acomodar una pierna, cosa que él hizo. Y eso fue todo lo que necesitó para abrazarle y bajarle completamente.

Ahora su peso era algo glorioso. Esto era muy diferente de sus besos anteriores, cuando ella trató de acercarse a él, pero no lo logró. Aquí no había espacio entre ellos, pero aun así no era suficiente. Ella quería más.

Con una mano le sostenía la cabeza y con la otra un costado, pero no tenía ninguna varilla. Luego, el beso se profundizó, mientras una de sus manos se deslizaba hacia su pecho.

Esto tampoco era como antes, cuando una de sus manos la había tocado, pero quieta. La acarició, la apretó, y su pecho se endureció, el pezón se irguió, y las sensaciones que esto le provocó en todas partes... Sabía que hacer el amor con este hombre sería maravilloso, pero saber no era experimentar. Que esto fuera sólo el comienzo, aumentaba su emoción al pensar en el resto.

Era inconcebible que él pudiera luchar contra algo tan maravilloso como esto cuando, a diferencia de ella, él sabía exactamente lo que podía esperar. Pero ahora no lo estaba combatiendo. Estaba dando rienda suelta a su pasión, y ella estaba allí para darle respuesta.

Warren rodó y la colocó sobre él, para poder alcanzar su nalgas. La sostuvo con ambas manos para controlar sus movimientos, y la presionó contra su pene, guiándola con lentas ondulaciones, contra las cuales su fino traje de verano no constituía una barrera.

Los movimientos la estaban enloqueciendo. Amy

enredó sus dedos en el largo cabello dorado de Warren. Le besó la mandíbula, el cuello, le mordisqueó la oreja, mientras él seguía moviéndose y deslizándose contra ella, provocando una fricción que ella no sabía que existía.

Estaban en el medio del camino. Si venía alguien y no lo oían les podía arrollar, lo cual era una buena posibilidad, ya que Amy estaba completamente entregada a él. Pero a ella no le importaba, y apostaba a que a Warren tampoco.

Por desgracia, apareció un carruaje y no lo oyeron, ni siquiera cuando estuvo al lado de ellos. Afortunadamente, el cochero advirtió la obstrucción en el camino y se detuvo. Su ocupante, una matrona muy conocida, sacó la cabeza por la ventanilla para ver qué ocurría, pero desde su ángulo no pudo ver a Amy y a Warren tratando de ponerse de pie después de que el cochero lograse llamar su atención haciendo un sonido con la garganta.

Sin embargo, le preguntó:

—¿Qué sucede, John? Y si me dices que es uno de esos molestos bandidos, lo primero que haré mañana a la mañana será despedirte.

John, que se había divertido con los traviesos amantes, ya no se divertía, y no por la amenaza de la dama. Ella le amenazaba con despedirle por lo menos una vez por semana, y sin embargo hacía veinte años que estaba a su servicio. Pero la mención de los bandidos le hizo pensar que este podía haber sido un truco para lograr que se detuviera.

Le contestó gritando con cautela:

—No sé cuál es el problema, lady Beecham.

Amy gruñó al reconocer ese nombre. Abigail Beecham era una condesa viuda, una anciana agria, cuya única ocupación en estos días parecía consistir en averiguar los útimos sucesos para alimentar la fábrica de chis-

128

mes. Sin duda era la peor persona que podía haber aparecido, y si reconocía a Amy, entonces Amy debería comenzar a preparar sus maletas para China. Necesitaba ir a esconderse en los matorrales. Seguramente Warren se sentiría complacido al ver a Abigail Beecham como su salvación.

—Tranquilo, buen hombre —le dijo a John, el cochero—. Nos acaban de robar...

—¿Qué sucede? ¿Qué sucede? —preguntó Abigail—. Venga aquí donde pueda verle.

Warren iba a hacerlo, pero Amy lo atrajo hacia atrás.

—¡Me reconocerá al verme! Si no estás seguro de lo que eso significa, recuerda que en nuestras familias hay matrimonios forzados.

—Tonterías —se burló Warren, con indiferencia ante el riesgo—. Súbete la capucha.

Amy no podía creerlo. Al hombre parecía no importarle en absoluto la seriedad de esta nueva y desastrosa situación. La arrastró hacia adelante, hacia las luces del carruaje, para que Abigail Beecham pudiera observarles perfectamente.

—¿A quién está escondiendo ahí atrás, joven? —Abigail quería saber.

Warren miró por detrás de su hombro y vio que Amy, realmente, se estaba escondiendo tras él, con el rostro prácticamente pegado a su espalda.

Como la frustración sexual, el maltrato, y la revancha estaban primeros en su lista de prioridades, le respondió groseramente:

—Mi amante.

—La vistes con trapos finos —señaló Abigail con escepticismo.

—Un hombre puede gastar su dinero como le plazca —le contestó Warren con una sonrisa temeraria.

La anciana dama se sonrió, pero descartó su respuesta por el momento.

—Parecen desamparados.

—Lo estamos —respondió Warren—. Nos robaron el dinero y el transporte.

—¿Bandidos?

—De la ciudad —le aclaró—. Nos sacaron de Londres.

—¡Escandaloso! Bueno, suban, y me podrán contar todo.

—Olvídalo —murmuró Amy desde atrás—. No puedo correr el riesgo.

—¿De qué murmura ella? —preguntó Abigail.

Antes de que Warren pudiera responder, Amy le advirtió:

—Ella no te creyó. Se muere por saber si me conoce, y sí me conoce.

—Te lo merecerías —fue todo lo que le dijo mientras abría la puerta del carruaje y la empujaba hacia adentro.

Amy no podía creer que lo hubiera hecho. Pero no tenía otro remedio. Entró con la cabeza hacia abajo, y se dirigió hacia el otro extremo del carruaje.

Warren hizo lo mismo, y sólo se detuvo para decirle a la sorprendida dama:

—Disculpe, sólo tardaré un momento.

Se encontró con Amy a varios metros de distancia.

—¿Qué demonios crees que estás haciendo?

—¿Yo? —le dijo furiosa—. Hablemos de ti, porque yo sé exactamente lo que tú estás haciendo. No fuiste a cortar tu varilla, así que pensaste en castigarme de esta manera por los pequeños inconvenientes que te causé. Bueno, tendrás que buscar otra forma de hacerlo.

—No voy a volver caminando a Londres cuando esta dama se ofrece gentilmente a llevarnos.

—Entonces vete con ella. Si no vas a pensar en mi reputación, piensa en la tuya. Esa dama les dirá a todos y cada uno que me comprometiste, y si crees que podrás salir incólume, piénsalo otra vez. Esa no es la forma en que yo te quiero, Warren. Quiero que tú lo quieras y me lo pidas.

Casi podía oír cómo le rechinaban los dientes.

—Está bien, ganaste. Nos comprometeremos. Puedes ir con el cochero. Confío en que no te reconocerá, ¿verdad?

—¿Y qué le dirás a lady Beecham?

—Que no querías molestarla con tu carácter inmoral.

Ella sintió ganas de pisotearle. Pero en lugar de ello le sonrió:

—Quizá no seas un libertino, Warren Anderson, pero eres un grosero.

16

A diferencia de Warren, quien parecía dispuesto a conservar su amargura durante el resto de su vida, Amy estaba demasiado efervescente como para sentirse enojada durante mucho tiempo. Así que, cuando lady Beecham les dejó en el hotel Albany ya había perdonado a Warren por su odioso trato. En realidad, esa proximidad al lugar al que había querido llegar durante toda la noche provocaba en ella nuevas ideas otra vez.

Se le debía de haber notado, ya que Warren la miró y le dijo:

—Si lo dices, te colocaré sobre mi rodilla, y no me importará cuántos se junten para verlo. No me voy a detener hasta que pidas misericordia.

—¿Qué te hace pensar que no pediría clemencia enseguida?

—¿Qué te hace pensar que la tengo?

Le hizo una mueca, sin sentirse intimidada.

—Tienes un poco. Debe de haber quedado en tu infancia, ya que tienes muy poca, pero apuesto a que si lo intento puedo liberar un poco, y nunca pierdo una apuesta.

Él no se dignó responder a eso, sólo la tomó de un brazo y se volvió para llamar un carruaje que pasaba. Afortunadamente, el carruaje de Abigail ya había girado en la esquina, porque Warren ya estaba perdiendo la paciencia. Quería deshacerse de Amy, y lo quería en ese momento.

En realidad, ella simpatizaba con él. Hoy le había puesto nervioso varias veces, siempre de manera intencionada y como parte de su plan para cansarle lo más rápidamente posible, pero más de las veces que un hombre podía soportar, especialmente un hombre con el temperamento de Warren. Así que no podía sentirse resentida por la irritación que él sentía por ella. En realidad, Amy estaba sorprendida de que no estuviera echando espuma por la boca.

A pesar de todo había sido un día espléndido. Hasta esas pequeñas aventuras no planeadas le habían favorecido... bueno, por lo menos una. Si esos ladrones no les hubieran robado y dejado en el campo, ella nunca hubiera experimentado ese último banquete de pasión. Y Warren tampoco. Y lo que llevaba prendido al pecho en el corto trayecto de regreso a Berkeley Square era el hecho de que la última vez Warren no se había detenido ni lo habría hecho. Si lady B, no hubiera llegado en el momento en que lo hizo...

Le indicó al cochero que le esperara. Amy tenía estos pocos instantes para estar con Warren, sin saber cuándo le volvería a ver una vez más. Si le conocía, y estaba segura de haber comenzado a hacerlo, trataría de evitarla a toda costa. Pero él no podía hacer eso, no mientras ella estuviera viviendo en la casa de su hermana. Si al menos también él estuviera viviendo allí. Realmente tendría que proponerle eso a Georgina...

Llegaron a la puerta. Amy se apoyó en ella para mirarle. Como siempre él tenía el entrecejo fruncido, pero esto no disminuía su belleza. En todo caso, representaba un desafío. No importaba cuántas mujeres habían suspirado por él. Ella no iba a ser una de ellas. Ella iba a ser la que consiguiera conquistarle.

Deseaba que la besara para desearle buenas noches. ¿Se atrevería a provocarle una vez más? Bueno, había probado que era atrevida.

—¿Te diste cuenta de que esta mañana te dije que te deseaba? —le preguntó alegremente—. A este paso, deberías estar listo para declarárteme a fin de semana. Pero podrías dejar de pelear y pedirme que me case contigo ahora; entonces podríamos estar legalmente casados para el fin de semana en lugar de simplemente comprometidos. ¿Qué te parece, Yank? ¿Estás listo para rendirte?

—Estoy listo para hablar con tu tío. —Su tono indicaba que no era para hablar sobre casamiento sino sobre su horroroso comportamiento—. Abre la puerta, Amy.

Amy se puso tensa, pues nunca pensó en esa posibilidad.

—¡No puedes hacerme eso!

—Obsérvame.

—Pero no me volverás a ver, y eso no es lo que quieres. Quizá creas que así es, pero te aseguro que no.

—No estoy de acuerdo. Por el momento no puedo pensar en algo más tentador.

—¿No puedes?

Ahora fue él el que se puso tenso, y se alejó de ella. Fue algo estúpido por parte de Amy. Tendría que haberle demostrado que ya no lo iba a acosar..., pero no tenía intenciones de dejar de hacerlo. Y tendría que ser escrupulosamente honesta con él, o nunca confiaría en ella.

No se retractó de su sarcasmo, pero le ofreció una sugerencia razonable:

—Por favor, consúltalo con la almohada. Ahora estás enojado, pero a la mañana te sentirás diferente.

—No.

—Este no es el momento de probar lo obstinado que puedes ser—le dijo exasperada— ¿Ni siquiera considerarás las consecuencias... además de la de deshacerte de mí? Por ejemplo, el tío James no creerá que eres intachable. Yo le aseguraré que lo eres, pero por lo que siente por ti, no me creerá. Y realmente no querrás enfrentarte con él otra vez, ¿verdad? Él es tan impredecible. Podría echarte, golpearte, o echarte a patadas y negarte que volvieras a ver a George o a Jack.

—Correré el riesgo.

Le respondió con tanta indiferencia, que todo lo que Amy podía hacer era contener su temperamento.

—No pensarás que todo eso es posible, ¿verdad? Quizá no. Quizá lo único que pueda suceder será que me envíen al campo y tú continuarás con tus ocupaciones sin mi encantadora interferencia. Por supuesto que en un día o dos te aburrirás sin nuestras estimulantes conversaciones. Y tus hermanos, que probablemente se enterarán de esto, pensarán que no pudiste manejar a una «pequeña», pero estoy segura de que podrás soportar sus burlas.

—Ya es suficiente, Amy.

—¿Cambiaste de idea?

—No.

—¡Bien! Entra y confiesa todo. Pero existe, otra posibilidad que no has tenido en cuenta. Que yo puedo hablar con mi familia para que vean las cosas a mi manera. Entonces todo lo que habrás logrado es que mis tíos vigilen cada uno de tus movimientos —y, estaba tan enojada, que agregó—: Esta idea tan brillante te puede parecer la salvación, pero podría ser la manera más cobarde de salir de esto. Si te vas a resistir, Warren Anderson, hazlo a tu manera.

Amy se volvió y le dio la espalda, mientras trataba de encontrar la llave de la casa en el bolsillo de su capa. La capa era un poco sesgada, así que el bolsillo no estaba donde debía estar. Ella esperaba que la llave aún estuviera allí, después de todas las caídas de esta noche. Aunque pensándolo bien, si la llave se hubiera perdido, su problema estaría solucionado, por lo menos temporalmente. Pero no se había perdido, y ya había decidido que si podía evitarlo no le mentiría más a Warren ni le diría más verdades a medias.

Durante unos segundos no le dirigió una sola palabra, pero cuando ella colocó la llave en la cerradura, la tomó de los hombros.

—¿Crees que no puedo? —le preguntó.

—¿Poder qué?

—Resistirte.

Ella no podía resistirse a apoyarse en él, así que lo hizo, y él no la alejó.

—Creo que harías todo lo posible —le contestó con un suave murmullo.

—Y lo lograría.

—¿Quieres apostar?

Ella contuvo el aliento, esperando su respuesta. Sabía que estaría sellando su destino si él aceptaba la apuesta, ya que nunca perdía una. Pero él la decepcionó.

—No. Apostar sobre eso le daría importancia. Este descaro por tu parte me sorprendió, eso es todo. Pero ahora que sé qué esperar, te puedo ignorar.

Ella se volvió antes de que él pudiera retroceder para evitar que presionara su pecho contra el de él.

—¿Puedes? —le preguntó de manera seductora.

Él se fue. Muy bien, quizá podía... durante muy poco tiempo más.

Amy cerró la puerta y se apoyó en ella. Ahora que el peligro había pasado, estaba sonriendo. Pudo entrar en la casa sin que Warren la siguiera, y eso era un pequeño milagro teniendo en cuenta lo obstinado que era. Y no estaba segura cuál de sus observaciones había influido en su ánimo, aunque lo que importaba era que el tío James no sería sacado de su cama para escuchar un relato de todos sus pecados. En otro momento, quizá, pero esta noche no...

—¿Existe una buena razón por la cual entras por esa puerta a esta hora de la noche?

Amy se sorprendió tanto que casi se cae al suelo. Luego registró la pregunta y contestó:

—Sí... no.... ¿puedo pensar al respecto y contestarte mañana?

—Amy...

—Estaba bromeando, por el amor de Dios —le explicó a Jeremy mientras se alejaba de la puerta, agradecida de que hubiera sido él y no su padre el que la había oído entrar—. ¿Y tú qué estás haciendo en casa tan temprano?

No se dejó llevar por su intento de cambiar de tema.

—Eso no importa. Quiero una respuesta de ti, prima, y la quiero ahora.

Hizo un gesto ruidoso de impaciencia con la lengua cuando pasó junto a él para entrar en la sala.

—Si quieres saberlo, tuve una cita secreta con un hombre en el que estoy bastante interesada.

—¿Ya?

Ella se volvió para mirarle.

—¿A qué te refieres con ya?

Se apoyó contra el marco de la puerta, con los brazos cruzados, los tobillos cruzados, y una postura informal que le agradaba mucho al tío Tony, y que Jeremy, que se parecía tanto a él, estaba aprendiendo perfectamente bien.

—Me refiero a que tuviste tu presentación la semana pasada. Supuse que no seguirías los pasos de tu hermana Diana y elegirías de forma tan rápida.

—¿Pensaste que sería como Claire, que tardó dos años para decidirse?

—No tanto, pero por lo menos unos meses.

—Sólo dije que estaba interesada, Jeremy.

—Me alegra escucharlo. ¿Y por qué el secreto?

—Porque dudo que la familia lo apruebe —admitió Amy.

Jeremy era el único a quien le podía contar eso y no preocuparse porque le diera un ataque. Y él hizo una mueca, anticipándose a los ataques que sufriría el resto de la familia.

—¿Y quién es?

—A ti no te importa —replicó Amy.

—¿Entonces, le conozco?

—Yo no dije eso.

—¿Le conozco?

—Probablemente.

—No será un presuntuoso, ¿verdad? Me temo que no lo aprobaría.

—No es para nada presuntuoso. Sus costumbres son del más alto calibre.

Jeremy frunció el entrecejo.

—¿Entonces qué hay de malo con él?

Bueno, ella trató de ajustarse a la verdad, pero él no se lo permitía.

—No tiene un centavo —fue todo lo que se le ocurrió en el momento para convencer a su primo.

—Tienes razón. Eso no funcionaría. No puede hacerte andar con harapos.

—Yo no lo permitiría. Él tiene proyectos.

—¿Entonces cuál es el problema?

—No le agrada la idea de visitarme hasta que las circunstancias mejoren.

Jeremy asintió con la cabeza pensativo.

—¿Y estuviste tratando de convencerle de que no importa?

—Exactamente.

—¿Tuviste que revolcarte para hacerlo?

Amy se sonrojó al recordar las imágenes sensuales que le suscitó esta pregunta.

—Todo lo que hicimos fue caminar y hablar. Temo que tropecé más de una vez, al no prestar atención.

—Él debe de haber sido bastante tonto para no sostenerte... ¿o también se cayó contigo?

Amy se sonrojó más aun ante su mirada conocedora, y replicó:

—Aún soy virgen, si eso es lo que quieres escuchar.

Jeremy hizo una serie de muecas.

—No lo dudo, querida niña. Y él tendría que haber sido un tonto si no trató de besarte, así que puedes dejar de sonrojarte. Soy un firme creyente en los besos.

Ella se rió. A veces le costaba recordar que él tenía la misma edad que ella, y que podía comprender perfectamente bien las desenfrenadas pasiones de la juventud. Y, ya que había surgido el tema, era el momento perfecto de aprovechar la experiencia de Jeremy.

—Ahora que lo mencionas —le dijo mientras se quitaba la capa, y la colocaba en un extremo del sofá—, hay algo que quiero preguntarte, así que ven a sentarte y aconséjame con tu vasta experiencia.

—¿Va a ser doloroso? —le respondió mientras se dirigía al sofá.

—En absoluto, ya que es una pregunta filosófica. Si se la hago a cualquier otra persona se podría sentir incómoda, pero tú no.

—No te voy a decir cómo hacer el amor —le advirtió indignado.

Amy se sonrió.

—Eso no sería filosófico, pero sí pertinente para mi futuro, ¿verdad? No, Jeremy, todo lo que quiero saber es qué debe hacer una mujer para que la desees, cuando estás convencido de que no puedes tenerla.

—¿Entonces no es simpático contigo?

—Supongamos que es bastante simpático.

—Entonces no hay problema.

—Sí, lo hay. Tú decidiste por alguna absurda razón que sólo un hombre podría comprender, que no puedes tocarla.

—¿Qué clase de razón?

—¿Cómo voy a saberlo? Quizás un asunto de honor, o digamos que ella es la mejor amiga de tu hermana o algo así.

—Bueno, por las campanas del infierno, creo que eso no podría detenerme.

—Jeremy —le dijo exasperada— esto es sólo una suposición. Cualquiera que sea la razón, tú no quieres tener nada que ver con ella. ¿Qué tiene que hacer ella para que cambies de idea?

—No necesitaría mucho para hacerme cambiar de idea, Amy.

Ella tuvo que reírse ante su expresión.

—No, supongo que no. Pero durante un momento dejemos de lado el hecho de que estás disponible para todas y cada una de las integrantes de la población femenina. Esta es la única situación que es una excepción para tu modo normal de hacer las cosas. No vas a tocar a esta dama. Te niegas absolutamente a hacer el amor con ella, aunque en lo profundo de tu alma nada te gustaría más.

—Bueno, esperaría algo así.

—¿Qué puede hacer ella para hacerte olvidar tus escrúpulos?

—Quitarse la ropa.

—¿Cómo?

—Puede desnudarse delante de mí. Creo que realmente no podría resistir eso, si ella es tan gentil como dices.

Amy estaba sorprendida.

—¿Eso es todo?

—Absolutamente.

Ella suspiró. Temía haberle preguntado a la persona equivocada. Jeremy, como era joven, no tenía la clase de resolución y poder de voluntad que Warren tenía.

—Ahora dime por qué querías saber todo eso.

Amy volvió a suspirar dramáticamente.

—¿Por qué otra cosa? El hombre en el que estoy interesada se niega absolutamente a hacer el amor conmigo sin los beneficios del casamiento.

—¿Qué?

Le palmeó el brazo mientras le tranquilizó:

—Era una broma, Jeremy.

—De poco gusto —gruñó Jeremy.

Amy hizo una mueca.

—No hubieras dicho eso si hubieras podido ver su expresión.

Él aún no se había tranquilizado.

—¿Entonces, cuál es la respuesta correcta?

Ella esperaba que hubiera olvidado la pregunta, pero como no lo había hecho, le respondió desvergonzadamente.

—¿Ahora quién está bromeando? ¿O me vas a decir que no recuerdas lo curioso que eras sobre estas cosas antes de tener todas las respuestas?

Como él no podía recordar un momento así, ya que se había criado en una taberna, decidió no responder.

—¿Así que sólo tenías curiosidad?

—Ávidamente —le contestó y le hizo una mueca traviesa—. Y ya que hablamos del tema, ¿te importaría reconsiderar y discutir cómo hacer el amor en detalle?

—No.

—¿Así que él se resiste?

—¿Quién?

—Tu caballero.

—Yo no dije que fuera él.

—No tenías que hacerlo. Es un hombre astuto al ser tan prudente.

—Espero que eso no signifique lo que creo que significa.

—Ahora no me comas —le dijo al ver su expresión enardecida—. ¿A mí qué me importa si quieres tener el bebé antes de hacer los votos? Yo no voy a ser quien le pida al hombre que se haga responsable de él.

—Mi padre no...

—Por supuesto que no. Él tiene dos hermanos menores a los que les encanta encargarse de esa clase de cosas. Tendrás suerte si queda algo del hombre para casarte.

Amy cerró los ojos. Jeremy era muy directo. Pero él no conocía la verdadera situación y ella no se la iba a contar, ya que tendría mucho más que decir si se enteraba de que el caballero era un hombre al cual su padre odiaba y la familia apenas toleraba.

Él le había dado una buena razón, y una que ella no había tenido tiempo de considerar, ya que su decisión había sido muy brusca. Pero un posible embarazo no la haría cambiar de idea sobre hacer el amor con Warren, por lo menos no hasta que pudiera pensar en otra forma de apurar las cosas. Sin embargo, el riesgo requería mejores ventajas para ella, y sabía cómo obtenerlas.

—¿Quieres hacer una apuesta, Jeremy?

—¿Qué clase de apuesta? —le preguntó Jeremy.

—Si decido que lo quiero, puedo tenerlo sin que tenga que casarse conmigo.

—Creí que sólo estabas interesada.

—Dije si decido que sea él.

—Está bien, pero la apuesta valdrá sólo si no te acuestas con él. Si pierdes no podrás casarte con él.

Le brillaron los ojos. ¿Si perdía quedaría embarazada, y no podría casarse con él?

—Eso es... eso es...

—Tómalo o déjalo —le dijo con presunción.

—Muy bien —le contestó con la misma presunción—. Y si gano, no tocarás una mujer durante...

Se irguió con una expresión consternada.

—Sé amable y recuerda que soy tu primo preferido.

—Un mes.

—¿Un mes entero?

—Iba a decir seis...

—Uno es más que suficiente —suspiró Jeremy, y luego hizo una mueca perversa—. Bueno, ya hice mi buena obra del día.

—Sí, la hiciste. Me aseguraste que lo obtendré, si lo quiero, ya que nunca perdí una apuesta en mi vida.

18

Amy obtuvo lo que deseaba, aunque ella no lo sabía. Warren se acostó pensando sólo en ella. Algunos de esos pensamientos eran sanguinarios, pero eso era de esperar considerando el malestar que aún sentía. Y se acostó solo.

Aún estaba sorprendido porque, después de que la dejó, había regresado a su hotel en Picadilly en lugar de volver a Hell and Hound y a la alegre Paulette. Su inadvertencia era censurable, y el hecho de que hubiera permitido que la pequeña lo disuadiera de lo que tendría que haber hecho... haber hablado con su familia sobre su escandaloso comportamiento. Pero después de que llegó al hotel Albany y recordó lo que le esperaba en el otro extremo de la ciudad, aún deseaba subir a su habitación en lugar de llamar otro carruaje.

Cuando, por fin, llegó a su hotel ya era tarde. Y él y sus hermanos tenían negocios que atender al día siguiente. ¿Pero, desde cuándo eso le detenía si deseaba buscar a una mujer? Y la necesidad era grande desde aquella mañana y aquel beso. Pero había tenido toda la intención de satisfacerla esa noche. No iba a permitir que la exasperante niña le molestara. Le hizo una advertencia y pensó que eso sería suficiente. Qué poco sabía sobre la tenacidad inglesa. Y eso fue antes de que casi le hiciera el amor a Amy Malory en medio de un camino vecinal.

Aún no podía creer que hubiera hecho eso, y deseaba no haberlo hecho. Ya había olvidado el júbilo del anhelo, la elevación de los sentidos, la fuerza impetuosa, el placer increíble. Hacía demasiado que era metódicamente frío en sus seducciones, casi indiferente, satisfaciendo una necesidad básica. Amy había sacado a la superficie mucho más que eso, y ahora Paulette no era lo suficientemente atractiva como para realizar el esfuerzo. Era así de simple.

Pero no podía tener otro día como el de hoy, sintiendo un deseo tan intenso y no satisfacerlo. Todo por los caprichos de una niña de diecisiete años. ¿Cómo era posible que alguien tan joven pudiera manipularle así, tirando de las cuerdas correctas en cada uno de sus encuentros? No era más que una descarada. Obviamente, había descubierto el sexo y era demasiado placentero como para ignorarlo, y como lo haría cualquier joven, estaba atiborrándose de él. Él no era más que un desafío para ella, probablemente el primer hombre que la rechazaba. Eso era todo, y por eso le atormentaba. Tendría que haber hablado con James Malory. ¿Cómo le había permitido que le disuadiera?

—¿Estás despierto, hermano mayor? —le preguntó Drew mientras entraba y cerraba la puerta con un golpe.

—Ahora lo estoy.

Drew se rió ante el tono de disgusto de Warren.

—Pensé que aún no habías regresado. Te debes de haber satisfecho temprano.

Si tan sólo lo hubiera hecho, hubiera podido resistir las tentaciones de Amy. Y se preguntaba: ¿si no estuviera compartiendo la habitación con Drew porque el hotel estaba temporalmente lleno, habría traído a Amy aquí esta noche? Era un pensamiento escalofriante. ¿Su voluntad era tan débil? ¿O la tentación tan fuerte?

La muchacha era un problema, mirara el asunto por donde lo mirara, y tenía que terminar de inmediato con esto. Era la sobrina de su hermana, por el amor de Dios. Era una Malory. Acababa de salir de la escuela. El hecho de que estuviera practicando el mismo libertinaje que dos de sus tíos habían practicado, no venía al caso.

Si ella quería entregar sus favores al público en general, era asunto de ella, pero él no iba a contribuir a su caída. Finalmente quedaría embarazada y probablemente no sabría quién era el padre. Pero algún tonto que hubiera caído en su juego tendría que reconocerlo, y esa persona no iba a ser él.

Y ella realmente no quería casarse y terminar con su diversión. Probablemente ese era un ardid para adular, ya que era increíblemente hermosa. Pero esta noche había demostrado que no quería casarse por la forma en que se ocultó de lady Beechman.

Warren debería sentirse aliviado. Se sentía aliviado. Pero eso no terminaba con su problema. Por más atractiva que fuera la muchacha, por más que la deseara, no iba a caer en su trampa sensual.

—Sabes —continuó Drew, mientras forcejeaba con sus botas en el otro extremo de la gran cama que estaban compartiendo— a pesar de nuestras numerosas quejas contra este país, hay que decir algo en favor de los ingleses. Londres es una ciudad muy complaciente. Todas las emociones que puedas desear las puedes encontrar aquí. Tienen vicios de los que nunca había oído hablar.

—Veo que te divertiste esta noche —respondió Warren con frialdad.

—Divertirme es poco. Boyd y yo encontramos a esa exquisita...

—No quiero escucharlo, Drew.

—Pero ella tenía un talento excepcional, y además

era bella, con un cabello oscuro adorable y ojos celestes. Me hacía recordar a Amy Malory, aunque no era tan hermosa como nuestra Amy.

—¿Por qué diablos la mencionas?

Drew se encogió de hombros, sin advertir que su hermano se había puesto tenso por detrás de él.

—Ahora que la mencionas...

—Tú la mencionaste.

—Bueno, como sea... tengo esa cosita dulce en mi mente desde que la volví a ver.

—Deja de pensar en ella —le advirtió Warren—. Ella es demasiado joven, aun para ti.

—Por supuesto que no —discrepó Drew, sin haberse dado cuenta de las emociones que había removido en Warren—. Pero es del tipo con el que hay que casarse, y ese no es mi tipo. Aun así —añadió con cierto pesar— casi me hace desear estar listo para establecerme.

Warren ya había escuchado suficiente.

—¡Acuéstate! Y si esta noche roncas, te voy a calmar con una almohada.

Drew le miró sorprendido por encima del hombro.

—Esta noche no estás de muy buen humor. Qué mala suerte tener que compartir una habitación con el gruñón de la familia.

Fue la última provocación que Warren podía soportar en este día lleno de tantas otras. Se levantó girando y Drew terminó tirado en el suelo. Se quedó allí durante un momento, y luego levantó la cabeza y vio a su hermano mayor que aún estaba sentado en la cama.

—Así que eso era lo que extrañabas —dijo Drew como si ahora el mal humor de Warren fuera perfectamente comprensible. Se sonrió mientras se ponía de pie—. Bueno, vamos, estoy dispuesto.

Warren no necesitó que le rogaran más. Cinco minutos más tarde, habían aumentado el coste de la habitación del hotel con la rotura de una silla y el respaldo de la cama. A Clinton no le complacería, ya que le disgustaba que Warren fuera propenso al alboroto. A Drew no le importaba, ya que siempre le agradaba participar en la forma de ejercicio preferido de Warren, y su ojo negro no le molestaría, ya que no estaba tratando de seducir a ninguna de las damas londinenses.

Sin embargo, Warren estaba muy complacido con el resultado. Había colocado la boca deliberadamente delante del puño de Drew, y el labio partido que esperaba obtener, y que obtuvo, le impediría besar durante los próximos días. Si volvía a perder la cabeza y sucumbía ante las tentadoras seducciones de Amy, el dolor del labio le haría reflexionar.

El esfuerzo también le había tranquilizado por el momento, lo suficiente como para que, después de sentarse en el colchón que habían colocado en el suelo, recordara que lady Amy le debía una promesa por haber cedido a su petición para que dejara en paz a los ladrones. El trato había sido cualquier cosa que él le pidiera. Después, había hecho que se olvidase de ello, pero no volvería a hacerlo. Después de todo, eso sería el fin de su problema.

19

Los negocios que los Anderson tenían que atender a la mañana siguiente fueron más rápidos de lo que esperaban; la oficina que Thomas había encontrado el día anterior fue aprobada por unanimidad, y firmaron el contrato en una hora. Sin embargo, el local de tres habitaciones necesitaba algunos arreglos menores, que un carpintero y un pintor podían realizar en pocos días. Clinton y Thomas fueron a comprar los muebles, y Boyd a buscar a los trabajadores.

Eso les permitió a Drew y Warren tener tiempo, y a Warren quedarse con una compañía no deseada. Quería ir a Berkeley Square para hablar con Amy, pero no podía hacerlo con Drew pisándole los talones. Pensó en tener otra pelea con su hermano para librarse de él, pero ahora que tenía los medios para resolver su pequeño problema, se sentía demasiado bien como para fingir enojo.

Sin embargo, Drew le resolvió el problema evitándole que tuviera que decirle que desapareciera, con lo cual, conociendo a Drew, le hubiera tenido pegado a los talones durante el resto del día. Al parecer, Drew tenía otros planes para él.

—Voy a ir a ver a un sastre que me recomendó Derek. El hombre puede hacer ropa formal en unos días y a precio conveniente.

—¿Y para qué quieres ropa formal aquí en Londres? —le preguntó Warren.

—A Boyd y a mí nos han invitado a una fiesta este fin de semana. En realidad, la invitación nos incluía a todos, pero pensé que no te interesaría.

—No, no me interesa. Y el fin de semana estarás navegando —le recordó Warren.

—¿Y eso qué importa? Aún puedo tener unas horas de romance.

—¡Oh! lo había olvidado. Tú eres famoso por besar y escapar, así que ¿qué importa?

—La mala suerte del marinero —Drew hizo una serie de muecas—. ¿Y tú no?

—Yo no hago promesas a mujeres que no tengo intenciones de cumplir.

—No, se asustan de tu temperamento como para tratar de sacarte alguna.

Warren no mordió el anzuelo, y tomó del hombro a su hermano para confiarle:

—Si insistes te daré monedas de oro, pero creo que es demasiado pronto.

Drew se rió.

—¿Las gastaste todas anoche, verdad?

—Por el momento.

—Me alegra saberlo, pero por supuesto no durará. Tu carácter meloso nunca dura.

Warren frunció el entrecejo cuando Drew se fue. ¿Era tan terrible llevarse bien con él? Su tripulación no lo creía, o no habría tenido tantos empleados durante tantos años. Por supuesto que tenía su temperamento, y había ciertas cosas que le provocaban fácilmente. Por ejemplo, la alegría constante de Drew. La naturaleza despreocupada de su hermano menor le molestaba, posiblemente porque le recordaba otra época, hacía mucho tiempo, en la que él era igual... antes de lo de Marianne.

Le sacó de su mente mientras se dirigía hacia Berkeley Square, para terminar con otra irritación más apremiante. Sin embargo, aún tenía buen humor, y mejoraba cuanto más se acercaba. No más días como el de ayer. El fin de la tentación. Podría volver a disfrutar de la visita a su hermana. Podría concentrarse en la apertura de la nueva oficina de Skylark. Incluso podría considerar el hecho de tener a una amante de ocasión durante su estancia en Londres.

Después de todo, quizá debería acudir a la fiesta con sus hermanos, para ver qué había de disponible.

El ex pirata Henri era el mayordomo presente ese día, y después de que le abrió la puerta, Warren advirtió que había llegado en un mal momento. Georgie estaba durmiendo. Jacqueline también. Y los otros tres Malory de la residencia habían salido.

Warren estaba decepcionado, y el buen humor que finalmente había logrado, decayó. Estaba preparado para terminar con la frustración, y aquí estaba otra vez acosado por ella. Podría haber esperado, pero su impaciencia le hubiera empeorado el mal humor, y si Georgie se despertaba se desquitaría con ella. Así que se fue. Pero, ¿cómo matar el tiempo en una ciudad que no conocía?

Bueno, había otra cosa que tenía intenciones de hacer. Una hora más tarde, encontró el salón de deportes que buscaba, hizo arreglos muy costosos con el dueño para recibir instrucción personal, y rápidamente descubrió que no sabía casi nada sobre boxeo. Siempre había sido un pendenciero, y le había servido... hasta que llegó James Malory.

—Así no, Yank —se quejó el instructor—. Eso tiraría a un hombre, pero si quieres que se quede en el suelo debes hacerlo así.

Warren no tenía el temperamento para esta clase de críticas, pero se contuvo. La recompensa sería la habilidad para golpearle el rostro a su cuñado y que no le demoliera.

—Tienes el cuerpo como para provocar un daño considerable, pero tienes que usarlo adecuadamente. Mantén las manos arriba, y usa la derecha.

—Bueno, observen esto —dijo una voz que Warren reconoció muy bien—. ¿Alguna razón en particular para entrenar, Yank?

Warren se volvió y vio a James Malory y a su hermano Anthony, que se habían acercado al ring, y que eran las dos últimas personas que hubiera querido ver en ese momento.

—Una —respondió Warren.

—¿Oíste eso, Tony? —James hizo una mueca—. Creo que el tipo aún quiere mi sangre.

—Bueno, vino al lugar indicado para aprender cómo hacerlo, ¿verdad?—respondió Anthony. Y a Warren le dijo—: ¿Sabías que Knighton nos entrenaba? Pero eso fue hace algunos años, y desde entonces aprendimos algunas otras cosas. Quizá te dé un poco de instrucción yo mismo.

—No se moleste, sir Anthony. No necesito esa clase de ayuda.

Anthony se rió y se volvió hacia su hermano para decirle en secreto:

—Él no comprende. ¿Por qué no le explicas, mientras voy a que Horace Billings me pague mi apuesta?

—¿A qué apostaste esta vez? —le preguntó James.

—¿No adivinas?

—¿El sexo de mi hija?

—Su nombre, viejo —Anthony se rió—. Te conozco muy bien.

152

James sonrió satisfecho antes de volver a atender a Warren.

—Debes oírlo. Él es el único hombre que conozco que tiene una oportunidad de golpearme, aunque sea una oportunidad pequeña. Y a pesar de lo que estás pensando, te enseñará correctamente para ver si me derribas. Él es así.

Warren había visto interactuar a estos dos hermanos lo suficiente como para saber que James tenía razón. Deseaba que él y sus hermanos pudieran tolerar esa clase de bromas sin llegar a los golpes.

—Lo consideraré —le contestó de manera lacónica.

—Excelente. Te ofrecí los beneficios de mi propio experto para que las cosas se hicieran deportivamente, pero, probablemente, tu hermana me acusará de buscar revancha por alguna cosa tonta, ya que no sería tan gentil contigo como lo será Tony. A propósito, tienes un hermoso labio partido. ¿Alguien que conozco?

—¿Para poder felicitarle? —James sonrió, así que añadió—: Lamento decepcionarte, Malory, pero Drew y yo teníamos problemas para compartir la cama.

—Una lástima —James suspiró—. El hecho de que te estás ganando nuevos enemigos mientras estás en la ciudad hace que me sienta muy bien.

—Entonces me aseguraré de no informarte cuando tenga alguno —le contestó Warren.

La infernal ceja rubia se arqueó.

—¿Sí? ¡Oh! lo harás, Yank. No puedes evitarlo, eres un barrilito de pólvora. Realmente deberías endurecer a ese yanqui que llevas dentro. Se altera demasiado fácilmente.

El hecho de que Warren no hubiera explotado aún, aunque estaba a punto de hacerlo, le permitió señalarle con un poco de presunción:

—Observa cómo estoy mejorando.

—Así es —James se mostró de acuerdo—. Loable, realmente, pero estoy de muy buen humor ya que esta mañana contraté una niñera para Jack.

En otras palabras, James ni siquiera trataba de provocarle, pero Warren no lo vio así, y apretó los dientes al oír ese nombre.

—Eso me recuerda que Georgie me pidió que te preguntara por qué llamas Jack a su hija.

—Porque sabía lo mucho que te irritaría, muchacho. ¿Por qué otra cosa?

Warren apenas pudo controlar su temperamento, y le señaló con un tono razonable:

—Esa clase de perversidad no es normal, sabes.

James se rió de sus palabras.

—¿Esperas que sea normal? Dios no lo permita.

—Está bien, esta no es la primera vez que te pasas de la raya para ser tan irritante, Malory. ¿Me puedes decir por qué lo haces?

James se encogió de hombros.

—Es un viejo hábito, que al parecer no puedo romper.

—¿Lo intentaste?

James hizo una mueca.

—No.

—Los hábitos tienen sus comienzos —dijo Warren—. ¿El tuyo cómo comenzó?

—Una buena pregunta, así que ponte en mi lugar. ¿Qué hubieras hecho si no te interesara nada de la vida, si no sintieras un desafío en perseguir una falda bonita, y si hasta la perspectiva de un duelo se hubiera convertido en algo aburrido?

—¿Así que insultas a la gente para que se ponga violenta?

—No, para ver en qué clase de bestias se pueden convertir. A propósito, tú lo haces muy bien.

154

Warren se dio por vencido. Para hablar con James Malory se requería mucha paciencia y todo el autocontrol que él poseía, y que Warren no tenía en abundancia de ninguna de ambas cosas. Se reflejó probablemente en su expresión, ya que James agregó:

—¿Estás seguro de que no quieres golpearme ahora?

—No.

—Me lo dirás cuando cambies de idea, ¿verdad?

—Podrías depender de eso.

James se rió con sincera aprobación.

—Algunas veces eres tan divertido como el presuntuoso de Eden. No siempre, pero tienes tus momentos.

20

Mientras Henri estaba en el ático acomodando los baúles de Mrs. Hillary, la nueva niñera que acababa de instalarse en su habitación junto al cuarto de los niños, Amy les volvió a abrir la puerta a los cinco hermanos Anderson. Esta vez les estaban esperando. Georgina había invitado a sus hermanos a cenar e intentaba hacerlo en el comedor principal. Había discutido un poco con James sobre esta decisión, ya que él insistía en que ella aún no estaba preparada para salir de su habitación; pero se habían comprometido a que él la bajaría.

Esta vez Amy estaba completamente preparada, serena, y sorprendida al ver que Warren no había rechazado la invitación para no tener que verla. Esa era una posibilidad que temía. Pero, al parecer, él iba a fingir que ayer no había sucedido nada ignorándola. Se preguntaba cuánto tiempo podría hacerlo, porque ella no le iba a ignorar.

Sin embargo, por el momento, Drew distrajo su atención de Warren, mientras los demás se dirigían hacia la sala. Le tomó la mano y se inclinó para besarle los nudillos. Cuando él se irguió Amy advirtió su ojo negro. Como también advirtió la costra en el labio de Warren, no tardó en imaginar qué había sucedido.

—¿Duele? —le preguntó con simpatía.

—Terriblemente —Drew hizo una mueca para desmentir esa afirmación—. Pero puedes besarlo para que mejore.

Ella también hizo una mueca traviesa.

—Podría darte otro para que te haga juego.

—¿Dónde oí semejante cosa antes?

La mirada que le lanzó a Warren decía exactamente dónde, pero Warren no estaba en absoluto entretenido. Sin embargo, antes de que llegaran otra vez a los puños, Amy señaló:

—Espero que tengáis una buena excusa razonable para con vuestra hermana. Este no es un buen momento para que ella se preocupe por sus hermanos.

—No te preocupes, querida. Georgie está acostumbrada a nuestros golpes y moretones. Probablemente ni lo notará. Pero, por si acaso —se volvió hacia Warren, que aún no había seguido a sus otros hermanos a la sala— ¿qué te parece si le decimos que nos hemos caído de la misma escalera?

—Dile la verdad, Drew. Georgie ya me conoce.

—Bueno, yo no tuve toda la culpa, ya que sólo hice un comentario inocente... ¿Qué comenté para que te pusieras así anoche?

—No lo recuerdo —mintió Warren.

—Bueno, eso es, ambos estábamos ebrios. Ella comprenderá eso perfectamente, pero será mejor que yo se lo diga. Tú estarás a la defensiva y entristecerás la velada.

Drew se fue para cumplir lo prometido, y Amy se sorprendió al quedarse sola con Warren durante un momento. Hubiera jurado que se empeñaría en eludirla, pero, en realidad, no realizó ningún movimiento inmediato para seguir a Drew.

Le miró expectante, pero al ver que no decía nada, optó por hacerle una pequeña broma.

—Qué vergüenza —le regañó—. ¿Anoche te desquitaste con él?

—No sé de qué estás hablando.

—Sí, lo sabes. Hubieras preferido ahorcarme a mí y no golpear a tu hermano.

—Según recuerdo —le contestó concisamente— lo que tenía en mente era golpearte con una varita.

—Tonterías —le hizo una mueca, sin intimidarse por esa amenaza—. Lo que realmente querías era hacerme el amor, y casi lo hiciste. ¿Quieres perseguirme otra vez para ver qué sucede?

Su rostro se ensombreció, una clara indicación de que la conversación no se estaba desarrollando como a él le hubiera gustado. La corrigió bruscamente:

—Esta mañana temprano vine para recordarte la promesa que me hiciste.

Amy frunció el entrecejo, momentáneamente perpleja.

—¿Qué promesa?

—Que harías cualquier cosa que te pidiera. Te pido que me dejes tranquilo.

Su mente daba vueltas frenéticamente. En realidad, lo había olvidado, y no sabía cómo salir de esto. Hizo esa promesa para evitar que le causaran daño. No era justo que él la usara contra ella. Sin embargo, ella sabía que esto era lo que un hombre obstinado como él haría.

Finalmente encontró una respuesta, aunque no era muy deportivo por su parte utilizarla. Se consoló pensando que tampoco era muy deportivo por parte de él hacerle cumplir una promesa que había hecho en un momento de pánico y para beneficio de él.

—Bueno, ya pediste lo que querías —le dijo.

—No lo hice.

—Sí. Me pediste que me subiera la capucha, después de que dejaras tus armas. Y yo lo hice.

—Amy...

—Lo hiciste.

—Bruja. Sabes muy bien...

—No te enojes, Warren. ¿Cómo puedo ayudarte en el camino hacia la felicidad si me obligas a desistir?

Él no le respondió. Estaba demasiado furioso como para decir algo.

Amy gruñó mientras él se alejaba. Ella había perdido un valioso avance. En la mente de Warren, ella mentía; no podía confiar en ella; reforzaba su opinión sobre todas las mujeres. ¿Este cortejo podía empeorar más aun?

La velada transcurrió sorprendentemente bien, a pesar del silencio de Warren. James le miró y decidió que, por hoy, no sentiría más satisfacción al provocarle, así que le dejó tranquilo. Ocasionalmente, Georgina fruncía el entrecejo a la vez que decidía que volvería a hablar en privado con él, pero no esta noche.

Amy no estaba muy contenta consigo misma después de lo que había hecho. Y no se le ocurría otro modo de reconciliarse con Warren más que hacer lo que le había pedido. Estaba demasiado entusiasmada como para darse por vencida, y la apuesta que había hecho con Jeremy aumentaba su confianza. Pero en ese momento, las cosas no parecían muy prometedoras.

Esa tarde, Conrad Sharpe había llegado del campo, y él y Jeremy, con algunos comentarios incisivos de James, mantenían una animada conversación con los otros cuatro hermanos Anderson. También hablaban sobre la nueva oficina de Skylark. Amy no había oído hablar de ella previamente y, para su asombro, se enteró de que Warren permanecería en Londres más tiempo del que ella esperaba, para dirigir la oficina hasta que llegara un remplazo de Estados Unidos. Estaba conmovida, la presión de lograr un milagro en tan corto tiempo cedió... hasta que Georgina señaló, con bastante lógica, que, aunque Skylark era una compañía norteamericana, la oficina de Londres se beneficiaría con un administrador inglés, que podría tratar más fácilmente con sus compatriotas.

Al parecer, a Warren no le agradaba la idea, pero Clinton dijo que lo pensaría, y Thomas estuvo de acuerdo con su hermano. Pero no importaba lo que decidieran; Warren no se iría con sus hermanos, lo cual era definitivamente positivo para Amy. Ya fuera una semana o dos meses, ella necesitaba todo el tiempo que pudiera conseguir.

—A propósito, Amy —repentinamente Jeremy la introdujo en la conversación— hoy vi a tu padre y mencionó que dentro de unos días él y tu madre piensan ir a Bath para disfrutar de las aguas, y luego a Cumberland. Eddie tiene una mina allí que quiere inspeccionar antes de invertir en ella. Este era un tema con el que Amy estaba familiarizada.

—Sí, a él le agrada conocer a los dueños y al personal, ya que sus impresiones siempre son precisas y determinan qué inversión debe realizar.

—Eso me dijeron —acotó James—. Pero estarán fuera durante varias semanas, querida. Te puedes quedar con nosotros hasta que regresen, o pospondrán la salida si quieres ir con ellos.

Era inmensamente gratificante que él le estuviera pidiendo que tomara una decisión. Unas semanas atrás no la hubieran consultado, sólo le hubieran comunicado qué habían decidido. Por supuesto que no había nada que decidir. No se iba a ir de Londres mientras Warren estuviera allí.

—Me quedaré aquí, si no hay problema —contestó.

—¿Qué problema? —preguntó Georgina—. Tú y tu toque mágico son una ayuda para mí. Hasta Artie y Henri saltan para cumplir con una petición tuya, mientras que yo tengo que mirarles con ceño para que cumplan con las mías. Te mantendría aquí hasta que te casaras, si tu madre no se opusiera, pero por supuesto que lo haría.

—¿Entonces está decidido? —preguntó James.

—Todavía no —contestó Georgina—. Amy, si te quedas, insisto en que vuelvas a recibir a tus pretendientes. A tu tío no le importará el revuelo. En realidad, creo que disfrutará intimidando a todos tus galanes. Práctica para Jacqueline. Pero, ¿estarás de acuerdo en que no puedes seguir escondiéndote de todas esas conquistas que hiciste el día de tu presentación?

Amy miró a Warren antes de responder. Una palabra de él, una mirada expresiva, y tendría una razón por la que querría estar escondida un poco más. Pero él miró hacia otro lado deliberadamente, indicándole que no tenía el menor interés en su respuesta.

—Sí, supongo que lo haré —respondió por fin.

Pero había mirado demasiado a Warren. Cuando desvió la mirada vio que Jeremy la estaba observando y el miserable pícaro exclamó:

—¡Él no!

Amy se sonrojó y confirmó su acusación. Pero afortunadamente, nadie vio el color de sus mejillas excepto Jeremy, ya que todos le miraron a él, y le hicieron la misma pregunta desde distintas direcciones:

—¿No quién? —esa fue de su padre—. ¿De qué diablos estás hablando, jovencito?

Amy miró a Jeremy indicándole un terrible castigo

si revelaba su secreto. Eso no hubiera mantenido su boca cerrada si no hubieran sido tan buenos amigos. Pero lo eran, así que él se vio obligado a corregir su error... por el momento.

—Lo lamento —dijo Jeremy, con una mirada avergonzada—. Temo que mi mente estaba vagando. Recordé que Percy pensaba cortejar a la niña.

—¿Percy? ¿Percival Alden? —James quería una aclaración, y cuando Jeremy asintió con la cabeza, agregó—: Sobre mi cadáver.

Lo dijo sin efusividad, como una confirmación de los hechos. Jeremy hizo una mueca, y no se molestó en mencionar que él y Derek ya habían advertido a Percy sobre esa probabilidad.

—Me imaginé que dirías eso —fue todo lo que Jeremy le dijo a su padre.

Pero del otro lado de la mesa, Amy gruñó por dentro. Si su tío reaccionaba así ante el inofensivo de Percy, temblaba al pensar en su respuesta si sabía que había elegido a Warren. Miró rápidamente a Warren y vio que sus ojos verdes brillaban de furia mientras observaba a James. Contuvo su incredulidad ante una idea que no se le había ocurrido, pero que ciertamente debió ocurrírsele. Teniendo en cuenta la animosidad de James y Warren, si James le decía que se mantuviera alejado de Amy, ¿Warren no reaccionaría haciendo todo lo contrario? ¿Y por ninguna otra razón que para enfurecer a su despreciado cuñado?

Probó su teoría con bastante malicia al decir:

—Puedes tranquilizarte, Warren. Mi tío nunca permitiría que te tuviera.

Nadie la tomó en serio, y la observación provocó algunas risitas, incluso por parte de James. Sin embargo, a Jeremy no le pareció divertido, ahora que sabía lo que había hecho, y a juzgar por su aspecto, a Warren tampoco. Le latía la pequeña cicatriz; la mano que tenía apoyada sobre la mesa se convirtió en un puño. Ella ya conocía las señales y contuvo su aliento, esperando para ver si utilizaba la broma en contra de ella, o si seguía la corriente.

—Estoy devastado, por supuesto.

Warren no era, en absoluto, un buen simulador. Lo dijo con demasiada frialdad, lo cual agradó más aun a James, aunque su hermana le estaba mirando con el entrecejo fruncido.

—Sé amable, Warren —Georgina le reprendió con amabilidad—. Ella sólo estaba bromeando.

Warren apenas sonrió, y Georgina suspiró y desvió el tema de la conversación.

La comida llegó a su término. Amy y Warren se demoraron para ser los últimos en salir del comedor. Pero Jeremy hizo lo mismo.

Sin embargo, miró al yanqui y le dijo:

—Bueno, veo que tendré que esperar.

Cuando Jeremy se fue, Warren le advirtió a Amy:

—No vuelvas a hacer eso.

Ella retrocedió ante la furia escondida bajo su tono tranquilo.

—Aún estás enojado por esa maldita promesa que crees que no cumplí, ¿verdad? Pero no hubieras sido feliz si hubieras obtenido lo que querías, lo sabes.

—Todo lo contrario, me hubiera sentido extasiado.

—Entonces aléjate algunos días y comprueba si no me echas de menos —le sugirió Amy.

—No lo haría.

—Sí. La gente me quiere. Hago sonreír a las personas aun cuando no tienen nada por qué sonreír. Les gusta tenerme cerca. Pero para ti será mucho peor, porque sabes que te deseo. Y te voy a amar con vehemencia. También sabes eso. Y llegará el día en el que no puedas soportar estar separado de mí... día y noche.

—Las fantasías de una niña —le contestó apretando los dientes. Lo estaba haciendo otra vez...

—Obstinado —le dijo sacudiendo la cabeza—. Pero tienes suerte, Warren Anderson, de que haya heredado los instintos de mi padre, y de que pueda ser más obstinada que tú.

—No considero eso una fortuna.

—Lo harás —le prometió.

21

Cuando el último de los Anderson cerró la puerta, Amy subió corriendo por la escalera hacia su habitación, con la esperanza de poder eludir a Jeremy, por lo menos hasta el día siguiente, cuando estuviera mejor preparada para el esperado sermón. Pero el bribón le ganó de mano. La estaba esperando en el pasillo, con los brazos cruzados, apoyado contra la puerta de su habitación.

Ella podía regresar y reunirse con su tía y su tío, y luego subir con ellos para acostarse, con la esperanza de que, al oírles llegar, Jeremy abandonaría su puesto. El único problema con esto era que la importancia de este asunto podría hacer que su primo le siguiera escaleras abajo y lo discutiera sin importarle quién estuviera presente. Por lo menos él estaba haciendo un esfuerzo para mantener el asunto en privado... por el momento.

Pero Amy hubiera preferido un poco más de tiempo, así que mientras abría la puerta, le dijo:

—Realmente, no quiero hablar al respecto.

—Qué lástima —fue todo lo que le respondió mientras la seguía a su habitación.

El problema con Jeremy, aunque, en realidad, este mostrase buenas cualidades, pero no en este momento, era que, a pesar de su naturaleza despreocupada, podía ser tan serio como el resto de la familia cuando fuera necesario.

Por su aspecto, sentía que, definitivamente, esta era una de esas ocasiones.

—Dime que saqué una mala conclusión —le dijo apenas hubo cerrado la puerta—. Vamos, atrévete.

Amy se sentó en el borde de la cama para mirarle.

—Vamos a mantener esto tranquilo, ¿verdad? —le preguntó refiriéndose a su tono y no al asunto, aunque por el momento ambos estaban relacionados.

—Eso depende.

A ella no le gustó eso.

—¿De qué?

—De lo bien que pueda leer tu promesa firmada con sangre.

Si él podía decir eso, entonces no estaba todo perdido. Ella le hizo una mueca.

—Inténtalo otra vez.

Jeremy comenzó a caminar, lo cual hizo tambalear su momento de confianza.

—Vas a tener que ser razonable, Amy. No puedes tenerlo.

—Sí, puedo, pero continúa y dime por qué crees que no puedo.

—Es el peor de todos.

—Lo sé.

—Tiene un temperamento que desafía la razón.

—También sabía eso... de fuentes originales.

—Nunca se llevará bien con la familia.

—Eso es una posibilidad.

—Mi padre odia sus entrañas.

—Creo que en este momento, todo el mundo sabe eso.

—Warren le hubiera colgado. Realmente lo habría hecho.

—En eso me gustaría discrepar. Warren quiere demasiado a George como para hacer eso.

—En aquel momento, ella no estaba precisamente elogiándole —le recordó.

—No tenía que hacerlo. Llevaba a su bebé en su seno, lo cual hablaba por sí mismo.

Finalmente Jeremy se detuvo para mirarla, con una expresión demasiado seria.

—¿Por qué, Amy? Sólo dime eso. Es el tipo más desagradable que he conocido. ¿Por qué tenías que elegirle?

—Yo no lo hice...

—¿Qué quieres decir?

—Mis sentimientos lo hicieron —trató de explicarle—. Mi reacción hacia él cada vez que está cerca.

—Por las campanas del infierno, será mejor que no me digas que esto es sólo deseo.

—Maldición, baja la voz —le indicó Amy—. Y algo de esto es deseo, estoy segura. Espero desear al hombre con el que me quiero casar. Me estarías sermoneando si no lo hiciera, ¿verdad?

No le respondería a eso, ya que consideraba que no tenía relación.

—Dijiste que algo era deseo. Oigamos el resto.

—Quiero lograr que vuelva a sonreír. Quiero hacerle feliz. Quiero cicatrizar sus heridas.

—Entonces dale un libro de chistes.

—Si vas a ser sarcástico —lo miró con los ojos entrecerrados.

—Fue un consejo sincero. Pensé que lo sabrías —insistió indignado.

La mirada de Amy era escéptica, pero le dio el beneficio de la duda.

—Estas necesidades son verdaderas, Jeremy, y bastante compulsivas. No serán satisfechas con algo ocasional. Y tampoco va a desaparecer la pasión que despierta en mí. Cuando me besa...

—No quiero oír eso.

—Maldición, dame algún crédito. ¿Crees que hubiera elegido a Warren Anderson si hubiera tenido alguna elección en el asunto? Él es todo lo que dijiste y más. Pero no puedo evitar lo que me hace sentir.

—Puedes —insistió Jeremy—. Ignorándole.

—¿Tú me dices eso? ¿Un hombre que se va todas las noches de la casa para quitarse el pantalón?

Se le sonrojaron las mejillas y le contestó quejádose:

—¿Por qué soy el único que siempre escucha lo brusca que puedes ser?

Por fin pudo sonreírle.

—Ya no más. Warren lo advirtió en la misma fuente y tampoco le gustó. Pero es una lástima para ambos.

Jeremy la miró exasperado.

—¿Y él qué tiene que decir de todo esto?

—No me tendrá.

—Bueno, gracias a Dios.

—Pero me desea.

—Por supuesto que sí. Tendría que estar medio muerto para no hacerlo, y no lo está. ¿Pero qué tendrás una vez que haya desaparecido el deseo? Nada. Por lo menos él parece saberlo.

—¿Estás diciendo que no crees que pueda hacer que me quiera? —le preguntó un poco tensa.

—¿Ese pescado frío? Lo lamento, Amy, pero no sucederá. Acéptalo ahora y ahórrate un poco de angustia.

Ella negó con la cabeza.

—Entonces creo que es una suerte que yo tenga fe por ambos.

—Tendrás suerte si mi padre no lo mata cuando se entere de esto.

Ella levantó una ceja, pero su tono era claramente amenazador.

—¿Se lo vas a decir?

—No me devores —protestó Jeremy—. Sería por tu propio bien.

—Deja que me preocupe por mi bien, y mientras lo haces, recuerda que te confié mis secretos, y no me agradaría que me traicionaras.

—Maldición —Jeremy suspiró.

—También debes recordar nuestra apuesta, Jeremy, y prepararte para un mes de abstinencia.

Él se puso tenso.

—Y me la harías cumplir, ¿verdad?

—No lo dudes.

—Bueno, esta pequeña charla logró maravillas —acotó Jeremy con desagrado.

—No te sientas tan angustiado. Warren te agradará una vez que yo le cambie.

—¿Dónde encontraste una varita mágica?

Del otro lado del pasillo, James llevó a Georgina a su cama.

—No volverás a hacer esto —le advirtió mientras le ayudaba a sacarse la camisa—. Es demasiado agotador para ti.

—Tonterías. ¿Que me llevan de habitación en habitación? Probablemente fue muy agotador para ti.

—¿Estás atacando mi virilidad? —Le preguntó arqueando una ceja.

—Dios no lo permita. No estoy lista para probar lo fuerte e inagotable que puedes ser, James Malory..., pero te lo haré saber cuando lo esté.

Él le dio un beso por esa promesa, y luego apagó las

lámparas que la doncella había dejado encendidas. Ella le siguió con la mirada, una agradable costumbre que había adquirido cuando había estado en su camarote en el *Maiden Anne*.

Esperó hasta que regresara a la cama con su bata para comentarle:

—Cuando Clinton y los otros se vayan, Warren se quedará solo en el Albany.

—¿Y?

—Y nosotros tenemos una casa grande, James.

—Ni siquiera lo pienses, George.

Ella ignoró el tono de advertencia.

—Lo lamento, pero estuve pensando al respecto. Soy su hermana. No hay una buena razón para que no pueda quedarse aquí, con nosotros.

—Por el contrario. Una razón perfectamente buena que me viene a la mente es que nos mataríamos.

—Me gustaría creer que tienes un poco más de paciencia que eso.

—La tengo. Es ese filisteo el que no la tiene.

—Está mejorando.

—¿En serio? ¿Entonces qué está haciendo en el Knighton's Palace tomando lecciones en el ring?

—No lo está haciendo —George frunció el entrecejo.

—Lo vi con mis propios ojos.

—No tienes por qué estar tan enojado. Quizá sólo fue para hacer un poco de ejercicio.

—Inténtalo otra vez, George.

—Entonces no hay por qué preocuparse.

—¿Parezco preocupado?

—Exactamente. Te he visto pelear. Warren no tiene oportunidad, aun con sus lecciones. Ya se debe de haber dado cuenta.

—¡Ah!, pero Tony intenta enseñarle.

—¿Para qué?

—Porque le divierte hacerlo.

—¿En serio? —George casi gruñó—. No debería extrañarme que ese hermano tuyo aún trate de hacer algo para que yo le quiera.

—No lo hace por ti ni por tu hermano, querida. Lo hace por mí.

—Ya lo sabía.

—Y le aprecio.

—Debes hacerlo.

James se sonrió y la abrazó.

—Vamos, ¿no vas a sugerir que ponga la otra mejilla si él empieza algo, verdad?

—No, pero esperaría que te contuvieras cuando él lo hiciera.

—Puedes esperar, querida.

—James, realmente causarías daño a mi hermano, ¿verdad?

—Depende de cómo definas «causar daño».

—Muy bien, veo que voy a tener que hablar con él sobre este asunto, ya que tú no serás razonable.

—No conseguirás nada en absoluto —le predijo—. Él no estará satisfecho hasta que vuelva a pelear conmigo. Cuestión de principios.

—Orgullo, querrás decir, y realmente odio eso. No veo por qué no pueden llevarse bien.

—He sido excepcionalmente amable con él.

Ella suspiró.

—Lo sé y estoy infinitamente agradecida, pero incluso tu «amabilidad» es demasiado para Warren.

—Si quieres que deje de hablarle, estoy seguro de que podré hacerlo.

—No, es un problema de Warren —le explicó con

tristeza—. Por más que pusiera todo mi empeño en arreglarlo, supongo que no puedo... ¿Cómo nos pudimos desviar tanto del tema? Todavía quiero ofrecerle a Warren nuestra hospitalidad.

—Absolutamente no.

—Pero ya escuchaste que van a buscar algo permanente que puedan usar cuando estén en Londres, así que no sería por mucho tiempo.

—No.

—Entonces tendré que mudarme al Albany para hacerle compañía.

—Mira, George...

—Lo digo en serio, James.

James cedió bruscamente.

—Muy bien, invítale. Pero sabes que se negará. No querrá pasar más tiempo conmigo que yo con él.

Ella hizo una mueca y se acercó más a él.

—Ya que estoy obteniendo concesiones, ¿por qué no me ayudas a pensar en una mujer que pueda tranquilizar el temperamento exaltado de mi hermano? No quiere casarse, pero la mujer adecuada podría...

—Olvídalo, George, y me refiero a que lo olvides. —protestó con firmeza—. No quiero que se convierta en mi peor enemigo.

—Honestamente pienso que el matrimonio podría mejorarle, James.

—No lo creo.

—Pero...

—¿Podrías pensar en vivir con él durante el resto de tu vida?

—Bueno, no, no como es ahora, pero... James, Warren se está ahogando en la infelicidad.

—Entonces deja que se ahogue. No hay nadie que se lo merezca más.

—Quiero ayudarle —exclamó George con obstinación.

—Si puedes ser tan cruel con alguna pobre y cándida mujer, hazlo.

—Eso no es divertido, James Malory.

—No tenía intenciones de que lo fuera.

22

—¿Qué diablos estás haciendo aquí? —le preguntó Anthony a James cuando le encontró en el borde de la pista de baile.

—Yo podría preguntarte lo mismo.

Anthony puso cara de disgusto.

—A mi amorcito le encanta bailar, deberías saberlo. No sé cómo lo hace, pero siempre me arrastra a alguna de estas cosas. ¿Cuál es tu excusa?

—Amy —respondió James, señalando con la cabeza hacia el vestido de fiesta color azul que había pasado junto a ellos—. Ella decidió en el último momento que quería venir a esta fiesta y no hubo forma de disuadirla.

—Y como Eddie y Charlotte no están en la ciudad, tienes que acompañarla. Y además solo. ¿George aún no se ha levantado?

—Todavía no del todo, pero estaba levantada para hablar sobre deber, responsabilidad y práctica, así, ¿qué iba a hacer? Pero si hubiera sabido que ibas a estar aquí, te hubiera delegado el placer. En realidad, ya que estás aquí...

—¡Oh!, no —Anthony se rió—. Yo ya cumplí con mi deber de vigilar a las pequeñas con Reggie. Temo que es tu turno.

—Recordaré esto, ya lo verás —le respondió James furioso.

Anthony tomó a James del hombro.

—Anímate, viejo. Por lo menos él está aquí para entretenerte.

James siguió la mirada de su hermano hacia el yanqui que se encontraba en el otro extremo de la pista de baile. Warren tenía un aspecto diferente, formal, casi civilizado. Era alentador observar que él no se estaba divirtiendo más que James, pero eso no le levantó el ánimo a este. Él hubiera preferido estar en casa con su esposa.

—Ya lo vi —le contestó con desagrado—. Y pensé que mi suerte había cambiado cuando esta semana no vino a visitar a la familia.

—Puedes agradecerme eso. Me atrevería a decir que todas las noches cae en cama con quejidos y suspiros, debido al programa agotador.

—¿Entonces permitió que le entrenaras?

—¿Lo dudabas? —le respondió Anthony—. Está decidido a mejorar, y con el alcance que tiene... No te sorprendas, viejo, si la próxima vez que pelees con él te derriba.

—A ti, querido muchacho, hace mucho tiempo que no te golpean —replicó James—. Me agradaría remediar eso.

Anthony simplemente se rió.

—Esperemos un poco más, quieres, hasta que nuestras esposas nos comprendan un poco mejor. Ros se pone tremendamente quisquillosa cuando no aprueba mis acciones.

—Odio mencionarlo, pero sólo me pones más ansioso.

—¿Y qué diría George?

—Probablemente me lo agradecería. Tú no eres una de sus personas preferidas, sabes.

Anthony suspiró.

—¿Y ahora qué hice?

—Te ofreciste para entrenar a su hermano.

—¿Y cómo se enteró de eso?

—Quizá yo se lo mencioné.

—Bueno, me agrada eso —se quejó Anthony—. ¿No sabe que le estoy haciendo un favor al tipo?

—Ambos sabemos a quién le estás haciendo un favor, y yo lo aprecio aunque ella no lo haga.

Repentinamente, Anthony hizo una mueca.

—Espero que lo recuerdes cuando todo termine, porque él no es malo, sabes. Por supuesto que no tiene ladrillos por puños como tú, pero tira golpes muy duros cuando encuentra un espacio. Esta semana me fui a casa con algunos dolores.

James no estaba preocupado.

—¿Cuánto falta para que sienta que está listo?

—Yo diría que un mes, pero con su impaciencia, me costará mucho convencerle de que espere todo ese tiempo. El tipo es un verdadero barril de pólvora lleno de emociones violentas, y aunque me atrevería a decir que se sentiría complacido en descargarlas contigo, no estoy seguro de que tú seas el único culpable.

—¿Oh?

—Le observé un par de veces mirando atontado, y ambos sabemos quién es responsable de eso.

—Pobre muchacha —respondió James—. Alguien debería prevenirla.

—Me agradaría hacerlo si supiera quién es, pero él no lo confesaría. Se pone furioso cuando bromeo sobre eso. A propósito, yo diría que esa será tu única ventaja cuando termine con él: su enojo.

—Le conozco muy bien, y su incapacidad para controlarlo.

—Sí, supongo que sí. Pero me pregunto hacia quién está dirigido en este momento.

James volvió a seguir la mirada de Anthony y vio que Warren estaba mirando a alguien en la pista de baile con el entrecejo fruncido. Había demasiadas parejas bailando como para ver quién era ese alguien, pero James sintió mucha curiosidad.

—¿Crees que sea su amada? —se preguntó James en voz alta.

—Que me lleve el diablo si no lo es —Anthony hizo una mueca—. Esto va a ser interesante.

—Si es que hace algo más que fruncir el entrecejo.

—¿Dónde está tu fe, viejo? La noche es joven. Finalmente bailará con ella... o intentará golpear a quien esté con ella.

Repentinamente, James suspiró.

—Odio decirlo, pero probablemente estemos equivocados.

—Por supuesto que no —protestó Anthony—. ¿Por qué lo íbamos a estar?

—Porque ambos suponemos que lo que estamos observando son celos, pero de acuerdo con George, los sentimientos del hombre no van en esa dirección.

—Absurdo.

—Plantado y nunca recuperado.

—¡Oh!, eso explica muchas cosas. Entonces, ¿por qué está tan enojado? ¿O ya tuviste algunas palabras con él esta noche?

—Temo que esta vez no puedo llevarme el mérito. Hablé con algunos de sus hermanos, ya que todos están aquí, pero Warren se ha mantenido alejado de mí.

—Hombre inteligente, teniendo en cuenta tu temperamento.

—Veo que no corriste a buscar refugio.

—Aún me gusta vivir peligrosamente —le contestó Anthony.

—Probablemente estás cansado de vivir.

Anthony serió.

—Te agrada demasiado mi esposa como para causar daño a su esposo preferido.

—Lamento desilusionarte, muchacho, pero si le pego al hermano preferido de mi propia esposa, ¿qué te hace pensar que...?

—¿Por qué no terminamos con esto, James? —Anthony fue cortante, porque su atención estaba en otra parte—. Parece que nuestro amigo está realizando su movimiento.

Ambos observaron cómo Warren se abría camino a través de las parejas que estaban bailando hacia el frente del salón. Podían seguirle con la mirada debido a su altura, pero tuvieron menos suerte para ver a quién estaba interrumpiendo cuando se detuvo. Un momento después, un joven abandonaba la pista de baile, no muy complacido.

—Bueno, ¿puedes ver a la desafortunada dama en la que está tan interesado? —preguntó James.

—No puedo ver más que su cabeza, la pista está muy llena. Pero ten paciencia. Ellos pasarán delante de nosotros... ¡Maldito, lo mataré!

James vio el vestido de fiesta color azul al mismo tiempo que Anthony. Anthony se adelantó. James le trajo hacia atrás.

—Detente —le dijo razonablemente y divirtiéndose un poco—. Antes de sacar conclusiones, muchacho, recuerda que nuestra Amy es demasiado joven para él. ¡Dios mío! ¿Realmente crees que apuntaría sus intenciones malévolas hacia una inocente?

—¿Lo estás defendiendo?

—Repugnante, ¿verdad? —acordó James—. Pero, de acuerdo con George, él puede tratar a las mujeres con la mayor indiferencia, pero toma aquellas a las que puede tener, no a vírgenes. Por más que yo quiera pensar que es un depravado, no lo es.

—¿Entonces, por qué está bailando con Amy? —Anthony estaba sólo un poco más apaciguado.

—¿Por qué no iba a hacerlo, si probablemente ella es la única mujer que conoce aquí, además de tu esposa?

—¿Por qué no esperó hasta que terminara el baile? —preguntó Anthony.

—Me imagino que porque no podía acercarse a la muchacha entre baile y baile. O no te has dado cuenta de que tiene más enamorados revoloteando alrededor de sus faldas que antes, y está en la pista de baile desde que llegamos.

Anthony suspiró.

—Bueno, bueno, esto no tiene sentido, ¿verdad?

—Más sentido del que estás pensando.

—Supongo que podemos deducir que el tipo está más que interesado.

—Esta noche estás volando demasiado alto con tus suposiciones, muchacho. ¿Qué quieres decir ahora?

—Bueno, es obvio, ¿verdad? Él está usando a Amy, que evidentemente es la muchacha más hermosa de este lugar, después de mi esposa, por supuesto; para darle celos a la mujer que le interesa.

—Odio seguir desilusionándote, Tony, pero no tiene que ser una mujer ni celos los que disgusten a ese tipo. Se enoja tanto con sus hermanos como con cualquier otra persona. Quizás estaba furioso con alguno de ellos.

—Pero ellos no están en la pista de baile. Tres están en el salón de juegos, y el otro está allí hablando con una ex empleada de Eden.

—Tienes razón —James frunció el entrecejo pensativo y trató de volver a encontrar a Warren y a Amy entre los bailarines—. Ahora sí que despertaste mi curiosidad otra vez. Estoy casi listo para ir a preguntarle... —James no terminó. Finalmente vio a Warren, y el mal gesto estaba dirigido a Amy. Con un tono tranquilo pero no menos expresivo, James agregó—: El hombre está muerto.

Anthony vio lo que James había visto.

—¿Así que era Amy a quien le ha estado arrojando puñales? ¿Pero por qué?

—¿Por qué crees, burro?

—¿Te refieres a que yo tenía razón? Espera —esta vez fue Anthony el que detuvo a James, no para salvar el pellejo de Warren, sino para salvar un poco para él—, yo diría que eso me da derecho al primer golpe, hermano.

—Puedes tomar lo que quede.

—Tú no dejas nada —le señaló Anthony—. Y pensándolo bien, no podemos despedazarle aquí. Alguien podría quejarse de la sangre en el piso. Además, como mencionaste un par de veces esta noche, podríamos estar equivocados.

—A él le conviene que lo estemos —respondió James inflexible.

23

—¿Estás bailando conmigo porque quieres, Warren, o tienes alguna queja sobre mí? —le preguntó Amy.

Él no respondió a su pregunta, aunque lo hizo indirectamente:

—¿Tienes que coquetear con todos ellos?

Ella se rió complacida.

—¿Contigo observando? Por supuesto que sí. Es para mostrarte la diferencia.

—¿Qué diferencia?

—Sobre cómo es ahora, antes de que me pretendas, y cómo será después, cuando sólo coquetee contigo. Te aseguro que te gustará mucho más el después. Y deja de fruncir así el entrecejo. La gente podría advertirlo y pensar que estás enojado conmigo. ¿Lo estás?

—Soy perfectamente indiferente a lo que hagas —le aseguró.

—Tonterías —fue su respuesta acompañada de un sonido muy poco femenino—. Pero está bien. Yo puedo decir la verdad por ambos, y comenzaré con la mía. Te he echado de menos terriblemente. No ha estado nada bien por tu parte dejar de visitarnos para probar tu teoría.

—Pero la probé, ¿verdad?

—No seas tan presumido. Todo lo que probaste es lo obstinado que puedes ser. La verdad es que tú también me has echado de menos. ¿Podrías hacerme feliz y admitirlo?

¿Hacerla feliz? Increíble, sentía la necesidad urgente de hacerlo. Esto era una locura. ¿Y qué tenía de malo decirle que la había echado de menos, o por lo menos había pensado mucho en ella mientras estuvo ausente? Ella era divertida... cuando no estaba enloqueciéndole con sus seducciones. ¿Pero decírselo? En verdad, no se podía desviar de la posición que había adoptado para desalentarla.

¿Entonces por qué demonios estaba bailando con ella?

Porque esta noche ella estaba exquisita. Porque, adornada con perlas y sedas brillantes, parecía mayor. Porque sintió deseos de matar a la última pareja que había bailado con ella por haberse acercado demasiado. Porque no podía evitarlo.

Ella no esperó más su respuesta.

—Tienes el entrecejo más fruncido. ¿Podría contarte un chiste?

—No.

—¿Podría besarte?

—¡No!

—¿Podría decirte dónde puedes encontrar la llave de luz más cercana?

Warren hizo un sonido mitad quejido, mitad risa. En realidad, fue un ruido horrible, aunque en ese momento fue música para los oídos de Amy.

—Mucho mejor—le hizo una mueca—. Pero aún no hemos logrado una sonrisa. ¿Ayudarían algunos elogios? Esta noche luces espléndidamente. Y me gusta lo que has hecho con tu cabello. —Se lo había peinado hacia atrás—. ¿No te lo vas a cortar?

—¿Y parecer más inglés?

—¡Ah!, así concuerda con tu aspecto poco elegante. ¿Por qué no lo pensé antes? —Después de un momento de silencio, ella le preguntó—: ¿Qué tal?

—¿Qué tal qué?

—¿No me vas a devolver los elogios?

—No.

—Pensaba que no, pero iba a ser un buen intento.

—Amy, ¿por qué no te quedas tranquila durante cinco minutos? —le sugirió.

—Con el silencio no se progresa.

—Te sorprenderías.

—¡Ah! ¿así que sólo quieres abrazarme? ¿Por qué no lo dijiste?

Él gruñó. ¿Por qué no cedía? A menos que...

—Estás embarazada, ¿verdad? —le dijo por fin.

—¿Qué?

—Y él no se casará contigo, así que estás desesperada por encontrar a alguien que lo haga.

Amy suspiró.

—Honestamente no sé por qué no me enfurezco contigo, Warren Anderson. Ya debo amarte. Sí, eso lo explica.

Él se puso tengo.

—Dijiste que no.

—Dije que no estaba muy segura; si no, ¿por qué iba a permitir que me trataras tan mal sin darte un puntapié?

—Acerté —le respondió Warren—. Y no te molestes en negarlo.

—¡Oh!, no lo haré. Dejaré que lo descubras por ti mismo, cuando llegue el momento. Pero mientras tanto, cambié de idea. Después de todo me pondré furiosa contigo.

Se alejó de él y salió de la pista de baile. Él permaneció allí un momento, incrédulo de que ella, realmente, se hubiera enojado. Bien. Si se negaba a hablar con él, no podría seducirle con alguna de sus provocativas insinuaciones.

Al infierno con eso. Él quería oír la negativa de que estaba embarazada. Maldición, tenía que oír, que lo negara... o que lo confesara de plano. Se sorprendió al ver lo mucho que significaba para él.

Fue tras ella. No llegó más allá del borde de la pista, donde James y Anthony le agarraron uno de cada brazo para llevarlo en otra dirección. Warren comenzó a protestar. En este momento, no tenía paciencia para estos dos, y menos para su irritante bufonería. Pero ellos estaban muy apurados para llegar adonde iban, e insistían en arrastrarle con ellos.

Warren no imaginaba qué querían. Probablemente un cuarto hombre en algún juego de cartas. Aunque tratándose de James Malory, podía ser algo tan simple como que no le gustara el corte de su chaqueta.

Muy bien, él podía concederles un momento. Si ambos tíos estaban aquí, entonces Amy no iría a ninguna parte.

Pero cuando entraron en la sala de billar vacía, James no estaba precisamente interesado en el corte de su chaqueta. Cuando la puerta se cerró, arrojaron a Warren contra la pared. Anthony sostuvo la puerta para mantenerla cerrada, mientras James tomaba a Warren de las solapas.

—Tienes un segundo para convencerme de que no tienes en la mira a mi sobrina.

En otra ocasión, Warren no hubiera dicho nada, hubiera comenzado a moverse. Pero este era el esposo de su hermana. Este también era el hombre al que no había tenido la oportunidad de golpear... aún. Y la razón por la cual James parecía tan enojado era tan ridícula, que Warren casi se ríe.

Dios, esto sí que era ridículo. La muchacha le perseguía descaradamente, y a él le regañarían por eso.

—No —respondió enfáticamente.

—Pues, ¿por qué no te creo? —le respondió James.

—¿Es un crimen bailar con ella?

—Lo que es un crimen es la forma en que la mirabas —replicó James.

Warren gruñó interiormente. Bueno, ella trató de advertirle que alguien se daría cuenta. ¿Tenían que ser estos dos?

Les dio una excusa plausible.

—Tengo muchas cosas en mente, Malory. La forma en que miro a la gente a menudo no tiene nada que ver con ella.

Lo cual era verdad, aunque no en este caso. Maldición, le estaban haciendo sentir como a un jovencito inexperto al que encontraron con el pantalón bajado. Y todo lo que había hecho era tratar de alejar a la muchacha. Y pensar en ella más de lo que debiera. Y casi hacerle el amor en el medio de un maldito camino. Las imágenes volvían a él, cálidas e intensas.

—Odio decirlo —acotó Anthony razonablemente— pero es posible, James.

—Con él, realmente lo es —asintió James, aunque todavía era escéptico y le preguntó—. ¿Así que ella no te atrae para nada?

—Yo no dije eso —respondió Warren, casi defendiéndola.

—Respuesta equivocada, Yank.

Warren fue arrojado contra la pared otra vez por esa pequeña verdad. Esta vez se golpeó la cabeza contra ella, lo cual hizo que se enojase.

—¿Quieren que niegue que ella es increíblemente adorable? Tendría que haber estado muerto para no advertirlo. Ahora, quítame las manos de encima.

Las manos no se alejaron de su chaqueta, pero el tono de James fue mucho más suave cuando le señaló:

—Ella es demasiado joven para que lo advirtieras.

Warren estaba de acuerdo, pero como era James el que lo había señalado, respondió:

—Tú sí que hablas por experiencia. Georgie era sólo unos años mayor que Amy cuando la conociste, y tú eres mayor que yo.

Cuatro años, que era lo que se llevaban Amy y Georgina no eran sólo unos años, y James era sólo un año mayor que Warren, así que compararlos a los dos no convencía a ninguno de los hermanos Malory.

—Quizá necesita un cambio en su visión —sugirió Anthony—. Empañarla un poco para que no vea tan bien las cosas que no debería. Me encantaría ocuparme de eso, viejo, si te preocupa lo que podría decir George.

—En absoluto. Eso no es suficiente.

Eso era suficiente para Warren.

—¡Esto es absurdo! —explotó por fin—. Les he dicho que no tenía mi mira en la muchacha. Pero si queréis proteger su virtud, deberían encerrarla con llave. Entonces quizá yo tendría un poco de paz.

—¿Qué diablos significa eso? —demandó James.

—Significa que tu sobrina se ha estado arrojando sobre mí cada vez que ha podido.

—¡Espera! Déjame que me ría un poco de eso antes de que lo mates.

A James no le causaba tanta gracia como a su hermano.

—¿Estás loco? ¿Crees que puedes usar esa excusa con nosotros? ¿O te has engañado a ti mismo pensando que las sonrisas y miradas de una dulce muchacha son demostraciones de algo más que amistad?

Warren suspiró. Realmente no tendría que haberlo dicho. Maldito temperamento. Y lo sintió casi como una traición a Amy, aunque él nunca le prometió que guardaría su vergonzoso secreto. Sin embargo, si ellos le creían, habría encontrado la ayuda que necesitaba para mantener a Amy alejada de él. Pero ellos no le iban a creer. Su actuación de Miss Inocente había engañado a toda la familia.

—¿No creen en mi palabra?

—No —le contestó James.

—Entonces acepta mis afirmaciones anteriores y olvidemos el asunto, Malory.

—¿Después de que manchaste el carácter de Amy? No lo creo, viejo. Será mejor que te retractes o esta noche tendrán que cargarte de vuelta a tu hotel.

Desafortunadamente, esta era una amenaza que había que tomar en serio. Cuando James fanfarroneaba no era propenso a la violencia. Cuando se ponía formal después de fanfarronear era cuando era más fulminante. Después de todo, Warren tendría que pelear con él.

—Yo no lo habría mencionado si no fueras tan provocativo, Malory. Pero como ya lo hice, hubiera sido agradable recibir un poco de ayuda en este asunto, en lugar de un escepticismo total. ¿Por qué crees que esta semana no fui a ver a Georgie? ¿Por qué crees que rechacé su ofrecimiento de mudarme a su casa después de que mis hermanos tengan que irse mañana? Me atemorizaría dormir bajo tu techo pensando que Amy se podría meter en mi cama...

Se inclinó hacia un costado justo a tiempo. El puño de James se estrelló contra la pared, rozándole la oreja. Los tres oyeron el ruido de la madera rota, y una mancha de sangre del nudillo de James apareció sobre la cortina de seda.

—Te dije que estaba mejorando —dijo Anthony con uno de sus tonos más adustos.

Pero cuando estaba distraído, la puerta se abrió repentinamente y entró Amy. Y no necesitó una bola de cristal para saber qué estaba sucediendo.

Miró a Warren y a James, y le preguntó a su tío:

—No le habrás causado daño alguno, ¿verdad?

—¿Te parece que está sufriendo? —le preguntó Anthony.

—Sólo estábamos... discutiendo —agregó James, soltando una de las solapas de Warren y limpiándosela, como si eso fuera todo lo que hubiera estado haciendo—. Nada que pueda interesarte, querida. Así que vete y...

—No me trates como a una niña, tío James. ¿Qué hizo esta vez para que quieras golpearle?

—Manchó el buen nombre de alguien que tú conoces. Sin embargo, ya estaba por disculparse, así que si te vas al baile, él podrá continuar con el asunto.

Amy no se movió. Miró a Warren y se arriesgó:

—¿Les contaste?

Tenía una mirada de dolor en sus ojos que a Warren le llegó hasta las entrañas. Sin duda lo sintió como una traición. Sin embargo, ocultó el dolor de manera casi instantánea, y lo cambió por una resolución concluyente.

—Muy bien, no se hizo ningún daño —le dijo—. Lo hubieran descubierto cuando anunciáramos nuestro compromiso.

—¿Qué? —exclamaron ambos tíos al mismo tiempo.

—¿Olvidaste decirles que nos íbamos a casar, Warren? —le preguntó con tono de inocencia.

—No nos vamos a casar, Amy —le contestó Warren con los dientes apretados.

Ella se volvió hacia James.

—¿Ves lo que tengo que tolerar? Rechazo a cada momento. Pero él accederá—luego le dijo a Warren—: ¿Qué les dijiste? ¿Ciertamente no tu última idea de que estoy embarazada?

—¿Qué? —volvieron a exclamar ambos tíos, mientras el rostro de Warren se ensombrecía más aun.

—Es lo que él piensa —explicó Amy, otra vez con tono de inocencia—. No lo estoy, por supuesto, pero él es demasiado cínico para aceptar mi palabra. Además, él preferiría cualquier otra razón en lugar de la simple verdad: le deseo. —Ante las tres miradas incrédulas por las asombrosas revelaciones que estaba haciendo, añadió—: ¿Eso tampoco se lo dijo? Ah, entonces sólo debe de haberles dicho que he estado tratando de seducirle.

—¡Amy! —exclamó Anthony.

—Esto no es en absoluto divertido, niña. ¿Qué demonios crees que estás haciendo al venir aquí con estos despropósitos imprudentes?

Al oír esto, Warren se rió.

—Cada vez mas ridículo. No te van a creer como no me creyeron a mí. Así que te puedes ir, niña, y dejarme con mi pequeña ventaja.

—Te dije que no me llamaras así, desdichado, y no me voy a ir a ninguna parte.

Pero la ignoraron durante un momento, porque Anthony quería saber:

—¿Qué ventaja?

—Nudillos rotos.

—Ganó un buen punto —le comentó Anthony a su hermano.

—No tiene importancia —fue la respuesta de James.

Amy volvió a la lucha, insistiendo:

—No va a haber ninguna pelea, o la tía George se va a

189

enterar de esto. Y creo que no le agradará que golpees a su hermano sólo por decir la verdad. Y la tía Roslynn se va a enterar de que no hiciste nada para detenerles, tío Tony. Y creo que el tío Jason también debería enterarse...

—Con las dos primeras alcanzó —dijo Anthony al ver el disgusto en el rostro de su hermano—. En realidad, con George bastaba. ¿Y cuándo comenzaste a recibir lecciones de manipulación de Reggie?

—Eso no fue manipulación, fue chantaje. Pero están amenazando la salud del hombre con el que intento casarme.

—¡Dios mío! ¿No hablarás en serio? —le preguntó Anthony, temiendo que sí.

Amy no tuvo oportunidad de responder. Warren volvió a afirmar:

—No lo haré —y luego le dijo a James con más énfasis—: No lo haré.

—Lo harás —le corrigió Amy con su perpetua confianza, y luego agregó en tono de advertencia—: pero no se le puede obligar. No lo tendré si le obligan. Él lo sabe, pero todavía no se ha dado cuenta de que estamos hechos el uno para el otro. Ahora les voy a dejar, caballeros, pero será mejor que más tarde no vea una sola marca en él, tío James.

—Dios mío, Anderson —le dijo Anthony apenas Amy hubo abandonado el local—. Te compadezco.

—Yo no —gruñó James—. ¿Qué le hiciste para que se propusiera conquistarte?

—Nada.

—No puedes tenerla, Yank.

—No la amo.

—Eres un maldito mentiroso.

Warren estaba por explotar otra vez.

—Entonces déjenme decirlo de esta manera. No la

voy a tocar. Y continuaré desalentándola. No puedo hacer otra cosa más que esa.

—Puedes irte de Inglaterra. Y ella no notará esa huida.

El golpe, en el estómago de Warren, fue demasiado rápido e inesperado como para bloquearlo. Le pegó de lleno, y Warren sintió como si James le hubiera arrancado las entrañas. Le dejó doblado y sin respiración.

Ni siquiera advirtió la salida de los Malory.

Fuera de la sala de billar, Anthony le dio un codazo a su hermano.

—Ahora me viene a la memoria que el norteamericano es mucho más corpulento y sólido que Eden. ¿Cómo fue que no mataste a ese cachorro con esos golpes?

—Porque no le pegaba fuerte al viejo Nick. Era un asunto de principios. Y en aquel momento, no sabía que tenía en la mira a una de nuestras sobrinas.

—¡Oh!, eso explica por qué tu cuñado yanqui no tendrá tanta suerte.

—Así es —respondió James antes de fruncir el entrecejo pensativo—. Aún sostengo que la niña nos estaba tomando el pelo a todos. Realmente no puede querer a ese presuntuoso. Desafía la razón. ¿Y admitirlo? ¿Especialmente a él?

—Sé a qué te refieres. En nuestros días, las mujeres mantenían al hombre intrigado. No derramaban sus entrañas para que uno pudiera saber qué era lo que pensaban.

—¿Y cuánto hace que no estás en disponibilidad? —le preguntó James—. Aún lo hacen. Lo cual no explica por qué Amy lo hizo.

—Ciertamente, no heredó esa osadía de Eden. Chantaje, y sin pestañear. Y la pequeña descarada lo decía en serio.

—Eso no importa —respondió James—. ¿El norteamericano parecía sincero en sus manifestaciones?

Anthony se sonrió.

—Parecía sincero en su esfuerzo por hacerte enojar.

—Tú estás haciendo ese esfuerzo. Estaba tan encantador como siempre.

—Pues entonces no tenemos más que esperar y ver, ¿verdad?

24

Warren jugó a las cartas con Clinton y otros dos ingleses durante el resto de la noche. No entendía muy bien el juego, lo cual fue su excusa para perder doscientas libras, más que su falta de atención. Pensar que esta noche había venido aquí a buscar alguna mujer. Pero una vez Amy presente, ya no advirtió a ninguna otra.

Ella aún estaba allí bailando con una docena de admiradores. Y ahora la irían a visitar. Su propia hermana había insistido en eso. Sólo podía esperar que uno de ellos la atrajera y desviara su persecución hacia otro lado.

—Otra vez no, Yank —se quejó el hombre que se encontraba a la izquierda de Warren, y no por primera vez.

Warren volvió a mirar las cartas apiñadas en sus manos.

—Lo lamento —les dijo y se levantó de la mesa. Y a su hermano le dijo—: Volveré al hotel.

—Es lo más sensato, considerando tu estado de ánimo.

—No empieces conmigo, Clinton.

—No tengo intenciones de hacerlo. Te veremos mañana.

Todos planeaban visitar a Georgina una vez más antes de partir, por la mañana, ya que ella aún no estaba en condiciones de ir a despedirles al muelle. Warren estaba incluido en esos planes; sin embargo, ahora se iba a excusar. Como no iba a viajar, podría ver a su hermana más tarde. En realidad, tan pronto como se levantara, la iría a buscar para llevarla a pasear junto con Jacqueline. Sería agradable tenerlas para él, sin preocuparse por las interrupciones de los demás miembros de la casa. Pero por ahora era prudente mantenerse alejado de Berkeley Square.

Cuando ya se iba, Warren se detuvo en el borde de la pista de baile. No trató de localizar a Amy y a su bandada de enamorados, aunque quizá debería haberlo hecho para advertir que no estaba allí. Ella le estaba esperando en el vestíbulo, parcialmente escondida detrás de un helecho.

Lo que atrajo su mirada fue el borde del vestido azul con los zapatos que hacían juego. No se iba a detener. Sin embargo, ella no le dio esa opción, ya que saltó delante de él bloqueándole el camino.

—Supongo que ahora estarás más loco por mí, ¿verdad? —fue su primera pregunta.

En realidad, ella parecía bastante cautelosa, pero eso no le ablandó.

—Podríamos decir que sí. En realidad, te convendría que no te volviera a ver.

Por alguna inexplicable razón, esa respuesta apartó su cautela y le devolvió el brillo travieso a sus ojos.

—¡Oh!, querido, eso suena horrible. Bueno, ya que estamos confesando abiertamente estas pasiones, debo decirte que yo también aún estoy disgustada contigo. No tenías que contarles sobre nosotros, Warren.

—Nosotros no, tú.

—Es lo mismo —le contestó alegremente—. Espero que sepas que ahora no me dejarán tranquila.

—Bien. Quizás ellos puedan hacerte razonar. Dios sabe que a mí no me quisiste escuchar.

—Van a insistir en que eres bastante inapropiado, pero ya sabíamos eso.

—Yo lo sabía. Tú lo ignoraste.

—Por supuesto que sí. El buen juicio no tiene nada que ver con estos sentimientos que tú provocas.

—Dios mío, no empieces otra vez.

La echó a un lado. Ella pasó junto a él y le volvió a bloquear el camino.

—No había terminado, Warren.

—Yo sí.

—¿Te das cuenta de que les diste la oportunidad de pedir la aprobación de mi padre?

—¿Quieres decir que después de todo algo saldrá bien esta noche? —le respondió.

—No estés tan esperanzado. Eso solamente significa que tendríamos que fugarnos.

—No te hagas ilusiones, Amy. Pero dime, ¿qué sucedió con la posibilidad de que te envíen al campo? Creí que era tu principal preocupación.

Por lo menos no parecía tan confiada.

—Eso aún es una posibilidad, pero no debes preocuparte. Volvería.

—¿Y que te volvieran a enviar?

—Probablemente, pero aun así regresaría.

—Esperemos que yo ya haya partido para la tercera vez.

Amy sacudió la cabeza disgustada.

—Sé que estás haciendo lo posible por que me enoje contigo, y está funcionando admirablemente. Pero, afortunadamente para ti, te habré perdonado para mañana.

—No te devolveré el favor.

—Sí, lo harás.

Finalmente, él suspiró exasperado.

—¿Cuándo lo vas a entender, Amy? Deberías estar rechazándome, no alentándome.

—Muéstrame dónde está escrito.

—Sabes muy bien que tu comportamiento es desvergonzado.

—Supongo que sí, pero no sería tan audaz más que contigo. ¿No te dije eso?

Lo había hecho, pero él aún no lo creía. Y si no estaba embarazada...

—Esperas atraparme con un bebé en el abdomen, ¿verdad? Es por eso que estás tan decidida a meterte en mi cama.

Dios santo, podía ser muy rápido para atacar.

—¿Por qué debería haber un motivo ulterior? Debes saber lo deseable que eres. ¿Por qué no puedo desearte por ti mismo?

—No soy en absoluto deseable —y hacía años que desarrollaba una disposición que asegurara su autoevaluación.

—¡Oh!, pero yo voy a arreglar todo eso. Será un placer estar a tu lado, serás tan encantador como Drew, tan paciente como Thomas. No podemos hacer mucho con ese temperamento tuyo, excepto asegurarnos de que no haya una razón para que aparezca. Así podrás ser tan rudo como ahora, pero no habrá diferencia. Así serás una vez que nos casemos.

Warren estaba asombrado por la confianza de Amy. Tuvo que liberarse de la sensación de que ella poseía alguna clase de magia capaz de lograr esas maravillas.

—Nadie puede ser tan optimista, Amy.

—Si pudieras ver lo bueno de la gente como yo lo hago, no lo dudarías.

Amy se apartó hacia un lado para dejarle pasar. Esta vez Warren no intentaría decir la última palabra. Ella siempre lo hacía.

Warren se había alejado un metro cuando le gritó:

—Esta noche vine porque sabía que estarías aquí. No

te alejes tanto otra vez, o ahora que estás solo en el Albany tendré que ir a buscarte.

La idea horrorizó a Warren. ¿Amy con una cama cerca? Lo primero que tendría que hacer al día siguiente sería pensar en cambiar de hotel.

—Ya nos podemos ir, tío James —le dijo Amy cuando le encontró ante la mesa de los refrescos.

—Gracias a Dios —respondió James, pero luego reflexionó y le preguntó—: ¿Por qué tan temprano?

—Porque Warren se fue.

James hizo girar los ojos y fue a buscar sus abrigos. Tendría que hablar con esa pequeña descarada, y camino a casa sería el mejor momento. Y no dejaría que le sorprendiera como lo había hecho antes. No podía imaginar de dónde había sacado ese descaro.

Los hijos de Eddie siempre se habían comportado de manera ejemplar..., se preguntaba si la reciente influencia de Jeremy era la culpable de que Amy se hubiera apartado del camino correcto. Por supuesto, tenía que ser eso. Esos dos habían estado callejeando muy a menudo, y la destreza del bribón para hacer lo que es poco decoroso había afectado a la impresionable niña.

James aún estaba pensando eso cuando llegó el carruaje, y después de que se cerrase la puerta, le dijo a Amy:

—Jeremy va a tener que responder por esto, ya verás.

Amy no tenía idea de lo que estaba diciendo.

—¿Por qué?

—Esa exhibición de indecoroso descaro que nos hiciste esta noche.

—¿Qué tiene que ver él con esto?

—Obviamente lo aprendiste de él.

Le sonrió tiernamente a su tío.

—Tonterías. Siempre tuve la tendencia de decir lo que pienso. Pero hasta ahora la reprimí.

—Deberías haber seguido reprimiéndola.

—En otro momento lo hubiera hecho, pero esta situación con Warren requiere franqueza.

—No existe ninguna situación con ese incivilizado. Tendrás que admitir que fue sólo una demostración, sólo para salvarle el pellejo, por alguna tonta razón, como sentir lástima por él. Adelante. Lo comprenderé perfectamente. Ni siquiera le vuelvas a mencionar.

—No puedo hacer eso, tío James.

—Por supuesto que puedes. Inténtalo —le dijo, bastante desesperado.

Amy negó con la cabeza.

—No sé por qué tomas esto con tanta dureza. Tú no tendrás que vivir con él.

—Y tú tampoco —insistió James—. No conozco otro hombre tan inapropiado...

—Él es bastante apropiado —lo interrumpió Amy—. A ti no te agrada.

—Eso se sobreentiende, pero no tiene nada que ver con esto —y era el momento de los hechos evidentes—. Además, él no te desea, querida. Le oí decir eso.

—Sé que eso no es verdad.

James se inclinó tenso hacia adelante como para presentar batalla, aunque el culpable no estuviera presente.

—¿Cómo lo sabes? —le preguntó.

Amy ignoró los signos de batalla.

—No importa cómo lo sé. Lo que él no quiere es la cadena que viene aparejada conmigo. Pero voy a hacer todo lo que este a mi alcance para que cambie de idea y quiera casarse conmigo. Si fracaso, no debe ser porque tú interfieras. Si fracaso, debe ser porque no me quiera. Eso es lo único que aceptaré. De otro modo, nunca dejaré de intentarlo, aunque tenga que seguirle a Estados Unidos. Así que no trates de detenerme, tío James. Realmente no servirá de nada.

Esta frustración no condecía con la naturaleza de James. Por supuesto que podía matar al presuntuoso. Pero a George no le agradaría eso. Nunca le perdonaría.

—Tu padre no te dará permiso, querida niña, y podrías depender de él.

—Después de que hables con él, estoy segura de que no lo hará.

—Entonces será mejor que lo olvides.

—No —le contestó con firmeza—. Eso es desafortunado, pero es algo que esperaba.

—Maldición, Amy, el hombre es demasiado viejo para ti. Cuando tú tengas su edad, él andará tambaleándose con un bastón y la espalda encorvada.

Ella se rió encantada.

—Vamos, tío, él es sólo dieciocho años mayor que yo. ¿Dentro de dieciocho años tú esperas estar tambaleándote?

Como James estaba en la flor de su vida, ciertamente que no se lo esperaba. En realidad, dentro de dieciocho años, Jack comenzaría a atraer a los hombres y él esperaba alejarlos a todos.

—Está bien, él no se estará tambaleando, pero...

—No insistas con la diferencia de edad, por favor. Ya lo he oído suficientemente por parte de Warren.

—¿Entonces por qué no escuchas a tus mayores?

Ella le miró disgustada por haber mencionado eso. James estaba bastante orgulloso de ello. Pero Amy le respondió rápidamente:

—La edad es algo secundario, y sólo que no se puede corregir. Prefiero concentrarme en las faltas de Warren que se pueden corregir.

—¿Reconoces sus faltas?

—No soy ciega.

—¿Entonces qué demonios ves en ese hombre?

—Mi futura felicidad —le contestó simplemente.

—¿Dónde encontraste tu bola de cristal?

Amy se rió.

—Te agradaría saber que Warren dijo casi lo mismo.

—No digas eso. Yo no pienso lo mismo que ese témpano.

—Estoy segura de que dijo lo mismo.

James entrecerró sospechosamente los ojos. ¿Había emparejado el tanteador por aquella mención de los mayores? Después de todo, ella era una Malory. Era lógico que volviera al ataque. Casi sentía lástima por Warren.

—Muy bien, querida, pero no estarás comparando tu ingenio con el mío, ¿verdad?

—Dios no lo permita —le miró consternada—. Me derrotarías en cuestión de segundos.

—Efectivamente.

Amy abandonó todas sus pretensiones y le dijo con convencimiento:

—Pero en determinación, soy igual a cualquiera de la familia.

James gruñó interiormente. Esto no iba nada bien.

—Amy...

—Mira, tío James, no tiene sentido continuar con esto. Desde que conocí a los hermanos Anderson hace seis meses, sé que Warren es el hombre para mí. No es un capricho que debe pasar. Ciertamente hubiera sido preferible un inglés, pero esto no tiene nada que ver con elección sino con sentimientos. Creo que ya estoy enamorada de Warren.

—Maldita sea —fue todo lo que dijo James.

—Lo que va a someter son mis sentimientos hasta que asienta.

—No voy a decir que lo lamento —refunfuñó James.

—No pensé que lo ibas a hacer —le contestó, y luego le hizo una de sus muecas traviesas—. Pero no te desalientes, tío. Yo lo estoy sometiendo a algo mucho peor.

25

—¿Amy y Warren? —preguntó Georgina incrédula.

—Me oíste correctamente la primera vez —replicó su esposo mientras continuaba golpeando el suelo del dormitorio.

—Pero, ¿Amy y Warren?

—Exactamente, y también debes saber, George, que le mataré si vuelve a mirar en su dirección —le prometió James.

—No, no lo harás, y déjame aclarar esto. Ella le desea a él, no al revés, ¿verdad?

—¿No lo estoy ilustrando claramente? ¿Quieres diagramas?

—No me hables con ese tono de los Malory, James Malory. Esto me parece muy chocante.

—¿Y crees que a mí no?

—Pero tuviste tiempo de digerirlo...

—Ninguna cantidad de tiempo sería suficiente para este maldito dilema. ¿Qué demonios le voy a decir a mi hermano?

—¿A cuál?

La miró con seriedad por esa deliberada torpeza.

—Con el que vive generalmente. Su padre. ¿Lo entiendes ahora?

Ella ignoró su irónica respuesta.

—No entiendo qué puede importar eso ahora. Tú

dijiste que a ella no le importa si tiene permiso o no. Aunque no podemos decir que esto sucedió y que es algo ocasional. ¿Desde que le conoció? Ahora comprendo por qué siempre trataba de que hablara sobre mis hermanos.

—¿Así que tú has contribuido a este lío?

—Inocentemente, te lo aseguro. Realmente no tenía ni idea, James. Y aún es algo increíble. ¿La dulce Amy persiguiendo agresivamente a Warren?

—No necesitas decirlo de manera tan agradable. Ella está tratando de seducir al hombre. Ella lo admitió, y como dijo tu hermano, se arroja sobre él cada vez que se vuelve.

—¿Entonces por qué estás tan enojado con él si es el mirón inocente en este asunto?

—Porque me niego a creer que no haya hecho nada para alentar a la niña. Ella está muy segura de que logrará lo que se propone.

—¿El optimismo de la juventud?

—Me gustaría pensar en eso, pero no creo.

—Entonces estás diciendo que ella... que ellos... que realmente llegarían...

—Dios mío, George, no sigas rumiando —le interrumpió impaciente.

—¿Crees que ella terminará en su cama?

—Absolutamente. Lo que me gustaría saber es si se casará con ella o si se queda con su inocencia.

—Con Warren, creo que eso no importa tanto como su aversión por el matrimonio.

—Bueno, por lo menos está eso.

—Estoy horrorizada, James. Si se llega a eso, por supuesto que él tendrá que casarse con ella. Me ocuparía personalmente si tu familia no lo hiciera.

—Ella no lo tendrá si le obliga.

—¿Por qué no? Así es cómo yo te conseguí, y estoy bastante complacida con el trato.

—Bueno, parece que ella no le quiere de ese modo, gracias a Dios —dejó de caminar repentinamente para hacer una mueca—. Quizás esa sea la respuesta. Continuaremos y le obligaremos.

Georgina le miró, fijo en los ojos.

—¿Cuando aún no ha hecho nada?

James se encogió de hombros ante ese razonamiento.

—Es indudable que la comprometió de alguna manera. Con un poco de presión se podría averiguar.

—¡Oh! no, no vas a volver a golpear a mi hermano.

—Sólo un poco, George. Sobrevivirá.

—Sí, y querrá tu cuello otra vez en un lazo. Olvídalo, James.

—¿No crees que es justicia poética?

—Cuando uno no espera que desemboque en el matrimonio, no, no lo creo. Creo que vas a tener que confiar en que Warren se siga resistiendo a Amy. Finalmente, ella tendrá que ceder.

—No es probable. Ya tiene planes de seguirle a casa si se llega a eso.

—¿Huir? Oh, querido, eso no serviría para nada. ¿Ayudaría si hablo con ella? Después de todo, yo conozco mejor a Warren.

—Sin duda, pero como le he oído decir, no servirá de nada.

—No servirá de nada que empieces conmigo, tía George —le dijo Amy al día siguiente mientras tomaban el té.

Georgina se inclinó hacia atrás en el sofá donde James había depositado a su esposa antes de abandonarla a su desagradable tarea. Considerando que hoy ya había visto a Amy cuatro veces sin haberle dado ninguna indicación de que conocía su dificultad, era un poco desconcertante escuchar eso, cuando todo lo que le había pedido era que siriviera el té.

—¿Ahora lees las mentes?

Amy se rió.

—¿Leer la mente? ¿Bolas de cristal? ¿Varitas mágicas? Últimamente me he convertido en una hechicera de proezas mágicas, ¿verdad?

—¿Cómo?

—No se necesita poder leer la mente para saber lo que estás pensando, teniendo en cuenta la forma extraña en que me miras desde esta mañana, por no mencionar algunas distracciones muy divertidas. Como no amanecí con dos cabezas, es evidente que el tío James confesó y ahora es tu turno de reprenderme. ¿Es ese el quid de la cuestión?

—Lo lamento, Amy —se disculpó Georgina, con el rostro un poco sonrojado—. No me di cuenta de que te miraba de manera extraña.

—¡Oh!, no importa. A Boyd le pareció un poco extraño que le besaras en la nariz y le dijeras «te veré mañana».

—¡No lo hice! —respondió Georgina—. ¿Lo hice?

—Lo que fue realmente divertido fue que él trató de recordarte tres veces que mañana estaría en el medio del océano, pero tú no estabas prestando atención. Se fue murmurando que el clima de aquí enloquecía a la gente.

—¡Oh!, basta —Georgina no pudo evitar reírse—. Estás inventando.

—Te lo juro. En realidad, fue una suerte que Warren no estuviera allí para escucharlo, o se hubiera preocupado y hubiera hecho regresar el barco para ver si era el clima o el culpable era tu esposo.

A Georgina ya no le parecía tan divertido.

—¿Es tu forma de demostrarme que conoces a Warren tan bien como yo?

—No, pero él es bastante predecible en sus buenas cualidades, y su preocupación por ti es una de ellas. ¿Vas a echar de menos a tus hermanos? En este momento, dos de los tres barcos en los que llegaron ya están en altamar.

—Por supuesto, pero espero que regresen dentro de pocos meses con el administrador para la oficina de Londres.

—¿No podrías lograr que lo reconsideraran y contrataran a un inglés?

—No.

—Bueno, Warren sería más accesible a la idea, así él también podría partir.

—Warren no se trepa por las paredes cuando está en tierra —le respondió Georgina.

—Me alegra escucharlo, pero me refería a su deseo de escapar de mí, no a volver al mar.

Georgina se puso bastante seria.

—Amy, no quiero ver que te cause algún daño.

—No lo verás. Mi romance terminará tan feliz como el tuyo.

—El mío no ha sido exactamente un lecho de rosas, con mi esposo y mi hermano que no se pueden ni ver.

—Por supuesto que sí, sólo que con algunas espinas incluidas —Amy hizo una mueca—. Yo prefiero los narcisos.

—Lo que obtendrás serán bocas de dragón —predijo Georgina, no con la intención de que Amy se encorvara riéndose, pero tuvo que esperar un momento para

206

continuar, ya que eso fue lo que hizo la muchacha—. Lo dije en serio.

—Lo sé —Amy aún estaba sonriendo—. Pero sabes, cuando termine con él será como un gatito.

—Realmente viene de familia —se quejó Georgina.

—Sólo estaba tratando de relajarte, tía Georgie. No deberías preocuparte por esto. Tu hermano es un muchacho mayor. Puede cuidarse solo.

—Tú sabes muy bien que no es él el que me preocupa. Amy, cariño, conozco a mi hermano. No se casará contigo.

—¿Ni siquiera si me quiere?

—Bueno... no... quiero decir... eso sería diferente, pero...

—No digas que no sucederá, tía George —le interrumpió Amy—. En esto que estoy haciendo tengo una bola de cristal que dice que todo es posible, y una de esas cosas es que Warren abra su corazón y me deje entrar. Pero como es tan obstinado se mantendrá firme hasta el amargo final. Eso espero.

—Bueno, eso es verdad. El final va a ser amargo... para ti.

—Esas son predicciones horribles. Supongo que soy afortunada de que el amor escuche al corazón en lugar de los consejos, por muy bienintencionados que sean.

—¿Estás sugiriendo que me guarde mis opiniones? —le preguntó Georgina bastante tensa.

—Por supuesto que no —le aseguró Amy rápidamente—. Aunque me gustaría señalar que soy lo suficientemente mayor como para tomar mis propias decisiones aquí. Después de todo, es mi vida y mi futuro de lo que estamos hablando. Y si no hago todo lo posible por ganar al hombre con el que quiero compartir mi vida, entonces sólo será culpa mía si fracaso, ¿verdad?

Hubiera preferido que este noviazgo se desarrollara en forma normal y él hubiera realizado todos los movimientos, pero tú y yo sabemos que eso es imposible con un hombre como tu hermano. Por eso lo estoy haciendo a mi manera, y si no funciona, no funciona, pero por lo menos lo habré intentado.

—Ese ha sido un gran discurso —le dijo Georgina.

—Deplorable, ¿verdad? —Amy hizo una mueca.

—Descarada —Georgina también hizo una mueca—. Nunca sé cuándo hablas en serio o no.

—Tu hermano tampoco. Te aseguro que lo mantiene alerta.

—Está bien, contéstame a esto: ¿por qué aún no has renunciado a él? Creo que te rechazó más de una vez.

—Eso no significa nada —le contestó Amy.

—¿Qué te hace pensar así?

—La forma en que me besa.

—¿Besarte? —exclamó Georgina—. ¿Seguramente no un beso verdadero?

—Ciento por ciento verdadero.

—¡Ese presuntuoso!

—No pudo evitarlo...

—¡Ese bribón!

—Yo le tenté...

—¡El canalla! Ya te comprometió, ¿verdad, Amy?

—Bueno... si te refieres a los detalles técnicos...

—Ya es suficiente. Tendrá que casarse contigo —le dijo Georgina con determinación.

—Espera, no me refería a esos detalles técnicos, solamente a algunas situaciones en las que nos vimos envueltos y que podrían conducir a las más horribles murmuraciones, pero todas fueron por mi culpa.

—No mientas por él —le advirtió Georgina, aún indignada.

—No lo haría —Amy lo pensó mejor y añadió—: Por lo menos no hasta que estemos casados. Entonces si es necesario lo haría. Pero eso no viene al caso. Aquí no habrá ningún casamiento forzado. ¿El tío James no te dijo eso?

—Lo mencionó, pero no tiene importancia si mi hermano ya...

—No lo hizo... aún. Pero cuando lo haga, y lo hará, puedes contar con eso, será entre él y yo. Además, tía George, me lo tendrá que pedir o no diré que sí. Es así de simple.

—Nada es tan simple, no cuando se trata de mi hermano. Oh, Amy, realmente no sabes lo que estás haciendo —Georgina suspiró—. Él es un hombre tan duro, tan amargado. Nunca podrá hacerte feliz.

Amy se rió.

—Vamos, tía George, tú estás pensando en él como es ahora, pero no será así cuando termine con él.

—¿No?

—Por supuesto que no. Voy a hacer que sea un hombre muy feliz. Le voy a devolver la risa a su vida. ¿No quieres eso para tu hermano?

La pregunta conmovió a Georgina y le hizo reconsiderar su posición. También le hizo recordar la conversación que había tenido con Reggie al día siguiente del nacimiento de Jacqueline, cuando decidió que lo que Warren necesitaba era su propia familia para preocuparse de ella. Repentinamente, el optimismo de Amy se hizo bastante contagioso. Si alguien podía lograr esa clase de magia en Warren era esta muchacha vivaz, traviesa y hermosa, que deseaba darle la clase de amor que él necesitaba.

A James le daría un ataque, pero su esposa ya había cambiado de bando.

26

—Mueve esas piernas. No te quedes ahí para que te rompan la nariz —Warren salió del alcance de Anthony—. Mejor, viejo, pero tienes que observar cosas como esta.

Anthony corrió hacia la izquierda. Warren hizo lo que debía, pero aun así recibió un derechazo. Pestañeó rápidamente al sentir que el dolor le llegaba al cerebro. No tenía la nariz rota, pero sí bastante cerrada. Y no era el primer puñetazo que Anthony le daba innecesariamente, pero con fulminante exactitud. Warren ya había tenido lo suficiente.

—Si no puedes dejar tus inclinaciones personales fuera de la lección, Malory, puedes detenerte ahora mismo. Tendría que haber sabido que tu exhibición de hoy tenía un propósito ulterior.

—Pero el hombre aprende de la experiencia, sabe —le respondió Anthóny inocentemente.

—El hombre también aprende por repetición, memorización, y otra gran cantidad de métodos menos dolorosos.

—¡Oh!, muy bien —se quejó Anthony—. Supongo que puedo dejarle la parte divertida a mi hermano. Entonces, volvamos a los fundamentos, Anderson.

Warren volvió a levantar sus puños con cautela, aunque este Malory cumplía con su palabra. La lección aún era agotadora, pero había vuelto a ser una enseñanza en lugar de una exhibición.

Cuando, por fin, Warren tomó una toalla, estaba agotado. Había planeado buscar otro hotel esa tarde, pero decidió que podía dejarlo para otro día. Lo que necesitaba ahora era una cama y un baño, y no le importaba en qué orden. Lo que no necesitaba era la alegre conversación de Anthony.

—¿Cómo va la nueva oficina?

—Los pintores terminarán mañana.

—Conozco a un hombre que sería un magnífico administrador —le ofreció Anthony.

—¿Así me puedo ir más pronto? —le preguntó Warren—. Lo lamento, pero Clinton decidió en el último momento que comenzaríamos con un encargado estadounidense, así que no puedo hacer nada hasta que regresen con uno.

—¿Eso significa que abrirás tú mismo la oficina tan pronto como esté habitable?

—Esa es la idea.

—No te imagino detrás de un escritorio rodeado de facturas y cosas por el estilo. Uno con la bitácora en el medio sí, pero no con todos esos aburridos papeles de negocios desparramados por ahí. Pero tengo entendido que ya lo hiciste antes.

—Todos tuvimos tareas detrás de un escritorio de oficina, incluso Georgie. Fue algo que quiso nuestro padre, que aprendiéramos ambos lados del negocio.

—No parece —Anthony parecía realmente impresionado, hasta que lo arruinó al añadir—: Pero apuesto a que no te gustó para nada.

Eso era verdad, aunque Warren nunca se lo había confiado a nadie, y no lo iba a hacer ahora.

—¿A qué viene eso, sir Anthony?

Anthony se encogió de hombros.

—A nada, viejo. Sólo me preguntaba por qué no habéis esperado para abrir la oficina de Londres hasta tener el administrador. ¿Por qué no dejarla cerrada por ahora?

—Porque los nuevos compromisos han excedido los de la oficina central. Los barcos Skylark llegarán este mes. Necesitarán cargas, mercaderías...

—Sí, sí, estoy seguro de que todo el proceso es fascinante —le interrumpió Anthony impaciente—. Pero no podéis tener oficinas en todos los puertos a los que llegan vuestros barcos.

—Los tenemos en las principales rutas comerciales.

—¿Y qué sucede con los puertos que no están en esa líneas? Seguramente sus capitanes tienen experiencia para conseguir sus cargas.

Warren se puso la camisa y la chaqueta, mientras todos los músculos y los dolores le pedían que lo hiciera lentamente. Él no lo hizo. Ya había escuchado suficientemente como para saber adónde quería llegar Anthony, y quería terminar con esto.

—Terminemos con la esencia de esta pequeña discusión, ¿quieres? —le sugirió Warren—. Todavía no me voy a ir de tu país. Eso está bien establecido. No va a cambiar. Os he dado, a ti y a tu hermano, todas las seguridades que podía sobre vuestra sobrina. Incluso estoy eludiendo a mi hermana para eludirla a ella. ¿Qué más queréis?

—No queremos ver herida a esa chiquilla, Anderson. Realmente no nos gustaría eso —el semblante oscuro y satánico de Anthony hacía que su ceño fuera completamente desalentador cuando se ponía tan serio como se había puesto.

Warren llegó a la conclusión equivocada.

—¿No estarás sugiriendo que me case con ella? —le preguntó consternado.

—Dios mío, nunca lo pensé —le aseguró Anthony rápidamente, tan consternado como él por esa idea—. Pero es lógico que, cuanto antes te vayas, antes se olvidará de ti.

Y Warren la olvidaría más pronto.

—Nada me gustaría más, pero no puedo.

Anthony desistió por el momento, quejándose:

—¿Por qué demonios te tuviste que quedar tú?

Warren se encogió de hombros.

—Ninguno de nosotros quería la tarea, pero yo me ofrecí.

—¿Para qué?

—En aquel momento parecía una buena idea.

—Bueno, esperemos que esa decisión no regrese para perseguirte.

Lo que le persiguieron fueron las últimas observaciones de Anthony mientras regresaba al Albany. ¿Por qué había tomado esa decisión? No era propio de él. Había sorprendido a todos sus hermanos. Y Amy ya se había declarado unos minutos antes. Quizá no la creyó. Quizá sí.

Aún estaba pensando en esto mientras recorría el pasillo hacia su habitación cuando se encontró cara a cara con el jefe militar chino que había visto por última vez en una sucia guarida de apuestas en Cantón, y el cual había enviado dos docenas de sus hombres para que persiguieran a Clinton y a Warren, con la intención de terminar con sus días. ¿Zhang Yat-sen en Londres? Imposible, sin embargo allí estaba, vestido con su bata de mandarín, de seda, la cual siempre usaba para realizar viajes o hacer negocios.

La conmoción de Warren terminó cuando comenzó

la de Zhang, que finalmente también le reconoció. Instantáneamente, Zhang buscó una espada que no estaba allí. Warren se alegró de que no estuviera allí, ya que las espadas no eran su especialidad. Y considerando que, fuera donde fuere Yat-sen, sus guardaespaldas no estaban lejos, Warren decidió que sería prudente salir de allí; eso fue exactamente lo que hizo. Tendría que enviar a alguien a pagar la cuenta y a retirar sus cosas, pero tendría que estar loco para regresar al Albany, con ese demente chino hospedándose allí.

Dios, aún no podía creer que Zhang Yat-sen estuviera en Londres. El hombre odiaba a los extranjeros; hizo negocios con ellos en Cantón sólo porque le permitía tener altos beneficios; de otro modo, no hubiera tenido nada que ver con ellos. Y su desprecio era manifiesto para aquellos pocos con los que trataba. Entonces, ¿por qué se sometería a miles de ellos al dejar el aislamiento de su pequeño mundo, donde su poder era absoluto... mientras no atrajera la atención del Emperador?

Sólo una fabulosa cantidad de dinero podría haberle traído hasta aquí... o un asunto personal. Y Warren podía ser todo lo modesto que quisiera, pero tenía el desagradable sentimiento de que aquel antiguo jarrón con el que él y Clinton habían salido de Cantón era ese asunto personal.

Una herencia familiar, lo llamó Zhang cuando lo ofreció como apuesta en el juego de probabilidades que él y Warren estaban jugando. Warren cubrió la apuesta con su barco, que era lo que Zhang quería y lo que le había llevado al garito, que de otro modo nunca hubiera frecuentado. Zhang quería el barco de Warren por dos razones: una, porque había tomado la decisión de tener su propia flota mercante y así no tendría que tratar más personalmente con extranjeros; y dos, porque tenía un disgusto personal con Warren, quien nunca se había molestado en ser lo suficientemente respetuoso en su presencia, y esperaba que la pérdida del barco de Warren terminaría con los viajes de Warren a Cantón.

Sin embargo, Zhang perdió el jarrón, y si Warren no hubiera estado un poco ebrio aquella noche, hubiera advertido que a Zhang no le había afectado en absoluto la pérdida, porque esperaba recuperar su propiedad a la mañana siguiente... probablemente junto con la cabeza de Warren. No obtuvo ninguna de ambas cosas, ya que las tripulaciones de Warren y Clinton le rescataron aquella noche en el muelle. Pero ganaron un poderoso enemigo, lo cual terminó bruscamente con su lucrativa ruta comercial a China

Warren y Clinton, quienes, a menudo, tomaban esa ruta, no lamentaron la pérdida. Aquellos viajes eran demasiado largos, y les mantenía alejados de sus hogares durante años. A Warren tampoco le agradaba particularmente el comercio inglés que ocuparía su lugar; los años de guerra y la amargura generada por ellos eran difíciles de olvidar, como la cicatriz de su mejilla hecha por un sable inglés. Pero desafortunadamente Georgina estaba aquí y, mientras la visitaran periódicamente, también podrían obtener la ventaja de las ganancias que podían realizar aquí.

A Warren le habían ganado por amplio margen en el establecimiento de una oficina en Londres. Pero había sido muy estúpido al ofrecerse para quedarse aquí hasta que comenzara a funcionar. Y ahora tenía un serio enemigo en Londres, además de sus cuñados, que estarían infinitamente complacidos de cortarle la cabeza. Como diría su cuñado, maldición.

27

Amy ya se estaba poniendo frenética. Había pasado casi una semana desde que vio a Warren por última vez en aquella importante fiesta. Estaba muy segura de que esta vez no permanecería alejado, pero eso era exactamente lo que él estaba haciendo. Y el tío James no le volvió a decir una palabra sobre él. Tampoco Georgina. Ambos se ocupaban de sus negocios como si no les preocupara su determinación para conquistar a Warren, lo cual preocupaba mucho a Amy. ¿Sabían algo que ella ignoraba? ¿Warren habría cambiado de planes y ya se habría ido de Inglaterra?

Esta última preocupación hizo que le preguntara directamente a la hermana de Warren:

—¿Dónde está ese hombre? ¿Tienes noticias suyas? ¿Su barco se ha ido?

Georgina estaba ocupada con las cuentas de la casa en su escritorio. Ya había retomado la mayoría de sus obligaciones, por lo tanto Amy tenía más tiempo para sus asuntos.

Dejó el lápiz y le preguntó:

—Supongo que te refieres a Warren, ¿verdad? —Amy le contestó con una mirada ceñuda—. Sí, esa fue una pregunta tonta, ¿verdad? No, Warren aún no se ha ido. Está bastante ocupado, contratando y enseñando al personal para la dirección de la nueva oficina.

Eso sonaba razonable, más que razonable.

—¿Sólo trabajo? ¿Nada más?

—¿Qué has pensado?

—Que me estaba eludiendo.

—Lo lamento —le contestó Georgina—. Pero, probablemente, también está haciendo eso.

—¿Él te lo dijo?

—Envía una nota de vez en cuando.

A Georgina le hubiera gustado decir más, ofrecerle alguna esperanza, pero el pícaro de su hermano le estaba eludiendo a ella también. Georgina estaba de acuerdo en que Amy era la perfecta elección para Warren, pero probablemente no tendría que haberlo admitido ante James. Su reacción no había sido muy placentera. En realidad, le dijo que si ayudaba a Amy se divorciaría de ella. Georgina no creyó ni por un instante que lo fuera a hacer, pero si lo decía era porque se iba a enojar más de lo que ella pensaba si se oponía a él en esto.

Así que, por el momento, no haría nada. Amy tendría que continuar la campaña como había comenzado, sola. Pero los ruegos de Georgina estaban con ella.

—A propósito, ¿dónde queda la nueva oficina de Skylark? —preguntó repentinamente Amy.

—Cerca del muelle, un lugar que no es seguro para que vayas tú, ni siquiera lo pienses.

En realidad, Amy no quería ver a Warren en ese ambiente, rodeado de empleados. Sólo sentía curiosidad. Pero la respuesta de Georgina la hizo pensar en otras posibilidades.

Sin embargo, Georgina advirtió la mirada pensativa de Amy.

—No vas a ir allí, Amy —le enfatizó.

—No lo haré.

—¿Lo prometes?

—Absolutamente.

Pero Amy no iba a prometer que no buscaría a Warren en cualquier otro lugar, y eso le dejaba un solo lugar conocido donde encontrarlo: su hotel. Afortunadamente, no había peligro en que fuera allí, a diferencia de su excursión a The Hell and Hound. Warren estaba hospedado en un hotel respetable, en una zona muy respetable de la ciudad. Amy y su madre habían almorzado allí en más de una ocasión.

Por supuesto que Amy nunca había ido allí sola ni de noche, que era el momento lógico en que podría encontrar a Warren. Pero aun así no había nada de escandaloso en eso. Su problema sería salir y entrar otra vez de la casa, especialmente ahora que Georgina ya no pasaba las noches confinada en su dormitorio.

En realidad, había otro problema. Amy no recordaba cuál era el número de la habitación de Warren. Drew lo había mencionado la noche en que todos habían ido a cenar, cuando molestó a Boyd porque había olvidado su número. Todos tenían habitaciones en el primer piso. Bueno, si no lo recordaba cuando llegara allí, tendría que golpear en todas las puertas. No podía ni pensar en preguntar en la recepción, ya que eso convertiría lo inocente en algo positivamente escandaloso.

Amy no perdió tiempo en pensar si debía ir o no. Ya tenía la idea y no la iba a descartar. Pero pensó bastante en lo que le iba a decir a Warren cuando estuviera frente a su puerta. Un simple hola no sería suficiente. «Pensé que tendrías alguna otra aventura», tenía algún mérito, aunque se inclinó más a recordarle que le había prometido que le buscaría si continuaba ignorándola.

También dedicó mucho tiempo a su aspecto, pero para eso tenía mucho tiempo, mientras esperaba que su tía y su tío se acostaran. El vestido de día con una chaqueta de punto que hacía juego no era tan llamativo como para que advirtiera su presencia, pero se sacó el encaje que tenía intercalado en el cuerpo y le dio un aspecto más escotado del que generalmente usaba. Ciertamente nada que Warren no hubiera visto antes, pero nunca en ella.

Amy pensó que se necesitaban municiones extra. Warren no estaría de acuerdo, pero tenía que hacer algo para romper su obstinación. Él la deseaba. Ella tenía que hacerle olvidar por un momento que el casamiento estaba involucrado. Por supuesto que todos sus preparativos serían inútiles si no podía entrar en su habitación, y existía la posibilidad de que simplemente cerrara la puerta una vez que la viera. Se preguntaba si debía ponerse las botas de montar y poner un pie en la puerta...

Llegó al hotel Albany después de la una de la madrugada. Warren ya habría tenido tiempo suficiente para sus correrías y estaría en la cama. Tuvo un pensamiento desagradable junto con otro agradable..., los alejó de su mente y subió al primer piso.

Los dos empleados del hotel que encontró en la recepción apenas advirtieron su presencia, y probablemente pensaron que era una huésped que regresaba a su habitación, que era lo que ella esperaba. Sin preguntas. Ya tendría que dar suficientes respuestas dentro de unos momentos.

Había recordado el número de la habitación. Cuando por fin llegó se detuvo un momento delante de la puerta. Volvió a pensar que él estaría en la cama dormido. ¿Sería una ventaja para ella? Si pudiera tentarlo antes de que se despertara completamente... el corazón comenzó a golpearle las costillas. Esta noche, iba a suceder esta noche...

Golpeó con firmeza para asegurarse de que el ruido le despertara. No esperaba que la puerta se abriera de inmediato, junto con otras cuatro cercanas. Se sonrojó al ver la salida de los huéspedes que había provocado, pero su perturbación se convirtió bruscamente en confusión y sorpresa cuando miró a la derecha y a la izquierda y vio hombres orientales que llenaban el pasillo, y otro frente a ella.

—Lo lamento —dijo antes de que la empujaran hacia dentro de lo que tendría que haber sido la habitación de Warren.

La soltaron, pero la puerta se cerró. Ella se volvió para enfrentarse al pequeño culpable, y vio que eran dos. El otro estaba junto al otro lado de la puerta. ¿La estarían custodiando? ¿Por eso se había abierto tan rápidamente? ¿Y las otras puertas? ¿Esos hombres también estarían custodiando algo? ¿En qué se había metido?

Esta gente debió haber pedido el piso entero para su uso, lo cual significaba que Warren probablemente estaba en otro piso; que la administración del hotel le había rogado que cambiara de habitación para acomodar a esta multitud. ¿Cómo iba a encontrarle sin preguntarle al conserje?

—Creí que...

—Quédese quieta, señorita.

—Pero yo...

—Quédese quieta, señorita —el mismo individuo la volvió a interrumpir con mayor insistencia.

Amy se indignó, y estaba dispuesta a golpear al individuo, cuando oyó un dialecto oriental que provenía de la cama más enojado que el de ella. Amy miró hacia allí y vio a otro hombre sentado. Era joven... o tal vez no. Era difícil decirlo. Tenía puesto algo que parecía un saco de seda blanco que le cubría desde el cuello hasta más abajo del cobertor. Una trenza extremadamente larga le caía sobre un hombro. Su tono era de enojo, pero miraba a Amy con interés.

Dejó de mirarle para volver a mirar al individuo que había sido tan rudo con ella.

—Mire, lamento haberle despertado —susurró—. ¿Ahora me puedo ir? Obviamente cometí un error.

Su respuesta provino de la cama, aunque no pudo comprender una palabra de ella. Y estaba demasiado perturbada como para volver a mirar en aquella dirección. Fuera quien fuere el hombre, ella había perturbado su sueño. Él aún estaba en la cama. La situación sin duda era indecorosa.

El pequeño hombre que había sido tan rudo se dignó volver a hablar con ella.

—Soy Li Liang, señorita. Voy a hablar por mi señor. ¿Busca al capitán norteamericano?

Amy pestañeó. No era posible que ellos formaran parte de la tripulación de Warren, ¿verdad? No, la idea era demasiado absurda. Pero quizás ellos sabían dónde se había mudado Warren, lo cual le ahorraría un viaje para ver al conserje.

—¿Conoce al capitán Anderson? —preguntó Amy.

—Sí, le conocemos —respondió Li Liang—. ¿Usted también le conoce?

¿La verdad o una mentira, si le decía la verdad, esposo o novio? Ellos no la conocían. Nunca les volvería a ver, así que no podrían repetir lo que les dijera ahora. Entonces una mentira, para no sentirse más incómoda.

—Él es mi novio —bueno, lo sería.

El señor dijo algo más antes de que Li Liang continuara:

—Nos complace mucho saber esto. Podría decirnos dónde encontrarle.

Amy suspiró, pensando que tendría que enfrentarse al conserje.

—Yo les iba a preguntar lo mismo. Esta era su habitación, como estoy segura de que saben. Supongo que le han mudado a otro piso.

—Ya no duerme en este hotel.

—¿Cambió de hotel? —preguntó, y luego reflexionó—: ¿Por qué su hermana no me dijo eso?

—¿Conoce a su familia?

Ella advirtió la excitación de la voz del individuo, pero no podía determinar por qué.

—Por supuesto que conozco a su familia. Su hermana está casada con mi tío.

Se oyó otra vez al señor de la cama. Li Liang dijo:

—Esto nos complace más aun.

—Está bien, me doy por vencida. ¿Por qué les hago tan felices?

En lugar de una respuesta obtuvo otra pregunta.

—¿La hermana sabría dónde encontrar al capitán?

—Estoy segura de que sí —se quejó Amy—. Y me hubiera ahorrado muchos problemas si se hubiera molestado en mencionarlo. Ahora me iré y dejaré dormir a su señor. Me disculpo otra vez por haberle molestado.

—No se puede ir, señorita.

Amy se puso tensa y se irguió. Eso le dio una ventaja de un centímetro sobre el individuo, aunque la altura superior iba hombro a hombro con la arrogancia. Obviamente, el hombre no conocía tanto a los ingleses como creía.

—¿Cómo dijo?

Él le repitió:

—Tendrá que quedarse aquí hasta que el capitán llegue.

—¿Le están esperando? ¿Por qué no lo dijeron?

Li Liang parecía disgustado.

—Esperamos que venga una vez que se entere de que usted está aquí. Primero deberá ser informado.

—Bueno, vayan a hacerlo. Supongo que puedo esperar un momento —consintió Amy. Aunque verle entre esta multitud no era lo que había tenido en mente—. Pensándolo bien, creo que puedo esperar para verle en otro momento.

Dio un paso hacia la puerta. Los dos hombrecitos se movieron y se colocaron delante de ella.

Amy entrecerró los ojos.

—¿No me han comprendido?

—Exigimos que usted le envíe un mensaje a la hermana del capitán para que ella le informe sobre su paradero.

—¿Molestar a la tía George a esta hora de la noche? A mi tío no le gustaría eso, y él no es la clase de hombre a quien le gustaría disgustar.

—El disgusto de mi señor también es de temer.

—Estoy segura de que lo es, pero esto es algo que ciertamente puede esperar hasta una hora prudencial —contestó ella de forma perfectamente razonable—. ¿O no se han dado cuenta de que es medianoche?

—El tiempo no tiene importancia.

—Qué afortunados son ustedes, pero el resto de nosotros vivimos nuestras vidas por el reloj. No hay trato, Mr. Liang.

Él perdió la paciencia.

—¿Obedecerá o...?

Una catarata de ese dialecto oriental le interrumpió. Amy volvió a mirar en dirección a la cama. El señor aún estaba allí, en la misma posición medio reclinada, pero su expresión no tenía nada de agradable.

Amy dijo vacilante:

—Quizás alguien debería explicar qué sucede.

El señor le respondió, aunque fue Li Liang el que tradujo las palabras.

—Yo soy Zhang Yat-sen. El norteamericano me robó un tesoro familiar.

—¿Lo robó? —preguntó Amy dubitativa—. Eso no parece propio de Warren.

—No importa cómo lo obtuvo, estoy deshonrado hasta que lo devuelva.

—¿No podría habérselo pedido?

—Lo intenté. Pero él necesita incentivo para obedecer.

Amy comenzó a reírse.

—¿Y usted cree que yo podría ser ese incentivo? Odio mencionarlo, pero exageré un poco al decir que era mi novio. Estoy segura de que algún día lo será, pero ahora está luchando con uñas y dientes para evitar el casamiento. En realidad, probablemente estaría encantado si yo desapareciera.

—Esa es una posibilidad, señorita, si él no viene a buscarla —le dijo Li Liang de forma amenazadora.

28

Amy comenzaba a tener serias dudas sobre negarse a ayudar a sus nuevos conocidos cuando la introdujeron en un baúl y la transportaron a un barco en el puerto. La palabra «desaparecer» comenzó a tener un nuevo significado. Ciertamente se preguntaba si esos individuos eran más serios de lo ella había pensado primero.

La mención de los títulos tampoco la había llevado muy lejos. Los ladrones ingleses se impresionarían, pero estos orientales no parecían comprender que el marqués de Haverston era alguien que a uno no le gustaría tener como enemigo. Las amenazas sobre terribles consecuencias si no la dejaban ir también fueron ignoradas, así que tuvo que vengarse burlándose cuando le mencionaron los tortuosos instrumentos que utilizarían para que soltara la lengua. Para darle una idea, azotes, arrancadores de uñas, y cosas por el estilo. No se atreverían. Por supuesto, no había pensado que la retendrían toda la noche y la mañana. Demasiado como para regresar a la casa sin que nadie la viera.

Ya que ella se encontraba en ese lío indirectamente a causa de Warren, lo menos que él podía haber hecho era haber compartido esa desventura como lo había hecho con la última. Pero no, tenía que cambiarse de hotel después de que sus hermanos partieran. Pero aunque estuviera enojada con él por lo que ella consideraba algo así como «haberla abandonado a los lobos», no ayudaría a Zhang Yat-sen para que le encontrara.

Le hubiera robado o no el tesoro a la familia Yat-sen, igual se negaría a devolverlo. Él podía ser muy obstinado. Y Amy no deseaba averiguar cómo reaccionarían estos extranjeros si realmente se enojaban. Todos no eran tan bajitos como Li Liang, y eran demasiados. Además, conducirlos hasta Warren sería una traición en su libro, algo que no podía hacer, aunque a él no le hubiera importado traicionarla con sus tíos.

No, iba a tener que salir sola de este atolladero, sin la ayuda del que pronto sería su novio. Su familia tampoco podría ayudarle en esta instancia. Georgina podría recordar la conversación que habían mantenido el día anterior, y pensaría que Amy había ido a buscar a Warren, pero como no lo había encontrado, ellos no tendrían forma de dar con ella.

Ahora estaba encerrada en un camarote de minúsculas proporciones, con unas mantas en el suelo, un farol, ya que no había ventanas, un balde, y el baúl vacío, que no habían retirado después de que la sacaron de él. No había duda, no se estaba divirtiendo.

Pero confiaba en que podría escapar sola, en tanto el barco no izara las velas y partiera repentinamente. Ya tenía un plan que pondría en práctica cuando le trajeran otra comida.

La primera comida, un recipiente con arroz y otros vegetales extraños con una salsa dulce, la había traído un alegre individuo llamado Taishi Ning. Era como una varita dentro de ese pantalón flojo y esa túnica atada con un lazo, con una trenza negra casi tan larga como él. Al igual que Li, Taishi no era más alto que Amy. ¿Sería muy difícil vencerle con la ayuda del recipiente del arroz? No, no mucho.

Sin embargo, Amy comenzaba a dudar si tendría la oportunidad de averiguarlo, ya que las horas pasaban con extremada lentitud. Cuando forcejeó para que no la introdujeran en el baúl perdió su bolso, pero aún tenía su reloj de bolsillo para saber la hora, y estaba pasando demasiado tiempo sin que viniera alguien. Continuarían alimentándola, ¿verdad? ¿O la inanición sería el primer método para aflojarle la lengua?

Era casi de noche cuando finalmente Taishi abrió la puerta y entró con otro recipiente con comida, probando que la inanición no formaba parte de la agenda... todavía. Pero Amy no estaba interesada en lo que le había traído esta vez, a pesar de su estómago vacío. Estaba más interesada en ver si no había otro guardia fuera. Al parecer, pensaban que la cerradura era todo lo que necesitaban para mantenerla allí, y que no intentaría nada con Taishi. Bueno, se equivocaban.

Era una lástima porque era un individuo realmente agradable, con sus muecas y su inglés divertido. Pero Amy no podía permitir que eso la disuadiera ahora. Él no era uno de los que la habían metido allí, pero trabajaba para quien lo había hecho, y lo prioritario era salir de este contratiempo y regresar a casa. Simplemente cerraría los ojos cuando le golpeara la cabeza con el pesado recipiente de arroz, y luego le pediría disculpas.

—Mile lo que Taishi tlael, señolita. Comida muy buena. Si no gustal, coltal manos de cocinelo. Buena comida.

—Estoy segura de que eso no será necesario —respondió Amy—. Todavía no tengo suficiente hambre como para averiguarlo. Puedes dejarlo allí.

Le señaló el baúl, mientras con la otra mano sostenía el recipiente vacío escondido en la espalda. Todo lo que necesitaba era colocarse detrás de él durante un mo-

227

mento. Y él siguió sus instrucciones. Esto era demasiado fácil.

Amy contuvo el aliento hasta que Taishi pasó adelante de ella; luego levantó el recipiente, cerró los ojos, y trató de golpearle. Pero, antes de que el recipiente llegara a alguna parte, Taishi le agarró la muñeca y ella voló por el aire.

Amy no estaba lastimada, pero sí muy aturdida. Cuando giró la cabeza para mirar al delgado enanito, vio que ni siquiera había tirado el nuevo recipiente con comida. Y le estaba sonriendo.

—¿Cómo demonios hiciste eso? —demandó Amy furiosa.

—Fácil. ¿Quelel aplendel?

—No... ¡No quiero! —le contestó mientras se ponía de pie—. Lo que me gustaría sería irme a casa.

—Lo lamento, señolita. Cuando el homble venga, quizá sí, quizá no —se encogió de hombros para indicarle que aún no le habían informado qué iban a hacer con ella.

—Pero el hombre no... Warren no vendrá.

—El señor Yat-sen dice que viene, él viene —insistió Taishi—. No necesita pleocupalse.

Amy sacudió la cabeza con desesperación.

—¿Cómo va a venir si ni siquiera sabe dónde fui, dónde estoy ahora, o que estoy perdida? ¡Tu señor Yat-sen es un idiota!

—Shhh, señolita, o peldel la cabeza —le advirtió Taishi alarmado.

—Tonterías —se burló Amy—. Nadie va a cortar cabezas por un pequeño insulto. Ahora vete, quiero estar sola para pensar en mi fracaso. Taishi le mostró los dientes con otra mueca.

—Usted diveltida, señolita.

—Fuera, antes de que grite.

Él se fue sonriendo. Amy le detuvo antes de que cerrara la puerta.

—Lamento haber tratado de romperte la cabeza. Nada personal, comprendes.

—No pleocupalse, señolita. Homble venil plonto.

Cuando se cerró la puerta arrojó el recipiente de arroz vacío que aún tenía en la mano. ¿Venir pronto? ¿Cuando ella no había dicho nada que pudiera guiarles hasta él? Eran todos idiotas. Y aunque hubieran encontrado la manera de localizarle, Warren no vendría a rescatarla. Estaría encantado de que la hubieran raptado de su vida.

¿Y ahora qué? Obviamente, el truco de atacar al hombrecito estaba descartado. Tendría que haber arrojado el farol contra la pared cuando se abrió la puerta, aunque quizá Taishi habría cerrado la puerta y dejado que se asara, en lugar de ignorarla y apagar el fuego.

Bueno, sin duda el primer plan había sido un completo fracaso. Pero no iba a desistir, de ninguna manera. No había podido vencer a Taishi. Él no sólo hablaba divertido, luchaba divertido. Pero quizá podía superarle corriendo. Quizá no llegaría más allá de la cubierta, pero un grito fuerte podría atraer ayuda... o no. Dependía del momento del día, y del lugar del puerto donde estuviera anclado el barco. De cualquier manera, valdría la pena intentarlo cuando le trajera la próxima comida.

29

Se suponía que Warren era el único que tenía un temperamento ardiente en la familia, pero a las cinco de la tarde Georgina estaba furiosa cuando volvió a llamar a la puerta de la habitación de su hermano. Hoy ya había estado allí dos veces. Había ido tres veces a la nueva oficina. Fue dos veces al *Neurus*, pero su tripulación no le había visto. Incluso había ido a Knighton's Hall, aunque no había entrado. James había preguntado allí.

James había estado con ella todo el día. Simplemente no hubo forma de que la dejara hacer esto a su manera. Amy era miembro de su familia, y él sería el que despedazaría a Warren, después de que Georgina hubiera terminado con él. James no dijo nada más; estaba demasiado furioso para hablar. Pero no había sido agradable andar con él todo el día buscando a su hermano y a Amy. Y si este fuera otro callejón sin salida...

Por fin, la puerta se abrió. Georgina entró y demandó:

—¿Dónde demonios estabas, Warren... y dónde está ella?

Miró la habitación, pero sólo vio a Warren. Georgina fue hasta la cama para mirar debajo. A Warren le pareció divertido.

—Te aseguro que limpian abajo de la cama, Georgie. Las ventanas también están inmaculadas, si quieres echarles un vistazo.

En lugar de eso, ella se dirigió al guardarropa.

—No seas torpe —en el guardarropa sólo había ropa. Se volvió para mirar mordazmente a su hermano—. ¿Amy? ¿La recuerdas?

—Ella no está aquí.

—Entonces, ¿dónde la escondiste?

—No la he visto, y he hecho todo lo posible porque así sea —respondió Warren. Luego observó a James con una mirada burlona—. ¿Qué pasa, Malory? ¿No creíste en mi palabra?

Georgina se colocó entre los dos.

—No querrías hablar con él ahora, Warren. Créeme, realmente no lo querrías.

Warren podía ver que así era. Para que James permaneciera en silencio algo debía estar muy mal, y si se trataba de Amy... Comenzó a sentir cierta alarma.

—¿Estás diciendo que Amy está perdida?

—Sí, y posiblemente desde anoche.

—¿Por qué anoche? Quizá salió esta mañana temprano.

—Eso es lo que suponía hasta ahora —le contestó Georgina—, aunque aun así no tiene sentido, ya que ella siempre me dice adónde va.

—¿Pero si me venía a ver, te lo hubiera dicho? —preguntó Warren.

—No, pero aun así me cuenta algo. Tendría que haber pensado en eso, pero estaba segura de que iría a buscarte a la nueva oficina, y como cuando fuimos a buscarte allí no estabas, pensamos que te habías ido de allí con ella. Pero si no la has visto... —se volvió hacia se esposo—. Si salió anoche para buscarle debe haber ido al Albany. No le mencioné que él se había mudado.

La alarma de Warren aumentó.

—Ella no sabía el número de mi habitación, ¿verdad?

—Según recuerdo Drew lo mencionó la noche de la cena. Sí, lo sabía. ¿Por qué?

—Porque Zhang Yat-sen está en el Albany.

—¿Quién?

—El dueño anterior del jarrón Tang —le aclaró Warren.

—¿El que trató de matarte?

—Sí, y no viajaría solo. Tiene un pequeño ejército con él.

—Dios mío, ¿no pensarás que él tiene a Amy?

—Él sabía que yo estaba allí. Pudo averiguar en qué habitación y vigilar. Debe de haber sido su única esperanza de encontrarme en una ciudad tan grande como esta. Y sé que aún está en la ciudad. Eso fue lo que estuve haciendo hoy, averiguando en qué barco llegó y si aún está aquí. Pero si ella falta desde anoche, ¿por qué aún no han dado señales?

—¿Dónde? ¿Aquí? Te lo dije, ella no sabe dónde te hospedas, y además...

—Ella podría haberles enviado a ti. Sabe que tú podrías encontrarme.

—Si me hubieras dejado terminar, te podría haber dicho que ella no haría eso. Ella te ama, Warren. Y hablando de eso...

—¡Ahora no, Georgie!

—Muy bien, pero ella no va a enviar a nadie para que te encuentre si cree que te harían algún daño.

—¿Ni para salvar su cuello?

En ese momento James intervino con un tono excesivamente tranquilo.

—¿Su cuello está en peligro?

—Probablemente. Yat-sen no bromea cuando quiere algo. Utilizaría cualquier método para conseguirlo. Tendría que haber sabido que no podría evitar esto.

—Hay algo más que no podrás evitar si algo le sucede a ella —le prometió James.

—Tendrás que ponerte en la fila, Malory. Ellos me quieren a mí. La dejarán irse una vez que me tengan.

—Entonces será un placer para mí entregarte a ellos. ¿Vamos?

—¿Nosotros? No hay razón para que te involucres en esto.

—¡Oh! no me lo perdería...

—Por si no has estado prestando atención, James —le dijo Georgina irritada— quedó establecido que Warren no tuvo la culpa en todo esto. No sabía que Amy trataría de encontrarle. Así que puedes cambiar tu forma de pensar sobre el asunto, y ayudarle en lugar de culparle.

—Me reservo el derecho de juzgar a quién culpar, George.

—Eres imposible —replicó Georgina.

—Eso es lo que me dices frecuentemente.

Sin embargo, Warren tenía la misma opinión que James. Él sí sabía que Amy trataría de encontrarle. Ella se lo había dicho y él la creyó, por eso decidió cambiar de hotel, incluso antes de encontrarse con el chino. Él podría haber evitado su secuestro habiendo ido a Berkeley Square algunas veces, lo que habría hecho si ella no hubiera estado allí, y simplemente ignorando el hecho de que ella estaba allí. Pero no, temía que no podría ignorarla, así que se mantuvo alejado. Maldito deseo... pero el deseo no tenía nada que ver con el temor que ahora sentía por ella...

Veinte minutos más tarde, Warren y James entraban en el Albany, dejando a Georgina fuera, en el carruaje. Otros cinco minutos y un mensaje trajo a Li Liang a la recepción. Warren recordaba al hombre de sus varias visitas al palacio de Zhang, en las afueras de Cantón. Se decía que el jefe militar hablaba un inglés perfecto, pero no se dignaba hacerlo, así que usaba intérpretes como Li Liang.

Li Liang se inclinó formalmente cuando llegó hasta ellos.

—Le esperábamos, capitán. ¿Quiere seguirme?

Warren no se movió.

—Primero dime lo que quiero saber.

Li Liang no perdió tiempo aduciendo ignorancia, y le respondió directamente:

—Ella no ha sido maltratada... aún. Confiábamos en que... su desaparición... era todo lo que se necesitaba para traerle aquí, y teníamos razón —miró a James y agregó—: Su amigo debe esperar aquí.

—No soy su amigo —respondió James—. Y no voy a esperar en ninguna parte.

A Li Liang le hizo gracia.

—¿Creyó que un enemigo podría ayudar? —le preguntó a Warren.

—Es el tío de la muchacha.

—Ah, ¿entonces es su cuñado?

Esa pregunta probaba que tenían a Amy, si las otras respuestas de Li habían dejado alguna duda.

—El mismo. Está aquí para llevarla a casa.

—Eso dependerá de su colaboración, por supuesto —le señaló Li.

—Te refieres al capricho de Zhang, ¿verdad? —replicó Warren amargamente.

Li Liang apenas sonrió y se fue. Warren apretó los dientes y le siguió.

James le preguntó a sus espaldas:

—Un tipo muy informativo, ¿verdad?

—Sólo es el vocero de Zhang. Y hablando de eso, te sugiero que mantengas tu boca cerrada y me dejes manejar esto. Conozco a estos chinos. En muchos aspectos, aún están viviendo en la Edad Media, y una cosa que no aprecian es la condescendencia.

—¡Oh!, tengo la intención de que te ensucies solo con esto, viejo, mientras llegues a un buen final.

Warren no le respondió y, después de un momento, Li se detuvo ante la puerta de la antigua habitación de Warren. Él no tendría que haberse sorprendido. Amy había ido confiada a su guarida.

—Tienen todo cubierto, ¿verdad? —dijo Warren, señalando la habitación.

Liang se encongió de hombros.

—Era un movimiento lógico. Desafortunadamente, cuando pudimos entrar, ya habían sacado sus pertenencias.

—Soy rápido.

—Quizá preferiría que hubiera sido de otro modo.

—Si esa es una amenaza contra la muchacha, a su tío no le va a gustar.

—Lo comprenderá si eso no provoca alarma.

Ellos eran superiores en número, y no había forma de saber cuántos guardias había en la habitación. ¡Qué no daría por estar a solas con Liang en algún lugar cuando esto terminara!

—¿Alguna vez alguien te dijo que eres un asno ostentoso, Liang? —le preguntó Warren.

—Creo que usted ya lo hizo antes, capitán.

—Anúnciame —le señaló Warren— así podremos terminar con esto.

El chino asintió con la cabeza y entró en la habitación. James se adelantó y apoyó el brazo en la pared.

—¿Eso fue una amenaza contra Amy?

Warren negó con la cabeza.

—No, a estos cortesanos les encanta que los extranjeros se retuerzan, y creo que este lo consigue. Pero en esto, yo tengo el as, Malory. No van a arriesgar mi cooperación hasta que no sepan si la tienen o no.

Se volvió a abrir la puerta y terminó con su conversación. Uno de los guardias se inclinó formalmente y les indicó que entraran en la habitación. Warren vio instantáneamente a Zhang, reclinado con indolencia sobre la cama. Parecía un poco desnudo sin su pipa de opio en la mano, y seguramente no le gustaba este ambiente poco pródigo. El corazón de Warren sangraba pensando en él.

—¿Dónde está mi jarrón, capitán? —le preguntó Li inmediatamente, en nombre de su señor.

—¿Dónde está la muchacha?

—¿Cree que va a negociar conmigo?

—Absolutamente. Así que, ¿qué es lo que quieres, mi vida o el jarrón?

Liang y Yat-sen conferenciaron un poco en chino. Warren había aprendido algunas palabras en sus viajes a Cantón, pero ninguna le ayudó a captar el rápido intercambio. Por la naturaleza de su pregunta era seguro que le harían esperar un poco por la respuesta. A Zhang le gustaba hacer retorcer a la gente más que a su intérprete, y ahora tenía un gran rencor contra Warren.

—Nos gustarían ambas cosas, capitán —dijo por fin Li.

Warren se rió.

—Estoy seguro de que sí, pero ese no es un trato.

—El jarrón por la muchacha, con lo cual ya no tiene qué negociar.

—Bonito trato, pero sabía que no iba a aceptarlo. Aquí se puede hacer un solo trato. Liberan a la muchacha, luego yo les llevo al jarrón, y me voy ileso o despedazo esa maldita cosa.

236

—¿Le gustaría ver que la muchacha regresara a su familia pieza por pieza?

Warren no mordió el anzuelo, pero James sí. Se adelantó agresivamente. Warren estiró el brazo para detenerle, pero ya era demasiado tarde. Los guardias de Zhang reaccionaron inmediatamente ante la amenaza de violencia en presencia de su señor. En una cuestión de segundos, James estaba inconsciente en el suelo. No se necesitaron armas, esa era la habilidad de las artes marciales que poseían los hombres de Zhang.

Warren sabía que no debía interferir o terminaría igual, y tenía que parecer que aún poseía las cartas aquí. Y además, no había necesitado la ayuda de James. La fuerza bruta no funcionaba contra hombres entrenados para matar con sus manos y sus pies.

Miró a su cuñado y vio que ya se estaba reanimando, así que no estaba seriamente lastimado. Warren deseaba saber cómo habían hecho eso los orientales, derribar tan fácilmente a un hombre letal como James. Por supuesto que le tomaron por sorpresa. De otro modo hubiera hecho un daño considerable... antes de que le derribaran.

—Muy entretenido —dijo Warren volviéndose para mirar a Zhang y a Li—. Pero ¿ahora podemos volver a los negocios?

—Ciertamente, capitán —Li sonrió—. Estábamos discutiendo la liberación de la muchacha entera por la devolución del jarrón. Ni más, ni menos.

—Inaceptable, y antes de que perdamos más tiempo, deberías saber que la muchacha no significa nada para mí, el jarrón menos aún, no más que una bella antigüedad. Mi hermano mayor la aprecia, pero a mí no me importa. Así que habría que ver quién quiere más, ¿verdad? Mátame y no tendrás lo que quieres. Lastima a la muchacha y no tendrás lo que quieres. Déjala ir y te llevaré al jarrón. Tómalo o déjalo.

Li tenía que conferenciar con Zhang sobre esto. Warren no lo sabía, pero acababa de confirmar la confesión de Amy de que ella realmente no le importaba, lo cual le dio una ventaja. Sin embargo, Zhang aún quería venganza, y el jarrón. Y como nunca habían sido honrados con los extranjeros, podía conceder ahora y obtener todo lo que quisiera después.

—Puede irse, capitán —le dijo por fin Li—. Pero la muchacha quedará en nuestra posesión para asegurarnos de que cumplirá con su parte del trato.

—El jarrón está en Norteamérica. No puedes tener a la muchacha encerrada hasta que yo vaya y vuelva. Su familia tiene la clase de poder que averiguaría dónde está en unos pocos días.

—¿Usted cree que le vamos a dejar ir solo a buscar el jarrón? —añadió Li—. No, capitán, iremos todos juntos en nuestro barco, incluyendo a la muchacha. Podrá devolverla a su familia cuando haya cumplido su parte del trato.

—Estás loco si piensas que me voy a encerrar en ese barco con esa... esa mujer.

—Eso o ella muere. Y esto concluye nuestra discusión. Como usted dice, tómelo o déjelo.

Warren apretó los dientes. Él jugó sus cartas, pero Zhang aún tenía la mano ganadora en tanto y cuanto tuviera a Amy.

30

Georgina comenzó a preocuparse cuando los carruajes comenzaron a alinearse fuera del Albany, poco después de que Warren y James hubiesen entrado. No era algo para preocuparse, excepto que el portero señalaba en dirección a un hombre que parecía chino. Pronto llegaron más orientales para cargar los carruajes con baúles y equipaje.

Su prisa preocupó más a Georgina, ya que en su mente comenzaron a aparecer los argumentos más espantosos. Amy no estaba allí, nunca había estado allí. Warren había vuelto a ver a ese vengativo jefe militar en balde, simplemente por las alocadas conclusiones de su hermana. El señor chino realmente no quería el jarrón. Todo lo que quería era revancha contra Warren, así que Warren no tenía nada que negociar. Y su querido esposo no había levantado una mano para salvarle. Habían matado a su hermano y sus asesinos intentaban escapar del país.

Georgina odiaba que la hubieran dejado en la oscuridad. Sólo porque en fecha reciente había tenido un bebé no era razón para que la dejaran esperando en el carruaje. Ella tendría que estar allí, dentro, enterándose si había enviado a su hermano a la muerte o al rescate de Amy.

La actividad fue más lenta después de la llegada del quinto carruaje, y todos los chinos regresaron al hotel. Georgina ya no podía soportarlo. Habían pasado treinta minutos, un tiempo más que suficiente como para terminar cualquier negocio... o cometer un crimen.

Así que se bajó del carruaje, pero antes de que pudiera volverse hacia Albert, su cochero, para decirle lo que debía hacer, los chinos volvieron a aparecer en masa. Eran por lo menos veinte, aunque el señor era fácil de distinguir por su colorida vestimenta de seda. Parecía tan inofensivo, para nada un hombre capaz de enviar a sus guardias a asesinar, como lo había hecho en Cantón. Pero la clase de poder que manejaba en su país era casi absoluta, y esa clase de poder podía producir crueldad y un completo desinterés por las reglas sociales básicas, como la de no ejecutar a la gente porque no sabe perder en el juego.

Georgina se quedó inmóvil mientras ellos comenzaban a amontonarse en los cinco carruajes, pero eso no era nada comparado con su horror al ver que nadie más salía del hotel. Pero luego apareció Warren con dos orientales más a su espalda, y casi se rió de las tontas imágenes que había tenido. Parecía que se iba a ir con ellos, pero por lo menos no estaba muerto.

La miró antes de subir en el último carruaje y negó con la cabeza sin llamar la atención, lo cual no le indicó absolutamente nada. ¿Que no se preocupara? ¿Que no se alejara del carruaje? ¿Que no llamara la atención? ¿Qué? Y luego el alivio que sintió porque él estaba bien por el momento, se volvió a convertir en miedo al ver que no salía nadie más. Observó la entrada del hotel, sin respirar, pero no había señales de Amy ni tampoco de su esposo, mientras el primer carruaje se alejaba seguido por los demás.

Tomó la única decisión que podía, antes de que el último carruaje se perdiera de vista.

—Albert, siga esos carruajes, en especial el último,

en el que está mi hermano, hasta que esté seguro de su destino final. Luego regrese aquí de inmediato. Tengo que averiguar qué le sucedió a mi esposo.

—Pero, señora...

—No discuta, Albert, y no pierda tiempo o los perderá de vista.

Ella corrió hasta el primer piso del hotel. Los golpes en la pared la guiaron hasta la antigua habitación de Warren.

—Bueno, ya era hora —oyó cuando abrió la puerta. Luego—: ¿Qué demonios estás haciendo aquí, George?

Georgina se detuvo y se sintió aliviada por segunda vez. Esto rápidamente se convirtió en diversión al ver a su esposo en el suelo, con los pies levantados contra la pared a la que había estado golpeando.

—Yo podría preguntarte lo mismo, James... ¿Qué demonios estás haciendo ahí?

James provocó un sonido de disgusto.

—Tratando de llamar la atención de alguien. ¿Supongo que no me vas a decir que me oíste desde la calle?

Su tono le hizo recordar que lo último que le había dicho fue: «No te bajes de este carruaje por ninguna razón», lo mismo que Albert trató de recordarle.

—Bueno, no —le contestó mientras se agachaba para comenzar a desatarle—. Pero observé que todos ellos se iban, excepto tú, y eso cambiaba la situación, ¿no te parece?

—No. ¡Qué bueno es cuando una esposa no hace lo que se le dice!

—Ya basta, James. ¿Cuándo lo he hecho?

—Eso no viene al caso —se quejó.

—¿Hubieras preferido que les siguiera? Quedándome en el carruaje, por supuesto.

—Dios mío, no.

—Entonces alégrate de que haya enviado a Albert a hacerlo... ¿Sabes adónde fueron?

—Al desembarcadero, pero no sé a cuál. Van a partir para Estados Unidos.

—¿Todos?

—Incluyendo a Amy.

—¿Qué?

—Yo siento lo mismo —le contestó.

—¿Pero por qué no te opusiste?

—¿Te parece que no lo hice?

—¡Oh!, pero seguramente Warren...

—Él trató, George, tengo que reconocerlo. El hecho es que estaba horrorizado al tener que estar encerrado en el mismo barco con la niña. Tengo que admitir que me equivoqué con el presuntuoso... en esta instancia. Realmente no quiere tener nada que ver con ella.

—¿Estás seguro?

—¡Por Dios, no te atrevas a sentirte decepcionada!

—Lo haré si quiero —le respondió obstinadamente—. Pero su romance o la falta de él no está en discusión ahora. Supongo que irán a Bridgeport, donde está el jarrón. ¿Esa gente les dejará ir una vez que lo consigan?

—Ese fue el trato.

Georgina frunció el entrecejo.

—¿Qué es ese «pero» que escuché en tu tono?

—Tu oído ha crecido notablemente, George.

El sarcasmo se refería a su pregunta anterior sobre si lo había oído golpear la pared desde la calle. Georgina frunció más el entrecejo.

—No vas a eludir la pregunta, James Malory.

Él suspiró mientras se ponía de pie y caía la última cuerda.

—Hicieron un trato.

—¿Que Warren y Amy serían liberados una vez que consiguieran el jarrón?

—Sí.

—¿Pero...?

—Dudo que ese señor chino cumpla con el trato. Se esforzó demasiado por obtener el jarrón como intercambio de Amy sola. Lo que él quiere es el jarrón y una retribución con sangre.

—Bueno, no puede tener ambas cosas.

James arqueó una ceja ante su insistencia.

—Estoy seguro de que se sentirá devastado si tú no lo permites, querida.

—Maldigo tu humor pervertido, lo digo en serio.

Él la abrazó para salir de la habitación.

—Lo sé. Y probablemente tu hermano sacó la misma conclusión que yo. Tendrá tiempo para pensar en una forma de protegerse a sí mismo y a Amy.

—¿Por qué aún oigo un «pero»?

—Porque no confío en que pueda hacerlo. Puede hacer lo que quiera con él mismo, pero no cuando Amy está involucrada.

—Warren es mucho mas competente de lo que tú crees.

—No tienes por qué ofenderte, George. No te estoy culpando por venir de una familia de...

—No lo digas —le advirtió severamente—. No estoy de humor para tus acostumbrados menosprecios sobre mi familia. Dime qué planeas hacer.

—Evitar que se vayan, por supuesto.

Eso era más de decir que de hacer, como averiguaron después de que Albert hubiera regresado, y finalmente llegaron al desembarcadero. El amarradero que él les señaló estaba vacío. James no encajó muy bien este nuevo acontecimiento.

Después de blasfemar, se lamentó:

—Este no es el momento para no tener un barco a mi disposición. Tendría que haber conservado el *Maiden Anne* para una emergencia como esta.

Georgina no esperaba eso.

—¿Quieres decir que hubieras ido tras ellos?

—Aún intento hacerlo, pero costará una fortuna encontrar un capitán dispuesto a salir de inmediato, si es que podemos encontrar uno. Y eso si sabe dónde encontrar a su tripulación, tiene suficientes provisiones disponibles... —se detuvo otra vez para blasfemar—. Será un milagro si encuentro un barco preparado para navegar mañana.

Georgina vaciló un momento antes de mencionar:

—Está el barco de Warren, el *Nereus*. La tripulación navegará para ti si les digo lo que sucedió, pero dudo de que estén todos a bordo —y era muy dudoso que a Warren le iba a complacer que se le entregara su barco a su peor justiciero.

Pero James se animó cuando ella se lo recordó.

—Si navega en un barco compacto, habrá alguien disponible que sepa dónde encontrar a la tripulación.

—En realidad, todos los barcos Skylark tienen un cuaderno de bitácora donde está esa información.

—Entonces sólo las provisiones serán un problema. Por Dios, George, creo que me has dado mi milagro. Quizá no pueda salir del puerto antes de la mañana, pero una vez en el mar, podré cubrir rápidamente esa ventaja de medio día.

—No atacarás su barco, ¿verdad?

—¿Con Amy a bordo? —le respondió y esa respuesta fue suficiente.

—Entonces, tendrás que seguirles hasta Bridgeport.

—Esa es la idea, George. Si el tiempo lo permite, y algunas maniobras ingeniosas, y puedo navegar en el

Nereus detrás de ellos y evitar que se vayan del puerto antes de que estén de acuerdo con mis términos.

—Tus términos incluirán a mi hermano, ¿verdad? —Al ver que no obtenía respuesta, le codeó en las costillas—. ¿James?

—¿Deberían?

Parecía tan desamparado que ella le palmeó la mejilla.

—No pienses en eso cuando vayas a rescatarle...

—Dios no lo permita.

—...piensa en ello como en una buena acción, digna de un santo, y dejaré de quejarme sobre lo mal que le tratas. ¿Es un trato?

Él le hizo una mueca.

—Bueno, si lo dices así...

—No es sorprendente que te ame. Es tan fácil llevarse bien contigo.

—Muérdete la lengua, George. ¿Estás tratando de arruinar mi reputación?

Le besó para demostrarle que no estaba haciendo nada de eso.

—Ahora, ¿hay algo en especial que quieres que te empaque mientras estás preparando el *Nereus?*

—No, pero si Connie está por allí puedes enviarle con mis maletas. Se quejará mucho si no le invito a esta persecución.

—Vas a disfrutar de esto, ¿verdad? —le dijo en forma acusadora.

—Nunca pensé en eso, cuando voy a pasar todo el tiempo echándote de menos.

Su mirada dubitativa indicaba lo que pensaba de esa respuesta voluble.

—Entonces es una suerte para ti que vaya contigo.

James comenzó a prohibírselo, pensado que era inútil, pero luego le dijo:

—¿Y Jack? —Georgina gruñó.

—La olvidé durante un momento. Creo que mis días de aventuras han terminado... por lo menos hasta que ella sea un poco más grande. ¿Pero te cuidarás, James?

—Puedes confiar en eso.

31

El camarote de Warren no era más grande que el de Amy, y, por desgracia, ambos camarotes se hallaba justo el uno al lado del otro. Podía escucharla cuando camina-ba. Ella estaba enloquecida porque no le había dirigido una palabra, cuando había insistido en que se preocupa-ría porque estuviera bien. Simplemente, le había pedi-do a Liang que abriera la puerta, miró si estaba bien, y le dijo que la volviera a cerrar. Él no quería de ninguna ma-nera que supieran que su mayor deseo era haber entrado a abrazarla, y asegurarle que la sacaría de esto... even-tualmente. Su segundo deseo era darle una paliza por haberles metido en este lío. No podía dar rienda suelta a ninguno de los dos, no sin demostrarles que Amy era más importante para él de lo que les había dicho.

Inmediatamente después de que Liang hubiese ce-rrado la puerta, Amy empezó a gritar, pidiendo que vol-viera él, solicitando hablar con él. Cuando supuso que él ya no podía oírla, gritó llamando a Taishi. Ahora, cada diez minutos, golpeaba la puerta y repetía su llamada a Taishi.

Warren podía sentirse agradecido de que ella no se hubiera dado cuenta de que estaba en el camarote de al lado, o hubiera tratado de hablar con él a través de la pa-red, y no sabía por cuánto tiempo iba a poder soportar la situación. Ya era bastante malo oír su propia voz cuando gritaba. Rezongaba y hablaba con ella misma, pero eso no era tan claro, sólo algunas palabras como «maldito» y «espera».

Warren, sinceramente, esperaba que se estuviera refiriendo a él y no al desconocido Taishi. Era mucho más fácil imaginar a Amy enojada que seductora, especialmente después de haberla visto despeinada, y con un vestido demasiado escotado como para recordarlo con tranquilidad. Estaba furioso de que se hubiera puesto algo así para ir a verle. Él no hubiera tenido ninguna oportunidad si ella se hubiera acercado lo suficiente como para mirar ese escote. Pero la muchacha lo sabía, y sin duda se lo había puesto por eso.

Warren gruñó. Esto no iba a funcionar. Él lo sabía. Estar encerrado un mes con Amy Malory tan cerca pero inaccesible le enloquecería tanto como si le confinaran con ella. Tenía que tener una distracción, involucrarse en el manejo del barco, algo... Demonios, hasta limpiaría las cubiertas. El orgullo no estaba en juego ahora. Su salud sí.

El movimiento del barco que salía del amarradero provocó que Warren también quisiera golpear la puerta. No esperaba que el barco zarpara tan pronto... Zhang debía tenerlo preparado desde el momento en que secuestró a Amy. Pero este era el momento perfecto para escapar, cuando todos estaban ocupados. ¿Y qué dificultad habría en derrotar a quien abriera la puerta, romper la puerta de Amy, y saltar con ella del barco? Podría soportar su compañía suficientemente como para llevarla a casa, ¿verdad? Y la oportunidad desaparecería rápidamente cuando el barco estuviera en el mar.

La puerta se abrió antes de que él llegara hasta ella. Un hombre no más alto que Amy saltó hacia atrás cuando vio el puño levantado de Warren. Al ver el recipiente con arroz que traía, Warren tuvo la sensación de que estaba ante el desconocido Taishi.

Bajó el puño, pues quería tranquilizar al individuo.

—Pretendía golpear la puerta, eso es todo. Pasa.

Era difícil decirlo, pero al parecer los ojos del hombre chino estaban tan abiertos como podían.

—Ustel glande, capitán. No trata de escapar, ¿okay? Taishi no quelel peleal con ustel.

—¿Preocupado, hombrecito? —le preguntó Warren dubitativo, sabiendo lo mortales que podían ser estos individuos de apariencia inofensiva... si provenían de China—. Veamos si es así.

Warren se adelantó y tomó a Taishi de la túnica y le hizo volar por el aire con un brazo. En un abrir y cerrar de ojos; Taishi le tiró tanto el pulgar hacia atrás, que el ataque le puso de rodillas y a Taishi otra vez de pie.

—Como pensé —dijo Warren—. Tu capacidad como guardia bien elegido ha quedado ampliamente demostrada, ya puedes soltarme.

Taishi le soltó el pulgar, pero se escurrió rápidamente. Warren suponía que eso había sido una broma, para su ventaja. Probablemente el hombrecito había sido entrenado por hombres de su mismo tamaño, y alguien con la altura y el cuerpo de Warren, que no era precisamente delgado, le pondría receloso, por más que se creyese superior a él.

Pero Warren no dejó que esto se le fuera a la cabeza. Ya sabía de buena fuente que hombres más bajos que él podían hacer carne picada con él. James Malory lo había probado.

Al pensar en James, Warren tuvo una idea que no pudo resistir.

—Haré un trato contigo, Taishi —le dijo mientras se ponía de pie y sacudía su mano dolorida—. No te causaré ningún problema, y a cambio, tú me enseñarás tus habilidades para la lucha.

—¿Así podlá usala contla Taishi? Es tan diveltido como señolita inglesa, capitán.

La mención de Amy hizo que Warren casi se desesperara para que el hombre accediera. Las lecciones le mantendrían lo suficientemente ocupado y magullado como para sacar a la descarada de sus pensamientos, y le daría una ventaja sobre James que el inglés no se esperaría la próxima vez que se encontraran. Era divertido pensar que Warren pudiera salir entero de este lío.

—No me engaño pensando que me enseñarás todo lo que sabes, si no ¿de qué tendrías que preocuparte? —le preguntó Warren—. Pero si es así, yo no atacaría a mi maestro, te doy mi palabra.

—¿Entonces por qué quieres aprender?

—Tú tienes una habilidad que me gustaría usar contra un «ojos redondos» cuando todo esto termine. Piénsalo, Taishi. Tú me mantienes feliz y el señor Zhang estará complacido contigo. De otro modo, trataría de romper estas paredes a patadas y de torcerte ese cuello con esa trenza todos los días, y algún día podría tener suerte.

Al escuchar esto, Taishi bufó, aunque sin desprecio. Y no siguió entrando en el camarote para colocar la comida sobre una caja con velas que servía como la única mesa de Warren. Dejó el recipiente en el suelo, cerca de la puerta, y se alejó para irse.

Warren aún no había terminado con él.

—Si quieres, pide permiso. Te aseguro que tu señor estará encantado de que me golpee el trasero todos los días. Probablemente quiera observarlo.

Con esa posibilidad Warren atrajo el interés de Taishi.

—Entletenel al señol Yat-sen selía bueno.

Warren hubiera preferido que el maldito no observara, pero tomaría lo que pudiera conseguir.

—Piénsalo con la almohada y mañana me dices lo que has decidido. Pero, en ambos casos, tengo un trato con tu señor que no incluye la encarcelación durante toda la duración del viaje. Deberías recordárselo. Podría trabajar...

Se oyeron golpes en la pared y un grito que le interrumpió.

—¿Quién está ahí? ¿Eres tú, Taishi? ¡Si eres tú, será mejor que vengas antes de que incendie este barco!

Ambos observaron la pared antes de que Taishi preguntara horrorizado:

—¿Lo halía?

—Por supuesto que no —se burló Warren, pero habló con un tono más bajo del que estaba usando—. Sin embargo, ha estado haciendo mucho ruido. ¿Aún no has ido a ver lo que quiere?

—Oldenes de no visital, sólo comida, pelo sabel qué quelel señolita. Mañana dejal que tlate de volvel a golpeal cabeza otla vez.

Warren se adelantó peligrosamente.

—¿No le causaste daño alguno al tratar de salvar tu cabeza, verdad?

Esta vez Taishi saltó hacia atrás, y cayó fuera de la puerta.

—No lastimal a tu señorita —respondió Taishi rápidamente—. Pequeño moletón aquí —señaló su trasero— pelo no se quejó. Quejalse de todo, pelo no de eso.

Warren comprendió su error demasiado tarde, pero aun así trató de corregirlo.

—Ella no es mi señorita.

—Si usted lo dice, capitán.

—No seas complaciente —replicó Warren impaciente—. Y por el amor de Dios, si te pregunta no le digas que estoy aquí al lado de ella. Me volvería loco con su charla incesante, y me desquitaré contigo si lo hace.

Warren no estaba seguro de haber convencido al chino, pero por lo menos Taishi parecía un poco confuso cuando cerró la puerta. Sin embargo, Warren estaba furioso consigo mismo por haber cometido ese desliz, y de haberlo hecho sin siquiera haberse dado cuenta de lo que estaba haciendo. Lo último que necesitaba era que su carcelero le asegurara a Zhang que estaba preocupado por el bienestar de Amy. Warren deseaba que no fuera verdad.

32

Amy se alejó de la pared y se acurrucó en su litera. Le dolía la oreja por haberla tenido apretada contra la pared de madera, pero más le dolía el corazón.

Así que Warren no quería hablar con ella. Nunca quiso hablar con ella; así que el hecho de haberle escuchado no tendría que haberla herido. Pero así fue.

Realmente, sentía ganas de llorar. No lo haría, por supuesto. Sabía desde un principio que no sería fácil conquistar a Warren, que tendría que superar mucha amargura y desconfianza. Y él era un hombre firme en sus decisiones, decisiones que mantenían a las mujeres a una distancia inalcanzable. No quería ser feliz. Le gustaba sentirse miserable. Era demasiado para superar...

A la mañana siguiente, Amy volvió a recuperar la confianza, por lo menos en lo que se refería a Warren. Aún creía, sinceramente, que la respuesta era hacer el amor con él, el milagro que cambiaría su relación, o mejor dicho que permitiría que comenzara.

No dudaba ni por un minuto que, si Warren hubiera tenido la oportunidad, no hubiera estado allí. Probablemente su tío James había averiguado lo que sucedió e insistió en que Warren la rescatara. Esto aún no parecía exactamente un rescate, pero era lo suficientemente optimista como para suponer que Warren sabía lo que estaba haciendo.

Aun así, algunas demostraciones no vendrían mal. Pero Warren no quería hablar con ella, ni siquiera a través de la pared, para suplantarlas. Esta vez, el testarudo podría hacer una excepción, pero no, no iba a demostrar la mínima compasión o interés. Porque si lo hiciera ella podría pensar que le importaba, y a él no le agradaría eso en absoluto.

El movimiento del barco le indicaba que estaban en el mar. La luz abajo de la puerta le indicaba que era el día siguiente. El silencio del camarote de al lado no le indicaba nada. Y se estaba enfureciendo otra vez como para volver a golpear la pared del lado de Warren... pero no quería hacer eso. Si quería silencio, tendría silencio, y esperaba que eso le enloqueciera. Pero Taishi recibió una buena dosis de su irritación cuando apareció con más arroz y vegetales para el desayuno. Ella miró la comida y le dijo:

—¿Otra vez? Creo que ya es tiempo de que le cortes la mano a tu cocinero. Debe de ser el hombre con menos imaginación del mundo.

—Muy bueno, esto —le aseguró Taishi—. Pone calne en los huesos.

—Lo que siempre quise —le respondió fríamente—. Y quédate ahí —le indicó al ver que retrocedía para irse—. Antes de que vuelvas a desaparecer, dime cómo se las arregló tu señor Zhang para capturarle.

—¿A quién?

—No te hagas el tonto. Al hombre de al lado. Al que también estás alimentando. El que te pidió que no me dijeras dónde estaba. Ése.

Taishi le hizo una mueca.

—Dice mucho pala decil tan poco. ¿Es un largo inglés, señolita, o también de los capitanes amelicanos?

—¿Qué te parece si primero contestas a mi pregunta?

Taishi se encogió de hombros.

—Nadie dice a Taishi soble capitán. Sólo decil alimetal y cuidal. Debe pleguntale a él, señolita.

—Tráemelo aquí.

Taishi se sonrió y negó con la cabeza.

—Ustel dama diveltida. Oil que él no quelel hablal con usted. Oldenes de mantenelo feliz y vela no hacelo feliz, piensa Taishi.

—¿Así que su felicidad tiene prioridad sobre la mía? —su irritación iba en aumento—. Supongo que es porque él es el único que sabe dónde está ese maldito jarrón. ¿Oíste hablar del jarrón?

—Todos sabel del jalón, señolita. Peltenecel al Empeladol, no al señol Yat-sen. Señol Yat-sen en glan ploblema si no devolvelo.

Amy se preguntaba si Warren sabía eso, pero no podía preguntárselo, ya que se negaba a hablar con ella.

—Supongo que a nadie se le ocurrió pensar que Warren no es un hombre cooperante, y que ahora sólo está cooperando por mí. ¿Qué sucedería si yo no estuviera aquí? ¿Crees que sería muy cooperante?

—¿Qué quelel decil, señolita?

—Pensaré en algo —le contestó impaciente, y al ver que no estaba impresionado con sus capacidades, agregó—: Por ahora nada más. En cuanto a verme, debes saber que el capitán es muy obstinado. Tuvimos una pelea de novios, eso es todo —mintió groseramente, ya que nada de lo demás estaba funcionando—. Estoy segura de que ya sabes cómo es eso. Él cree que no le voy a perdonar, por eso no quiere verme o hablarme ahora, pero yo ya le perdoné. Sólo necesito una oportunidad para convencerle de eso, pero ¿cómo puedo hacerlo si tu gente no me deja verle?

Él volvió a negar con la cabeza indicándole que no le

creía. Bueno, había sido un buen intento, y quizá si se aferraba a esa historia eventualmente podría convencerle. Mientras tanto, se sentía demasiado frustrada como para seguir siendo amable con el hombrecito.

—Ya que eres tan servicial, Taishi —le dijo con un poco de sarcasmo— también necesito cambiarme de ropa, y un cepillo para el cabello no me vendría mal. Y por el amor de Dios, un poco de agua para lavarme. Si se supone que debes encargarte de cuidarnos, debes empezar a hacer un mejor trabajo. Soy una huésped, no una prisionera, y por eso solicito un poco de aire fresco de vez en cuando. Te encargarás de eso, ¿verdad?

—Lo que se pelmita, lo tendlá, señolita.

Escuchó con dignidad un poco herida. Ahora tenía que agregar la culpa a las otras emociones desagradables que sentía. Pero no se disculpó. Aquí ella era la parte agraviada, la que tenían detenida contra su voluntad, la que habían sacado de su casa para llevarla Dios sabía hacia dónde. ¿Dónde estaría escondido ese jarrón? ¿En Estados Unidos? Bueno, ella había dicho que iría allí si era necesario en su campaña para conquistar a Warren, pero realmente no había planeado cómo hacerlo.

El día transcurrió con frustración, la cual se transformó en melancolía cuando llegó el atardecer. Amy volvió a poner el oído contra la pared, pero no pudo escuchar nada, posiblemente porque esta vez Warren también tenía su oído contra ella. Finalmente, se dio por vencida y dijo suavemente:

—Warren.

Él la oyó. Se golpeó la frente contra la pared. Apretó los dientes. No podía contestarle. Comenzaría algo que no se podría detener. Ella querría hablar con él todos los días. Al poco tiempo, volvería con sus insinuaciones sexuales o peor, con una pared de por medio para esconder su vergüenza, y eso le volvería loco.

Pero ese tono dolorido en su voz le convenció.

—Amy —le contestó por fin.

Ella ya se había alejado de la pared, así que no le oyó.

33

Dos largas y exasperantes semanas pasaron para Amy, durante las cuales Warren no se comunicó a través de la pared que separaba sus camarotes ni accedió a verla, ni siquiera durante algunos minutos. Le permitieron cambiar de ropa para alternar con su vestido, una túnica negra y pantalón, exactamente iguales a los de Taishi, que le quedaban demasiado bien y le delineaban todas las curvas del cuerpo. Pero sólo Taishi la vio con ellos, y él no estaba interesado en ella, así que no importaba. También le dieron un cepillo, aunque dejó de arreglarse el cabello sin un espejo, y se lo dejó suelto la mayor parte del tiempo o si no trenzado.

La semana anterior le habían dado dos baldes extra de agua para que se lavara y lavara su ropa. Hoy podía bañarse otra vez. Y la dejaban salir a cubierta una hora por día. Para eso usaba su vestido azul, con el spencer abotonado hasta el cuello. Pero nadie le prestaba demasiada atención. La mitad de la tripulación era china, y advirtió que la consideraban fea con sus ojos redondos, aunque admiraban su cabello largo negro. La otra mitad de la tripulación era portuguesa, al igual que el capitán y el barco, y no hablaban una palabra de inglés.

Ella había visto por última vez el *Nereus*, el barco de Warren, cuando él estuvo en Londres, el día que ellos partieron, hacía varios meses. Éste no era tan grande, pero ella disfrutaba de sus breves salidas, no del aire fresco sino de la esperanza de ver a Warren en algún lugar de la cubierta. Nunca lo hizo, por supuesto. Se las había arreglado con Taishi para que le dijera a qué hora le permitían salir a ella y así quedarse en su camarote cada una de esas veces.

En realidad, le habían dado todo lo que había pedido, excepto lo que más quería y, al parecer, no lo obtendría. Obviamente, Warren intentaba eludirla durante todo el viaje a Norteamérica, tomar el jarrón para conseguir su liberación, y luego ponerla sola en un barco de regreso a Inglaterra. Era un plan seguro para él, un plan que le mantendría a él y a su miserable vida donde estaban, y a Amy no se le ocurría nada para cambiar ese plan, excepto una conversación sexy que hiciera derribar la barrera. Pero no tenía la experiencia suficiente para hacer eso, y no quería ponerse en ridículo al intentarlo, especialmente a través de una maldita pared.

En cuanto a la pared, le quedaría la oreja plana si seguía presionándola contra ella tan a menudo. Warren estaba aprendiendo a luchar con Taishi. Estaba recibiendo un gran castigo durante el proceso, pero ella sentía que estaba disfrutando de cada momento, mientras apretaba los dientes con cada uno de sus quejidos.

Hoy había tenido su salida del camarote, y también su baño. Tendría que haberse sentido complacida, o por lo menos contenta, dadas las circunstancias. Pero, al igual que había observado cómo la tormenta se preparaba en el horizonte, una tormenta se preparaba en su interior, una que esta vez no se podría calmar.

Últimamente había sido una huésped modelo, no dándole a Taishi motivos para quejarse. Pero no era propio de ella soportar sin hacer nada. Sólo que no tenía nada que hacer, había agotado todas sus posibilidades, y eso acicateaba su temperamento Malory.

Estaba enojada con Taishi porque no la tomaba en serio; con Warren por su obstinación y continuo silencio; con Zhang por haberla metido en este lío cuando podría haberla liberado fácilmente después de que atrapó a Warren. Y ya estaba cansada de tener que permanecer tranquila, aceptar el silencio de Warren y el arbitrario control de Zhang.

Taishi lo descubrió cuando esa noche le llevó la comida. Cuando abrió la puerta, ella le arrebató el recipiente con comida, tomó un poco de arroz con dos dedos y se lo colocó delante de la boca.

—No tengo hambre, tonto —le dijo al ver su expresión de asombro—. Pero encontré mi arma.

—¿Me va a tilar comida?

Casi lo hizo al escuchar tan brillante deducción. Taishi tenía un agudo sentido del humor que no siempre era claro, y que podía interpretarse como completa estupidez. Amy comenzó a pensar que fingía ignorancia para que se enojara, cosa que hacía generalmente y que hoy no era una excepción.

—Me dan ganas, no lo dudes —le contestó manteniendo la voz baja. No quería que Warren oyera lo que estaba pensando hacer—. Pero como esta podría ser mi última comida, lo olvidaré.

Taishi frunció el entrecejo.

—Taishi no la matalá de hamble, señolita.

—Lo harías si Zhang te lo ordenara, ¿verdad? Y no te molestes en negarlo. Probablemente lo ordenará tan pronto como se entere de lo que puedo hacer con tan poca comida.

—No entendel.

—Presta atención. Le vas a decir a tu señor que si no me permite ver de inmediato al capitán Anderson, me ahogaré con mi comida y moriré. ¿Entonces, qué incentivo usará contra Warren para recuperar su maldito jarrón?

Taishi levantó la mano de manera suplicante.

—¡Espele, señolita! Taishi aveligual. Leglesal plonto.

Amy observó sorprendida cómo cerraba la puerta. ¿Realmente había funcionado? ¿El hombrecito amarillo la habría tomado en serio? Pero ella no contaba con eso. Y si Zhang también la tomaba en serio y le daba lo que quería... ¡No estaba preparada! No se había peinado el cabello, no tenía puesto su vestido seductor, y... tenía hambre.

Amy se comió la mitad de la comida y luego corrió a buscar el cepillo. Hizo bien en apurarse porque Taishi no llevó su dilema a Zhang, quien también estaba cenando y nunca era molestado mientras lo hacía.

Taishi fue hasta la puerta de al lado y le preguntó a Warren:

—¿Podel ahogalse con comida pol accidente?

Warren estaba sentado contra la pared terminando su cena.

—¿Quieres decir, deliberadamente?

—Sí.

—Supongo que es posible si respiras profundamente mientras tragas, pero no no voy a intentarlo, si eso es lo que te trajo de regreso.

Taishi no respondió, sólo volvió a cerrar la puerta. Sus órdenes eran mantener contentos a ambos prisioneros durante el viaje, hacer todo lo posible para lograrlo. Llevar a la mujer de un camarote a otro ciertamente era posible. Y Taishi opinaba que, al principio, el yanqui lo objetaría; pero no durante mucho tiempo. Si se equivocaba, tendría que soportar la furia de un norteamericano durante un tiempo.

Más tarde podría confirmar el buen criterio con Li Liang, pero por ahora...

Cuando la puerta se volvió a abrir, Warren levantó la vista, y se quedó absolutamente inmóvil al ver que Amy era empujada dentro del camarote y la puerta se volvía a cerrar. Era peor de lo que había imaginado que sería. Su cuerpo revivió instantáneamente al verla con aquella túnica negra envolvente y los pantalones, sus pies descalzos y el cabello que le caía como una cascada. Pensó que nunca había visto algo tan hermoso, y deseable... y no podía tenerla. No podía tenerla. Era preferible llorar. Era preferible matar. Y Taishi era a quien Warren iba a matar por haber puesto aquella tentación en su camino.

Ella no dijo nada, pero no parecía tímida ni recatada... ¿Cuándo lo había sido? Le estaba devorando con aquellos ojos celestes, en realidad, haciéndole notar que no llevaba nada puesto, excepto un par de pantalones que le habían encontrado. Eran tan cortos y ajustados en las pantorrillas que los había cortado por debajo de las rodillas. Pero nunca se había sentido desnudo con ellos hasta este momento.

El silencio se dilató entre él y Amy. Warren estaba seguro de que su voz saldría como graznido, pero finalmente probó. No un graznido, más bien un gruñido, considerando la primera pregunta que le vino a la mente.

—¿Con qué le sobornaste? No importa, sólo tienes una cosa para usar y la estoy mirando.

—Se supone que eso es rudo, ¿verdad? —le preguntó impávida—. No está mal, pero no era necesario. Debes haber olvidado lo difícil que es ofenderme, aunque sé por qué lo intentas. En realidad, fue el truco del ahogo el que lo consiguió.

—¿Consiguió qué? —Warren se puso de pie sobre el colchón en el que estaba sentado para mirarla fijamente—. ¿De qué demonios estás hablando?

—Le dije a Taishi que me ahogaría con mi comida si no me dejaban entrar aquí. Generalmente no es tan crédulo. Me pregunto por qué lo creyó.

¡Maldito chino que no le explicó de qué se trataba el asunto del ahogo! Warren tendría que haber agregado que, si uno trata de ahogarse deliberadamente, lo más probable es que sólo tenga un acceso de tos.

—Sal de aquí, Amy.

—No puedo —le contestó y estaba encantada de poder hacerlo—. Taishi no es tan negligente. ¿No oíste cuando giró la cerradura de la puerta?

Él no lo había hecho, pero no dudaba de que la puerta estaba cerrada. ¿Cuánto tiempo iba a tener que soportar este infierno antes de que la volvieran a llevar a su habitación? Cinco segundos más serían demasiado.

—¿No me vas a invitar a que me siente? —le preguntó después.

¿Sobre su cama que era lo único disponible? Ella estaba precipitando las cosas, realmente lo estaba haciendo, y probablemente no le importaba, probablemente lo estaba haciendo deliberadamente.

—El objetivo es que hablemos —le dijo cuando vio que todo lo que hacía era mirarla fijamente—. ¿Pensaste que vine por algo más?

Oh, Dios, las insinuaciones otra vez. Ahora no podía hacer caso de ellas, no con ella y ese aspecto tan delicioso, con su cuerpo tenso y listo para tomar lo que tantas veces le había arrojado en su camino. ¿De qué creía que estaba hecho?

Amy podía ver claramente de qué estaba hecho, músculos y fortaleza, y un cuerpo que no desistiría. Él dominaba el pequeño camarote con su tamaño, lo abrumaba... y a ella. Deseaba tanto tocar toda aquella piel visible, probarla, correr hacia él, abrazarle y no soltarle.

Ella no se movió. Warren estaba completamente furioso por su intrusión, y sin duda la echaría si se atrevía a hacer lo que quería. Por una vez, no lo haría.

—Tienes que hablar conmigo, Warren —su voz tenía un tono de desesperación—. Si no fueras tan obstinado, si aquella vez que te pregunté me hubieras dicho algo, probablemente ahora no estaría aquí.

—¿De qué estás hablando?

Ella se había dado por vencida y le había hablado durante la semana, prácticamente suplicándole que le contestara. No sabía que él no había oído, que había sido el día en que Zhang decidió entretenerse observando el ejercicio de Warren. Taishi era bueno, un experto en defensa, por lo cual había sido elegido como guardia y cuidador. Sin embargo, sus habilidades para atacar sólo eran mediocres.

Pero los guardias personales de Zhang estaban en otra liga, eran expertos en defensa y ataque, y Zhang decidió que sería divertido observar cómo uno de ellos luchaba con Warren. Aún tenía los moretones y dolores que testificaban lo divertido que había sido. Era sorprendente, pero en este momento no sentía ninguno.

—Cuando golpeé la pared hace pocos días...

—No estaba aquí para oírte, Amy.

—¿No estabas? Bueno, ahora no importa. En realidad, me alegro porque por tu silencio finalmente perdí la paciencia. Esto es mucho mejor que hablar a través de la pared.

—Por supuesto que no, Amy, quiero que te vuelvas, golpees esa puerta y salgas de aquí. ¡Ahora!

—Pero si acabo de llegar...

—Amy —la interrumpió.

—Y aún no hemos hablado...

—¡Amy!

—¡No!

La palabra cayó entre ellos como una manopla, un reto por parte de él para que le obedeciera... si podía. No era el momento de que el atrevimiento de Amy le reafirmara.

34

Warren se dirigió hacia Amy con la intención de ponerla sobre sus rodillas. Ella lo vio en sus ojos, en su expresión de furia, pero no trató de correr. El camarote era demasiado pequeño para hacer eso..., pero tampoco trató de disuadirle. Permaneció en su terreno, corriendo el riesgo, un gran riesgo, de que él no lo haría.

Sin embargo, lo que sucedió fue algo muy similar a un ataque, aunque uno que Amy recibió con agrado. Un toque y Warren la estaba abrazando en lugar de pegarle, pero iba a terminar magullada si la seguía abrazando con tanta fuerza. Y su boca... él estaba fuera de control. Ella tendría que haber estado preocupada. Ésta era más pasión de la que había pedido, mas de la que era capaz de manejar. Aun así no le hubiera detenido por nada del mundo.

Él la alejó dos veces, con una expresión de enojo, aunque con elementos de indecisión, de dolor, pero principalmente de pasión. Ambas veces Amy se sintió desalentada y enojada de que él siguiera luchando contra lo que ella consideraba inevitable. Pero luego él gimió y la inclinó hacia atrás, con su boca tan voraz, y ella se regocijó. Finalmente, después de tanto tiempo y tantas dudas, el hombre obstinado sería de ella.

—Nos esfumaremos antes de que alguna vez te lleve a la cama.

Si hubiera podido se habría reído, pero él la estaba besando otra vez, y todo lo que podía hacer era sostenerse y cabalgar en la tormenta. Sin embargo, lo que él había dicho confirmaba que había dejado de luchar. Aunque hubiera tomado la decisión voluntariamente o porque ya no se podía resistir, Amy ya no tenía más de qué preocuparse.

De alguna manera llegaron hasta el colchón ubicado en un rincón, en el suelo. No era muy grande, pero ellos no iban a dormir o a permanecer alejados. Ella no tenía vestido que impidiera sus movimientos. Esta vez podría abrir las piernas para recibir su peso donde más quería, y los sentimientos que recordaba de la última vez que la cubrió así habían sido verdaderos, y estaban allí otra vez para asombrarla y excitarla.

Él no podía dejar de besarla, su necesidad aún era muy intensa. Ella no podía dejar de tocarle, su necesidad de conocer su piel era compulsiva. Pero pronto no fue suficiente. Al igual que antes, cuando se colocó sobre ella en aquel camino vecinal y la enloqueció con el movimiento de sus cuerpos, ella advirtió que había más para experimentar, y ya no podía esperar para hacerlo.

Tendría que decírselo con el cuerpo, ya que apenas la dejaba respirar. Pero no estaba segura de cómo comunicarle lo que quería, excepto tomar sus nalgas y elevarse.

Estaba segura de que le había provocado dolor, pues su gemido había sido tan intenso. Pero repentinamente Warren colocó una mano entre los dos. Por fortuna para ambos el cinturón de algodón estaba atado con un moño y no con un nudo, y se aflojó sin esfuerzo, al igual que el pequeño moño del pantalón. En unos segundos ya no le quedaba ropa encima; él se había bajado un poco el pantalón cortado y estaba penetrando en ella.

No sintió un dolor severo con su invasión. El cuerpo de Amy estaba demasiado ansioso y preparado para eso. Pero fue perceptible, lo suficiente como para que ella se tensara un poco. Él también lo debió haber advertido, porque se alejó un poco para mirarla, y su expresión revelaba una auténtica sorpresa.

Ella temía que se alejara, justo cuando se estaba adaptando al calor y la plenitud de su profunda penetración. Sintió que se haría pedazos y tendría un ataque de nervios si él lo hacía.

—No pienses, sólo siente —le susurró mientras le bajaba y le besaba con intensidad.

Un momento después, él cedió ante su sugerencia y unió su lengua a la danza erótica de la de ella. Con una mano le acarició el cabello; con la otra le guió las piernas para que las colocara alrededor de su cuerpo, levantándola y haciendo que la penetración fuera más profunda, y excitándoles más aun. La penetró intensa y rápidamente. Ella se abrió y lo recibió.

Era más emocionante de lo que había imaginado, aquel remolino de intenso placer que siguió a la tormenta, y luego estalló en una felicidad sin igual. Y él estaba allí para abrazarla, para compartirla, para prolongarla, y para traerla gentilmente de regreso.

—Oh, Dios, oh, Dios, oh, Dios —oyó que decía junto a su cuello.

Ella no podría haberlo dicho mejor.

—Igual no me casaré contigo.

Amy levantó la cabeza del pecho de Warren para mirarle. Hacía bastante que estaba en silencio, pero ella sabía que estaba pensando en lo que habían hecho. Sin embargo, no la había alejado, la estaba abrazando, razón por la cual se sintió feliz de permanecer en silencio.

Pero la meditación le debió sacar lo mejor de él, ya que su tono y su afirmación eran una declaración de guerra. Amy no estaba de humor para complacerle.

—¿Por qué eso no me sorprende? —fue todo lo que le dijo.

—Por eso hiciste esto, ¿verdad? —la acusó—. ¿Para que me casara contigo?

—Hicimos el amor porque ambos lo deseábamos.

—Eso no fue hacer el amor, fue vehemencia.

Ella le hubiera golpeado por decir eso. En lugar de ello, hizo una mueca y le dijo:

—Bien. Tú tuviste vehemencia y yo hice el amor —luego sin dejar de mirarle se inclinó y le pasó la lengua por la tetilla.

Warren se levantó instantáneamente del colchón. Amy casi se rió. El hombre estaba definitivamente metido en problemas, ahora que ella podía hacer cosas como esas. Ya no le permitiría mantenerla alejada de él.

Pero él se esforzaba por mantener las cosas como estaban.

—¡Maldición, Amy, eras virgen!

Eso era lo que tenía en el buche. Le sonrió con picardía y le contestó:

—Ya te lo había dicho.

—Sabías lo que yo pensaba.

—Sí, y fue muy malo que me calumniaras así en tu mente. Pero como puedes ver, yo nunca lo usé en contra tuya, ¿verdad?

—Ojalá lo hubieras hecho.

Le recorrió lentamente el cuerpo con la vista, hasta que llegó a su espléndida exhibición de masculinidad. Amy arqueó una ceja y no pudo evitar hacer una mueca.

—¿Estás seguro?

Él rugió con frustración al ver que no podía ocultarle nada. A Amy le dio pena, ya que todo lo que quería era que él regresara a la cama para explorar mejor ese magnífico cuerpo.

—Admito que esperaba que esto mejorara nuestra relación, pero si todo lo que quieres es que seamos amantes, así será.

Con eso no obtuvo los resultados que quería. Warren no estaba aliviado y volvió al ataque.

—Maldición, ¿cuándo te vas a comportar normalmente?

—¿Cuándo vas a comprender que lo estoy haciendo... para mí?

Ella se estiró ante su mirada, pecaminosamente tentadora. ¿Estaba en la sangre?, se preguntó Warren. ¿Cómo podía realizar todos los movimientos correctos, si no tenía experiencia en esas cosas? ¿Y cómo podía resistirse a ella cuando estaba allí desnuda en su cama, provocando deliberadamente otra vez su pasión? No podía.

Se arrodilló junto a ella, y le colocó las manos sobre esos senos que le atraían. Ella se arqueó y emitió un sonido de placer desde lo profundo de su ser, mientras le acariciaba sensualmente la espalda con una pierna. Warren cerró los ojos, para sentirla solamente, y porque si no lo hacía no duraría, ya que ella estaba tan hermosa con su falta de inhibiciones.

Tan sedosa, tan delicada, tan femenina. Esta no era una niña. Warren abrió los ojos para mirar el oscuro vellón entre sus piernas, la delicada curva de sus caderas, la plenitud de sus senos, la bochornosa expresión que tenía mientras le miraba cómo la observaba...

Había usado su edad como una excusa para mantener sus manos alejadas de ella. Pero sólo había sido eso, una excusa, y ciertamente ya no era válida. Sin embargo, no se podía negar que había sido inocente, aunque una inocente muy provocadora. Y nunca había tratado con insistencia para convencerle de ese hecho evidente, ¿verdad?

Warren deslizó sus dedos entre las piernas de Amy mientras se inclinaba y le decía junto a sus labios:

—Después de esto te voy a zurrar por haberme engañado.

—Yo no...

—Quieta, Amy. Te voy a amar como tendría que haberlo hecho con alguien con tu inocencia.

Ella suspiró mientras la besaba, sin preocuparse por lo que vendría. En realidad, le amaría hasta el día de su muerte por el lado tierno que estaba a punto de mostrarle.

Amy no podía dejar de tocar y acariciar a Warren. Lo sorprendente era que la dejaba, aunque ahora estaba perfectamente satisfecho y probablemente le hubiera gustado ir a dormir. Ella no estaba para nada cansada, pero ¿cómo iba a estarlo después de todo lo que había experimentado esta noche?

Su certeza había sido correcta: hacer el amor cambiaría las cosas. Ahora iban a comenzar una nueva relación, ya había comenzado. Todavía no iba a conducir al casamiento, pero eventualmente lo haría. Aun estaba convencida de eso. Y mientras tanto, Warren se acostumbraría tanto a su amor que no podría estar sin él. Ella se encargaría de eso.

Taishi había venido para llevarla, pero Amy no hizo ningún movimiento para ir con él, y Warren no hizo ningún movimiento para permitirle que se levantara del colchón. En realidad, había mirado al hombrecito de manera tan sediciosa que él se retiró de la habitación sin decir una palabra y les volvió a encerrar. Amy se rió durante cinco minutos. Warren le cerró la boca volviéndola a besar.

—¿Te importaría decirme qué haces en este barco? —le preguntó en voz alta.

—Yo podría preguntar lo mismo.

—Yo iba a seducir a este hombre al que adoro, pero nadie se molestó en decirme que se había mudado.

—Eso no es gracioso, Amy.

—La verdad raramente lo es —le respondió con frialdad—. ¿Cuál es tu excusa?

—El tío de esta muchacha insistió en que la rescatara de una situación que él creía que era culpa mía.

Amy suspiró.

—Debí haber sabido que el tío James había metido la pata en esto. Supongo que te debo una disculpa por eso.

—No —le contestó, sintiéndose culpable al dejarla creer que esa era la única razón, y no confesarle la verdad.

—¿Estás muy disgustado por tener que devolver ese infame jarrón?

—A principios de este año lo hubiera estado. Ahora no parece tan importante.

—¿Y ese será el fin?

—Me temo que no. Nos van a matar tan pronto como obtengan el jarrón.

Se sentó sorprendida para mirarle.

—¿Realmente lo crees?

—Sí.

—Bueno, eso no es muy deportivo por su parte, ¿verdad?

La volvió a colocar sobre su pecho.

—¿Por qué no estás asustada?

—Estoy segura de que lo estaré cuando llegue el momento, pero cuando estoy asustada no puedo pensar, así que esperaré.

Él la apretó, diciéndole a su manera que apreciaba que no estuviera gritando y llorando sobre algo que no podía evitarse.

Pero después de un momento, a ella se le ocurrió un pensamiento sospechoso.

—Espero que no vayas a decirme que finalmente te diste por vencido y dejaste que te sedujera porque no esperas vivir mucho más.

—No me sedujiste, yo te ataqué.

—Tonterías. Fue una seducción muy bien planeada... bueno, planeada a medias, ya que nunca pensé que podría llegar aquí... y contesta a mi pregunta.

—No tengo intenciones de morir tan pronto. ¿Esa respuesta es suficiente?

—¿Cómo planeas evitarlo?

—El jarrón es mi única ventaja —le explicó—. Por lo tanto tengo que pensar en una forma de transferirlo y tomar la delantera.

—¿Ya lo hiciste?

—Aún no.

—Zhang asegura que robaste el jarrón —le señaló repentinamente.

—Es un mentiroso —respondió Warren con amargura—. El maldito lo apostó contra mi barco en un juego de azar. Perdió, pero eso no era parte de su plan. Trató de matarme para recuperar el jarrón esa misma noche.

—Bastante injusto, ¿no te parece?

—Un hombre como Yat-sen no cree en lo justo. Él sólo cree en obtener lo que desea. Se parece un poco a ti, ¿verdad?

Amy se sonrojó de furia, ya que el ataque fue tan inesperado. No tendría que haber mencionado un tema que haría resurgir el resentimiento de Warren, cuando ese resentimiento se podría volver en su contra, que era lo que acababa de hacer. Y él no había terminado.

—Habría que darte una paliza por haber caído en las garras de Zhang. Si te hubieras quedado en casa como una dama, no nos hubieran atrapado a ninguno de los dos.

—Posiblemente, eso sea verdad —le dijo mientras se colocaba sobre él—, pero no me vas a golpear cuando en lugar de eso me puedes hacer el amor otra vez.

—No —le contestó, mientras la acomodaba para que le recibiera—. Supongo que no.

35

La tormenta que el día anterior había permanecido por el sudeste del barco hoy se había descargado con furia. Warren no había realizado su entrenamiento diario. En realidad, Taishi se sentía excesivamente cansado y empapado cuando se acercó, durante la mañana, con el resto de las pertenencias de Amy y algunas sobras de la cocina.

Amy había comenzado a quejarse de la magra porción, pero Warren se lo impidió, sabiendo que, con un clima como ese, los hornos tenían que cerrarse. Le hubiera gustado estar afuera haciendo lo que mejor sabía hacer. Y hubiera ofrecido sus servicios, aunque no los aceptaran, si no hubiera sido por el miedo de Amy a la tormenta.

Era la primera vez que Warren la veía asustada, realmente muy asustada. Lo combatía hablando de las cosas más ridículas, caminando nerviosa, y quejándose de vez en cuando: «Odio esto. ¿Por qué no haces que se detenga?»

Ridículo y bastante entretenido, aunque él no se rió ni una vez de ella. En realidad, sintió que no quería que ella estuviera preocupada, que deseaba poder detener la maldita tormenta. Pero todo lo que pudo hacer fue tranquilizarla, aunque sabía muy bien que se estaban enfrentando a la clase de clima que podía estropear un barco; y como estaban a mitad de camino hacia su destino, eso les podría llevar a la inanición... si antes no se hundían.

Ciertamente, no le dijo eso a su compañera de camarote. Warren hubiera preferido enfrentar la naturaleza, pero estar encerrado con Amy tenía sus ventajas ahora que había cedido a sus tentaciones. Ella mantuvo la mente de Warren despreocupada por la tormenta ante la necesidad de mantener la de ella, y al parecer una sola cosa podía lograrlo.

Pero sólo podían pasar algún tiempo ocupados en la cama, ya que era cada vez más difícil mantenerse sobre ella sin estar aferrados al colchón.

Amy acababa de rodar de la cama por segunda vez cuando Taishi regresó inesperadamente, y dejó entrar la lluvia con él. Ni siquiera advirtió que ella estaba desnuda, ya que miró aterrorizado a Warren.

—Debe venil lápido —gritó Taishi antes de cerrar la puerta—. Nadie timoneal el balco.

Warren se puso el pantalón y las botas y le preguntó:

—¿Dónde está el timonel?

—Huyó en Londles. Mal sujeto.

—¿Entonces, quién estaba en el timón?

—Capitán y piloto.

—¿Qué les ha sucedido?

—Una ola tiló al capitán contla timón, golpeó la cabeza. Nadie puede despeltalo.

—¿Y el piloto?

—No podel encontlal. Posiblemente él también cael por la bolda.

—¿También?

—Otlos tles cael —le explicó Taishi—. Yo vel uno.

—Dios mío —dijo Warren mientras se colocaba el cinturón y se dirigía hacia la puerta.

276

Repentinamente Amy le estaba bloqueando el camino.

—¡No vas a salir ahí, Warren!

Por supuesto que lo haría. Ambos sabían que no había opción. Pero ella no estaba dispuesta a aceptarlo.

Y que ahora su temor fuese hacia él en lugar de hacia ella, era obvio y un poco desconcertante. Como Warren nunca había estado con su familia cuando enfrentó situaciones así, no estaba acostumbrado a que se preocuparan por él. En realidad, no recordaba la última vez que alguien se había preocupado por él... excepto Amy, cuando se enfrentaron a aquellos ladrones. Le había provocado una extraña aunque agradable sensación que no había tenido tiempo de analizar.

Le tomó el rostro pequeño y pálido con las manos y le dijo con la mayor tranquilidad que pudo:

—He hecho esto una docena de veces, Amy. Probablemente podría hacerlo dormido, así que no hay razón para que te preocupes por mí.

Ella no aceptó eso.

—Warren, por favor...

—Silencio —le dijo gentilmente—. Alguien que sepa lo que hace tiene que timonear este barco, y yo sé lo suficiente como para aferrarme al timón y evitar que ocurran accidentes. Todo va a salir bien, te lo prometo —La besó con fuerza—. Ahora vístete, métete entre el colchón y la pared y trata de dormir un poco. No has dormido mucho desde que viniste aquí.

¿Dormir? El hombre estaba definitivamente loco. Pero él no dijo nada más y salió antes de que ella pudiera hacerle regresar. Permaneció en el medio del camarote, con las manos apretadas para evitar que le temblaran. Esto no estaba sucediendo. Warren no había salido a esa horrible pesadilla que estaba sacudiendo el barco.

Pero lo había hecho, y no le volvería a ver. Caería por la borda como el piloto, y quedaría sepultado de abajo de ese mar agitado.

Ese pensamiento le provocó pánico. Corrió hacia la puerta y comenzó a golpearla, gritando para que Taishi le dejara salir. En lo profundo de su ser sabía que él no la oiría, que nadie podía oírla con el ruido de las olas y la lluvia, pero continuó golpeando la madera, hasta que sus manos quedaron lastimadas y entumecidas.

Por supuesto que nadie vino a abrir la puerta. Todos estaban demasiado ocupados, luchando para mantener el barco a flote y lo más intacto posible. Pero a Amy no le importaba el problema de los demás. Tenía la certeza irracional de que, si observaba a Warren, él estaría bien. Y si podía verle y saber que estaba seguro, ella estaría bien. Pero no podía hacer eso a menos que estuviera fuera.

Finalmente, estaba tan frustrada en su impotencia que literalmente atacó la puerta, golpeándola y pateándola, y tironeando del picaporte. Pero cuando lo hizo, el viento abrió la puerta y cayó de rodillas. Sin embargo, no había nadie allí. La maldita cosa no estaba cerrada con llave. Taishi había olvidado hacerlo o supuso que tendría que estar loca para querer subir a la cubierta en un momento así.

—Maldición —murmuró mientras se levantaba del suelo.

Al obtener tan inesperadamente lo que quería reaccionó y advirtió que aún estaba desnuda. Pero eso no le hizo cambiar de idea, ni cambió su convicción de que Warren no estaría bien a menos de que ella estuviera observándole.

Tomó lo primero que tuvo a mano, su camisa, y se la puso mientras corría hacia la puerta.

Eso fue lo máximo que alcanzó. El viento la arrojó contra la pared del camarote con tanta fuerza que apenas podía moverse. Y luego vino la ola y la golpeó antes de sacarla de la pared y llevarla directamente hasta la baranda del barco.

36

Warren tenía que timonear el barco solo a causa del viento, ya que sólo tenía visibilidad por momentos, cuando la tenía, a pesar de que era la media tarde. La intensa lluvia le golpeaba el pecho desnudo como si fueran agujas; el cabello largo se le venía a los ojos, y las olas, que le golpeaban y empujaban contra la gruesa soga con la que estaba atado al timón, estaban congeladas.

Hubiera querido tener un poco más de tiempo para ponerse una camisa, y no sólo por el frío. La cuerda con la que estaba atado al timón le estaba lastimando la espalda.

Le pidió a Taishi que le trajera un impermeable para la lluvia tan pronto como el viento disminuyera un poco, pero aún no lo había hecho. Pensaba que tendrían que despegarle los dedos del timón si la tormenta continuaba durante toda la noche.

Era una de las peores tormentas que había encontrado, y había estado en algunas muy malas. Eran afortunados de que el palo mayor aún estuviera en su lugar, pero los aparejos habían sido atados antes de que comenzara el viento más intenso. Y sólo uno de los barriles de agua se había soltado de sus sogas, y cuando rodó por la borda arrancó una parte importante de la baranda del barco.

Warren confiaba en su habilidad, pero no conocía

este barco como conocía el suyo, así que no tenía idea de cuánto castigo podía recibir. Y no había señales de que la tormenta se disipara, aunque no había empeorado. Él no pensó que podía empeorar.

Y entonces casi se le detiene el corazón. El viento cortó la lluvia durante unos segundos, pero fue suficiente como para que viera a Amy cuando era arrojada contra la baranda... la baranda rota. Y estaba a unos centímetros de la abertura hacia el mar.

Amy nunca sabría cómo se agarró de la baranda y aún estaba prendida en ella cuando la ola que la había arrastrado hasta allí se retiraba. Pero se aferró para salvar su vida. De vez en cuando, alguna ola la mojaba y eran momentos interminables, aterradores, antes de que pudiera volver a respirar. Pero no pensó en regresar al camarote.

Cuando la tormenta se apaciguara un poco, iría hasta el castillo del barco, o por lo menos cerca de él, para poder observar a Warren sin que él lo supiera. Eso si podía ver algo.

No había contado con esa lluvia tan intensa que no le permitía ver dos centímetros por delante de ella, razón por la cual no vio que Warren se acercaba, y gritó cuando repentinamente la arrancó de allí. Pero los brazos fuertes que la colocaron contra un pecho fornido eran firmes, el cuello al que se aferró más seguro que la madera astillada, y la voz que le susurró al oído: «Esta vez te voy a golpear hasta dejarte amoratada», fue lo más dulce que jamás oyó.

Él aún estaba vivo. Ella no tenía que preocuparse... por el momento.

Gracias a la voluntad y al equilibrio, y a una suerte

milagrosa que mantuvieron las olas fuera de su camino, Warren regresó al castillo sin usar pasamanos. No pensó en llevar a Amy otra vez al camarote, ya que no tenía la llave para encerrarla, y temía que lo intentara otra vez.

No podía creer lo furioso que estaba ahora que la tenía, o lo aterrorizado que se sintió hasta que puso sus manos en la muchacha. ¿Qué estaba pensando cuando dejó la seguridad del camarote y con una maldita camisa? Y no había tiempo para castigarla por eso. Apenas la pudo empujar por debajo de la soga que estaba atada al timón, y apretarse junto a ella, antes de que otra ola les alcanzara y le volviera a golpear la espalda contra la soga.

Tampoco había tiempo para tranquilizarla. Había dejado el timón trabado en su lugar, pero el barco aún estaba desviado de su curso, y necesitaba toda su fuerza y concentración para luchar contra el viento.

Cuando, por fin, tuvo un momento para estar con Amy, ya no pensaba en castigarla. Apretó su pequeño cuerpo contra él con tanta confianza que le apaciguó como nada hubiera podido hacerlo. La necesidad de su tibieza, de su fuerza, colmó una necesidad puramente masculina.

Warren tuvo que gritar para decirle:

—Lo estás haciendo bien, pequeña. Mantente aferrada a mí pase lo que pase.

—Lo haré, gracias —le pareció que le había respondido, aunque no estaba seguro, ya que ahora no parecía atemorizada.

Le abrazó y apretó el rostro con fuerza contra su pecho. Por lo menos la mitad de su cabello estaba sobre los hombros de Warren. No podía estar muy cómoda con esa camisa sin mangas, fina y empapada, pero él no podía hacer nada hasta que Taishi trajera el impermeable.

Amy estaba más cómoda de lo que él podía imaginar.

Su nueva ubicación era mucho mejor que observarle desde alguna posición ventajosa, lo cual había sido su intención. Incluso las olas que continuaban golpeándole la espalda y empujándola hacia él ya no eran atemorizadoras. Las oía venir y contenía la respiración durante un momento hasta que el agua la mojaba. La tibieza de Warren estaba allí para mantener alejado el frío, y estaba impresionada por su fuerza. Mientras luchó contra el mar embravecido para mantener el control del barco, pudo sentir la fuerza de cada uno de sus músculos, desde las piernas hasta arriba.

Ahora no tenía dudas de que saldrían intactos de esta tormenta, mientras Warren condujera el timón. Su fe en él era inconmovible. Pronto, al anochecer, el viento cesó y la lluvia se convirtió en una llovizna, hasta que cesó completamente.

La alegría de la tripulación le indicó a Amy que no era sólo una calma pasajera de la tormenta sino que había terminado definitivamente. Sin embargo, no se soltó de Warren cuando él se lo sugirió.

En lugar de ello, le miró y le dijo:

—Si no te importa me quedaré aquí.

Él no objetó. Desde que la lluvia había cesado Warren estuvo mirando repetidamente la cubierta y la parte de la baranda en la que Amy estuvo aferrada, y que ahora ya no estaba. Ella no sabía lo cerca que había estado de morir, y él no se lo diría. Pero por el momento, no la perdería de vista.

Pasó otra hora antes de que pudieran encontrar a alguien que le remplazara. Era el cocinero, ya que, entre todos, era el único miembro de la tripulación que tenía algunos conocimientos de timonel. Los chinos sólo sabían realizar algunas tareas menores a bordo. No eran marineros, formaban parte de la casa de Yat-sen. El capitán portugués que había contratado el señor, junto con su barco, todavía no había reaccionado, aunque su vida no corría peligro, y posiblemente estaría en el timón al día siguiente.

Después de que un muy agradecido Taishi le informase sobre todo eso, Warren le señaló:

—Es una lástima que Zhang no fuera arrojado por la borda con el timonel.

Taishi no respondió a eso, sólo le dijo:

—Tlael comida, y mantas, muchas mantas, y agua caliente tan plonto como funcional holnos.

El hombrecito se fue para hacer lo que había prometido. Warren no se fue al camarote de inmediato, ya que Amy aún estaba abrazada a él.

—No te dormiste, ¿verdad? —se inclinó para preguntarle.

—Aún no, pero ya estoy por hacerlo.

Sonrió sobre su cabeza.

—¿Te importaría decirme qué te hizo salir aquí hoy?

Se movió durante un momento antes de responder:

—Fue una sensación que tuve, que si no podía vigilarte, pasaría algo terrible.

—Creíste que podrías haber hecho algo para evitar que ocurriera algo terrible.

—Pero lo hice —le contestó con un tono que denotaba que él tendría que haberse dado cuenta por sí solo—. Mi presencia aseguró que no sucediera nada.

Él sacudió la cabeza ante un razonamiento tan ilógico.

—Me vas a tener que soltar para que regresemos al camarote.

—Si debo hacerlo —ella suspiró y retrocedió lentamente. Se miró y agregó—: Probablemente tengo la hebilla de tu cinturón marcada en mi abdomen.

Y la tenía. Y si bien su cabello comenzaba a secarse

con la brisa, la camisa aún permanecía pegada a su parte delantera.

—¿Algo más? —le preguntó Warren.

—Bueno, ahora que lo mencionas...

Él tiró la cabeza hacia atrás y se rió. Era incorregible, intrépida, una descarada irreprimible. Acababa de pasar por una experiencia terrible, que podría haber terminado de manera diferente para ambos y, sin embargo, ya la estaba olvidando como si no estuvieran allí empapados.

Amy le tomó de la cintura para regresar con él. Al ver que él se quejaba, fue hacia atrás para ver qué había hecho. Obviamente, ella no le había hecho eso. Se descompuso al pensar el dolor que Warren había tenido que soportar durante todo este tiempo, y nunca dijo una palabra.

—¿Qué daños hay? —le preguntó, adivinando lo que ella podía ver.

Ella esperó hasta recobrar su compostura antes de volver hacia adelante y decirle como si nada hubiera pasado:

—Cinco puntos descarnados y algunas raspaduras menores. Yo diría que vas a estar más cómodo durmiendo boca abajo durante algunos días, pero creo que podré arreglar eso.

Estaba un poco decepcionado al ver que no iba a causar ningún alboroto.

—¿Qué tienes que ver tú con eso? Y no me gusta dormir boca abajo.

—Lo harás, conmigo debajo de ti.

¿Había olvidado mencionar insaciable?

37

El clima permaneció apacible y sin demasiadas peripecias durante el transcurso del resto del viaje, pero cuanto más se acercaban a la costa este de Estados Unidos, Warren se sentía más intranquilo. Todavía no había ideado un plan para devolver y recuperar el jarrón sin que le ejecutaran en el momento en que lo hacía.

Había un gran número de posibilidades que podrían funcionar muy bien, pero todas dependían de la situación que encontraran en Bridgeport cuando llegaran: si alguno de sus hermanos aún estaba allí; si había algún barco Skylark en el puerto; si Ian MacDonell o Mac, como todos le conocían, aún les guardaba el jarrón, o si Clinton lo había cambiado de lugar cuando llegaron a la ciudad hacía unas semanas.

Lo último era improbable, pero sería un infierno si Warren no podía encontrar la maldita cosa después de todo esto. Zhang no aceptaría una excusa como esa, y esa situación ¿dónde le llevaría a Warren?

Por otra parte, Amy estaba segura de que Warren les salvaría a los dos. Era casi engorroso lo segura que estaba de esto y, debido a ello, no estaba preocupada en absoluto.

Cada vez que Warren pensaba en Amy sentía incertidumbre. No sabía qué iba a hacer con ella... si salían vivos de esto y tenía oportunidad de hacer algo. Ella se comportaba como si su pequeño romance no fuera a terminar una vez que llegaran a tierra cuando, en realidad, así sería. Él tendría que alejarse de ella otra vez, porque, aunque había podido saciarse con sus encantos, aún no podía dejar de tocarla cuando se presentaba la oportunidad.

Si pensaba que antes había sido difícil resistirse a ella, eso no era nada comparado con lo que le sucedía ahora, que sabía lo maravilloso y único que era hacer el amor con ella. Y ni siquiera estaba seguro de por qué hacer el amor con Amy era algo tan especial que no había experimentado nunca.

Ella era única. Nunca había conocido a alguien como ella. Era todo lo que un hombre podía pedir si quería una esposa. Warren aún no.

También se preguntaba por qué había podido estar con ella. Un día, durante sus lecciones, como Warren insistía en llamarlas, aunque Taishi no sabía nada sobre cómo enseñar y enseñaba estrictamente con ejemplos, lo cual no era la manera más fácil de aprender esos complicados movimientos, le preguntó por qué Zhang había permitido que Amy se quedara con él.

—Decil a mi señol que usted no tolelal a señolita, usted fulioso porque ponela al lado donde podel oila. Él decil encelala con usted. —Y luego agregó severamente—: Ayudalía, capitán, si no estuviela tan complacido con nuevo aleglo.

Warren no esperaba esa clase de ayuda del hombrecito, y le expresó su gratitud sugiriéndole:

—Si alguna vez te cansas de trabajar para ese tirano, ven a pedirme un trabajo.

—Vístete —le dijo Warren, sacudiéndola para que se despertara—. Zhang se apresuró para llegar de noche. Supongo que creerá que cuanto menos gente advierta su presencia más fácil le será irse cuando obtenga lo que quiere.

—¿Quieres decir que llegamos a Bridgeport? —respondió Amy soñolienta.

—Por fin.

—¿Cómo han conseguido encontrar la ciudad sin tu ayuda? —le preguntó ella.

—¿Olvidé mencionar que estuvieron aquí el mes pasado?

Le miró con los ojos entrecerrados.

—Sí.

Warren se encogió de hombros.

—Taishi lo mencionó. Zhang sabía de dónde provenía yo. También sabía sobre la línea Skylark. Eso era lo único que tenía para encontrarme, así que el primer lugar en el que buscó fue aquí.

—¿Crees que dejaron algo en pie de tu casa?

El tono serio de Amy dibujó una mueca en sus labios.

—¿Te refieres a después del saqueo? Su gente es muy meticulosa, y el jarrón no estaba dentro. Pero averiguaron que había partido hacia Inglaterra. Por eso aparecieron allí.

—¿Dónde está el jarrón?

—Se lo dimos a un viejo amigo de la familia para que lo cuidara.

Después de haber obtenido respuestas sobre la mayoría de sus preguntas, Amy comenzó a vestirse. Tenía una pregunta más que consideraba pertinente.

—¿Cuál es tu plan?

—Para empezar, un pequeño drama por tu parte.

—Eso suena a interesante.

—Espero que sigas pensando lo mismo cuando sepas de qué se trata. Quiero que insistas en que te permitan ir conmigo.

—Lo habría hecho de cualquier manera.

—Pero yo voy a insistir en que te quedes aquí...

—Maldición, Warren...

—Déjame terminar. A Zhang le encanta llevarme la contra. Está dispuesto a que obtenga aquello que no quiero, así que creerá que no quiero que vengas conmigo. Pero no importa lo que yo diga, tendrás que luchar con uñas y dientes para que te permita ir conmigo. Ahora apresúrate. No creo que tengamos mucho tiempo.

—No dijiste qué sucederá si nuestro pequeño drama no funciona.

—Si eso sucede, tendré que permitir tu presencia de mala gana, pero creo que eso no será necesario. Si Zhang sigue sus reglas, insistirá en que me acompañes.

—¿Entonces qué?

—Entonces... aún no lo sé.

Esperaba que ella se disgustara ante esa respuesta, pero Amy le sonrió y le dijo:

—No te preocupes por eso. Ya se te ocurrirá algo.

Pasaron sólo unos minutos antes de que Taishi, esta vez con el rostro serio por primera vez, abriera la puerta. Li Liang estaba detrás de él. Y cuando salieron del camarote vieron que Zhang se había dignado salir de sus lujosas comodidades para la partida. Sin duda pensaba que esa sería la última vez que vería a Warren, y quería saborear personalmente la revancha que había planeado para el.

—Confiamos en que la recuperación del jarrón no tardará mucho, capitán —le dijo Li en nombre de Zhang.

—Depende de cuánto tarde en encontrar al hombre que lo tiene. ¿Voy a ir solo o con una escolta?

—Estará acompañado, por supuesto. No se puede confiar en los norteamericanos.

—¿Y en los chinos sí? Es una broma —le contestó Warren con desprecio.

Amy interrumpió antes de que les hicieran confesar sus planes. Como la confianza era lo único con lo que contaba Warren en ese momento, no era bueno que admitiera que no la tenía.

—¿Por qué no continuamos con esto, caballeros, y dejamos los insultos para otro momento?

Warren se volvió.

—¿Dejamos? ¿Dónde demonios crees que irás?

—Contigo, por supuesto.

—Ni lo sueñes —le dijo y se volvió hacia Liang—. Ya es suficiente, ya tuve suficiente de su irritante compañía. Si mi hermana no lo hubiera impedido le habría cortado el cuello. Pero ahora estamos aquí y ya no tengo que aguantarla, así que manténganla alejada de mí.

Amy sabía que decía todo eso para convencer a Zhang, pero aun así le dolía.

—Iré contigo, capitán, o el grito que vas a oír hará que las autoridades lleguen de inmediato para investigar. Y sé que en las ciudades pequeñas como esta tienen guardias en los muelles, y también en los barcos que nos rodean, así que creo que me van a oír.

Zhang dijo algunas palabras, y Li respondió:

—Ella va con usted, capitán. Comprenderá que no queremos llamar la atención.

Por supuesto que comprendía, ya que ellos planeaban dejar dos cuerpos muertos, y el barco no estaba equipado para lucha o defensa. Los chinos no estarían a salvo hasta que abandonaran completamente las aguas estadounidenses.

Si Amy no hubiera formado parte del grupo, no hubieran enviado a tantos hombres con Warren, pero al incluir a Amy enviaron a seis hombres, a Li Liang y a dos guardaespaldas personales de Zhang. Warren no se engañó pensando que iba a poder contra todos, ni siquiera con las lecciones de Taishi en su haber. Esta fue la razón por la cual nunca se sintió tan feliz en toda su vida como al ver que uno de los barcos Skylark estaba en la dársena de al lado, y no era un Skylark cualquiera. Era el Amphitrite, el barco de Georgina, y la situación había cambiado completamente en su favor.

—Estamos de suerte —dijo para que Li le oyera, mientras se detenía debajo de la plancha del barco de su hermana y gritaba—: ¡Ah del barco!

Liang se dirigió a su lado para preguntarle:

—¿Su amigo está en ese barco?

—Podría ser —le respondió Warren de manera evasiva, mientras esperaba que apareciera el vigía.

Pasaron unos minutos muy tensos en los cuales Liang podría haberles matado. Pero no lo hizo. La suerte de Warren avanzaba a pasos agigantados. Conocía al hombre que apareció en la baranda.

—¿Es usted, capitán Anderson?

—Así es, Mr. Cates.

—Sabíamos que estaba usted en Inglaterra.

—Un cambio de planes me trajo de regreso. ¿Ha visto el barco que está amarrado aquí al lado?

—Por supuesto, capitán.

—Si no regreso dentro de una hora y subo a bordo con usted, destrúyalo. Controle el tiempo, Mr. Cates. Una hora exactamente.

—Sí, sí, capitán —respondió Mr. Cates después de un momento.

Pero detrás de Warren se produjeron algunas órdenes furiosas, y cuando él se volvió vio que uno de los hombres de Zhang corría hacia su barco para advertir a su señor.

—Dile que regrese, Li, o cambiaré la orden para ahora mismo —le indicó Warren a Li.

Otra orden y el hombre regresó trotando hacia ellos. Warren le sonrió a Li.

—Es sólo por mi seguridad. Pueden tener el maldito jarrón, pero no me tendrán a mi ni a la muchacha con él.

—¿Y qué seguridad tenemos de que no volverá a dar esa orden una vez que esté seguro a bordo de ese barco? —deseaba saber Li.

—Tendrá que conformarse con mi palabra.

—Inaceptable.

—Será todo lo que tendrán.

Amy le hubiera pegado un puntapié. No les estaba dejando otra opción más que hacer algo drástico.

—Sé que su orgullo está herido por todo esto y que no querrá que en su ciudad natal sepan que tuvo que regresar contra su voluntad, lo cual seguramente se descubriría si tuviera que explicar por qué usted llenó el muelle de cuerpos muertos y los desechos de un barco. Le dejará partir con su jarrón, Mr. Liang, puede contar con eso. Ahora, ¿podemos continuar?

Warren la miró disgustado por haberle arruinado su venganza. Sin embargo, Li creyó en sus palabras e indicó que podían proseguir.

Ahora el tiempo lo era todo, y como había veinte minutos hasta la casa de Ian MacDonnel por el camino directo, Warren les llevó por el indirecto, a través de un laberinto de calles laterales y callejones. Esto le daba diez minutos extra y treinta para regresar al muelle, el cual tardarían en encontrar sin él, especialmente si Li había pensado en partir antes de la hora convenida.

La casa de Mac no quedaba lejos de la de Warren. Si

Amy no hubiera estado con él, habría intentado escapar para eludir a la guardia el tiempo suficiente como para que Zhang volara al agua. Era un pensamiento que valía la pena saborear, considerando lo que Zhang había planeado para el. Pero Warren nunca hubiera arriesgado así la vida de Amy.

Tuvieron que llamar a la puerta de la casa de Mac durante cinco minutos para que el escocés se levantara de su cama y contestara.

—¿Qué hora es? —fueron las primeras palabras de disgusto que salieron de su boca antes de que advirtiera quién había perturbado su sueño.

—Ya sabemos que hora es, Mac.

—¿Eres tú, Warren?

—Sí, y te lo explicaré más tarde. Ahora estamos un poco apurados, así que, ¿me podrías dar el jarrón Tang?

Mac miró a Amy y a los hombres chinos que estaban detrás de Warren.

—Lo metí en el Banco. Pensé que allí estaría más seguro.

Warren hizo una mueca.

—Temí que lo hubieras hecho... pero ahora veo que no lo hiciste. Está bien, Mac, tráelo.

—¿Estás seguro de que quieres que lo haga?

—Sí. Esa maldita cosa ya trajo suficientes problemas. Lo enviaré de regreso con su legítimo dueño. Ahora, apúrate, Mac.

Mac asintió con la cabeza y se alejó por el pasillo. Ellos esperaron en el salón de entrada. Todas las puertas estaban cerradas. Mac había dejado sólo una vela encendida, y era suficiente para ver que Li estaba indeciso.

Aún no se le había ocurrido. A Li le habían dado órdenes específicas sobre dos ejecuciones, y los chinos eran fanáticos para cumplir sus órdenes. Aún estaba tratando de pensar en cómo hacerlo y evitar que mataran a su señor.

—No se puede —le señaló Warren como de paso, atrayendo la mirada furiosa del chino hacia él—. Nunca regresarás a tiempo. ¿Realmente crees que Zhang quiere morir por una pequeña venganza... cuando lo más importante aquí es el jarrón?

Li no respondió, y Mac regresó en ese momento con el jarrón. Li trató de tomarlo, pero el escocés le alejó hasta que pudo entregárselo a Warren.

Amy se acercó para ver mejor la antigüedad que había provocado que la transportaran a través del océano, un viaje del que no se arrepentía, a pesar de la tensión que sentía en la habitación, y el saber que aún Warren y ella no habían salido de ese dilema. Esa pieza de porcelana era una exquisita obra de arte. Era tan delicada que era casi transparente, trabajada en dorado y blanco, con una escena oriental en miniatura. Debía valer una fortuna, pero en ese momento valía sus vidas.

Warren estaba pensando lo mismo, y, repentinamente, recordó lo que había hecho Georgina con este jarrón cuando ella regresó de Inglaterra. Lo sostuvo en sus manos y lo giró lentamente de un lado para otro. Luego miró a Liang y le dijo:

—Sería una lástima que lo dejara caer, ¿verdad?

El chino se puso pálido.

—Moriría instantáneamente —le prometió.

—De cualquier manera ese era el plan, ¿verdad? —le respondió Warren, y luego sin mirarla le indicó a Amy—: Vete a aquella habitación con Mac y enciérrate. ¡Vete! —y a Liang que intentó detenerla le dijo—: Olvídate de ella. Ella nunca fue un factor importante en esto, excepto que a mi hermana le agrada. Tendrás el jarrón, pero regresaremos al muelle sin la muchacha.

Y eso fue lo que hicieron. Y Amy, que se encerró en un armario que no tenía llave en la puerta ni nada con qué hacer una barricada, y estaba segura de que Warren lo sabía y estaba fanfarroneando para apartarla del camino, estaba furiosa por haber tenido que hacer la voluntad de Warren sin tener tiempo de pensar.

Mac abrió la puerta.

—Ya puede salir, señorita.

—Es lo que iba a hacer —le respondió Amy—. Y no se quede ahí, hombre. Busque un arma, o más si tiene. Tenemos que regresar al muelle para asegurarnos de que no traten de hacer algo en el último momento.

—Creo que a Warren no le gustaría eso —contestó Mac dudosamente.

—Y yo creo que no me importa lo que le gustaría en este momento. Encerrarme en un armario... —luego agregó—: ¿Qué está esperando? Vamos.

38

Amy y Mac llegaron demasiado tarde para ayudar, pero no se necesitó ninguna ayuda. Llegaron al *Amphi-trite* justo a tiempo para ver que Warren bajaba de él. El barco portugués no había perdido tiempo en alejarse, y ya estaba sumergido en la oscuridad, más allá de las luces del puerto.

Amy no se sintió decepcionada al ver que su ayuda no había sido necesaria. Se arrojó a los brazos de Warren para compartir su alivio porque todo había terminado. No advirtió que él no le devolvió el abrazo.

—¿Qué hace ella aquí? —le preguntó Warren a Mac.

—Te diré que ella es tan mandona como tu hermana le contestó Mac.

Amy se alejó de Warren para mirar indignada al escocés pelirrojo.

—Estoy segura de que no lo soy, y si lo fuera, ¿qué? Él podría haber necesitado nuestra ayuda, y si lo hubiera hecho, ¿cómo la habría conseguido si no hubiéramos estado aquí? Dígame.

—No importa, Mac —suspiró Warren—. No querría tratar de comprender eso, créeme —y a Amy le dijo—: Ven y te llevaremos a la cama. Mañana buscaremos un barco que te lleve a casa.

Ella se apaciguó porque él mencionó la cama, y suponía que él aún la compartiría con ella. En cuanto al barco de mañana, le disuadiría de esa idea rápidamente. Tenía deseos de ver algo de la ciudad natal de Warren antes de regresar a Inglaterra.

Mientras caminaba junto a él, le preguntó:

—¿Qué sucedió? ¿Li realmente creyó en tu fanfarronada sobre querer hacerles volar al agua?

—No fue una fanfarronada, Amy.

—¡Oh! —le contestó un poco sorprendida.

—Y mientras yo tuviera el jarrón no se iban a arriesgar tratando de sacármelo. Regresamos aquí y yo le pregunté a Mr. Cates si las armas estaban listas. Cuando me contestó que sí, le arrojé el jarrón a Liang.

—¿Lo arrojaste? No, no lo hiciste.

—Por supuesto que lo hice, y su expresión antes de que lo recogiera casi justificó todo este incidente.

—Yo conozco otras cosas que hicieron que valiera la pena.

—No —fue todo lo que le contestó.

Warren apuró su paso, así que ella no podía continuar la conversación mientras trataba de mantener el paso. Nada que no conociera ya. Echaba de menos su carácter. Él no había obtenido nada de semejante situación; en realidad había perdido una valiosa antigüedad. La tenía a ella, pero Amy pensó que no contaba con eso, especialmente después de que ella estuvo disponible cuando él se lo pidió.

En su casa, se la presentó al ama de llaves, quien tuvo que levantarse para acomodar a Amy. La llevaron hasta la antigua habitación de Georgina y le dieron algunos de sus camisones. Había algunos vestidos viejos que se podría poner a la mañana siguiente.

Cuando le preguntó si quería algo para comer antes de acostarse, Amy respondió que cualquier cosa que no fuera arroz estaría bien. No se molestó en dar explicaciones, ya que le esperaba un baño caliente, y todo lo que quería era sumergirse en él.

Pero una vez que ya se había preparado para ir a la cama, no tuvo intenciones de meterse en ella, por lo menos no sola. Estuvo esperando que Warren llegara, y tuvo una larga espera, ya que el no tenía intenciones de acostarse con ella. Cuando por fin lo comprendió, pensó en algunas excusas para justificar su ausencia, pero ninguna de ellas parecía valedera, así que le fue a buscar. La tercera habitación que revisó resultó ser la de Warren.

Él tampoco se había acostado aún. Estaba sentado en una silla, con una botella de whisky entre los brazos cruzados, observando la chimenea apagada. No la oyó entrar, y ella dudó en llamarle la atención, porque le dolió ver que realmente no tenía intenciones de estar con ella. No sabía qué pensar de la situación, pero ciertamente no pensó que sería algo permanente. Eso nunca entró en su mente.

Finalmente le dijo:

—¿Warren? —decidida a averiguar que era lo que andaba mal.

Él giró la cabeza para mirarla.

—¿Qué estás haciendo aquí?

—Buscándote.

—Bueno, ahora que me encontraste, vuelve a la cama, Amy. Terminó, Amy.

—Lo desagradable sí, pero lo nuestro no.

—Sí.

—No puedes decirlo en serio.

Se levantó de la silla para enfrentarse a ella. No se tambaleó. No faltaba mucho de la botella. Había estado demasiado ocupado cavilando como para beber.

—Maldición —casi gritó—. ¿Cuándo vas a dejar de esperar algo que no va a suceder?

Amy se tensionó ante el repentino ataque.

—Si te refieres al casamiento, puedo vivir sin él si tú puedes.

—Por supuesto que puedes —le contestó con un gesto despectivo—. Y también tu maldita familia.

Él tenía razón, por supuesto. Nunca podría vivir en pecado con él.

—Entonces continuaremos como amantes —le sugirió Amy, aunque era difícil determinarlo en ese momento—. Nadie tiene que saberlo.

—Presta atención, Amy —le pidió lenta y precisamente—. Ya he tenido suficiente de ti. Ya no necesito lo que tienes para ofrecer.

Warren estaba siendo deliberadamente cruel, como ya lo había sido muchas veces antes. Sólo que esta vez la enfureció y ella se desquitó con lo que una vez le había dicho Jeremy.

—¿Ah, sí? —le contestó mientras dejaba caer al suelo la bata que llevaba puesta. Vio con satisfacción cómo contenía el aliento—. Entonces, mira por última vez, Warren Anderson, así recordarás exactamente a lo que estás renunciando.

Amy estaba desnuda, y eso le impactó. Avanzó hacia ella y se puso de rodillas. La abrazó la cintura y apoyó el rostro sobre su abdomen. Su gemido fue sincero.

Amy olvidó rápidamente la retribución. Warren olvidó rápidamente sus resoluciones. Sólo existía el fuego que se encendía cada vez que se tocaban. Los remordimientos podían dejarse para mañana.

Ambos iban a tenerlos, aunque desafortunadamente, no por las razones que pensaban.

39

—Parece que llegamos tarde —señaló Connie.

—Bueno, no me mires a mí —dijo Anthony—. Yo no fui el que nos metió en esa tormenta que nos llevó hasta Groenlandia. Mi querido hermano tiene ese honor.

—Será mejor que le pongas una tapa al asunto, cachorro. Tu querido hermano está por cometer una mutilación criminal.

Eso no era verdad, pero se acercaba bastante. James estaba de pie en el otro costado de la cama, mirando a la pareja dormida, y deseando que aquella tormenta no se hubiera interpuesto entre él y su presa. Tardaron dos semanas para cubrir la brecha otra vez, pero aun así les llevaban ocho horas, razón por la cual su barco no amarró hasta la mañana siguiente, y no había señales del otro barco. Era demasiado para sus planes de acorralar a esos astutos pillos.

Él no supuso que el *Nereus* podía llegar primero. Supuso correctamente que Warren había tratado de forma exitosa con los chinos y ahora lo podía encontrar en su casa. Los dos hermanos y Connie habían ido allí directamente, pues no podrían mitigar su preocupación hasta que se aseguraran de que Amy estaba bien. La casera de los Anderson les aseguró que así era, y que el capitán y su huésped aún estaban durmiendo.

Ella se retiró para prepararles el desayuno. Ellos subieron por la escalera para buscar a la pareja perdida. No esperaban encontrarles juntos.

Ahora James se encontraba furioso junto a Warren, pero sabiendo muy bien que no podía matar al hombre por haber tomado la inocencia de Amy, cuando él había hecho lo mismo con Georgina, la hermana de Warren, y la había dejado embarazada. Lo que más le enfurecía era que esto lo confirmaba. Ahora habría que darle la bienvenida a la familia al presuntuoso, y no sólo como un cuñado que podía ser poco tolerado e ignorado, sino como el sobrino político de James. ¡Su sobrino!

—Supongo que podemos ser generosos, y pensar que están casados —comentó Anthony, pero su sugerencia provocó dos miradas de disgusto—. Bueno, no es tan descabellado.

Connie retrocedió para salir del camino antes de decir:

—¿Por qué no se lo preguntas?

—Déjame que lo haga.

Como Anthony era el que estaba más cerca, se inclinó y le dio una palmada con el revés de la mano para llamar su atención. Y la obtuvo rápidamente. Con esa clase de persuasión, Warren se despertó defendiéndose.

Anthony ya se había corrido de la zona de peligro, pero fue al primero que vio Warren.

—¿De dónde diablos saliste?

—Yo tengo una mejor para ti, viejo —le respondió Anthony—. ¿Te casaste?

—¿Qué clase de pregunta...?

—Una muy pertinente en este momento. Ah, veo que recordaste que no estás durmiendo solo. ¿Y?

—No me he casado con ella.

—Tendrías que haber mentido, Yank, o al menos haber agregado «aún». Es muy estúpido por tu parte no haberte dado cuenta.

—¿Quién dijo que era inteligente?

Warren giró y vio a Connie al pie de la cama, y luego a su cuñado, a quien acababa de oír hablar.

—Dios mío —se volvió a apoyar en la almohada—. Dime que estoy soñando.

La que respondió fue Amy, ya que Warren le había tocado el hombro para despertarla.

—¿Qué...?

—Tenemos compañía —la interrumpió Warren con un tono de disgusto.

—Ya lo creo que... —pero se detuvo al ver a su tío James junto a la cama, con la mirada encendida y consternada—... la tenemos.

—Me alegro de ver que estás bien, gatita —le dijo Anthony, y añadió—: por lo menos en gran parte.

Amy gruñó y escondió el rostro en el hombro de Warren. Pero la pesadilla empeoró.

—No necesitas hacer eso, querida niña —le indicó James desde detrás—. Sabemos quién tiene la culpa.

—Es un sueño —le aseguró a Warren—. Se irán tan pronto como despertemos.

Warren suspiró.

—Por una vez quisiera que no te engañaras, Amy.

—¡Oh!, qué amable —se inclinó para mirarle—. Es espléndido. Y no creas que no recuerdo que anoche trataste de eludirme. Terminamos, ¿verdad? ¿Quién engaña a quién?

—Se echa bien la culpa, ¿verdad? —señaló Anthony.

—Me recuerda a Regan y su tendencia a manipular cada pequeña situación —observó Connie.

—Y desafortunadamente tienen el mismo gusto atroz para los hombres —concluyó James.

—Muy divertido, caballeros —les dijo Warren—. Pero por respeto a la dama, ¿por qué no salen de aquí de modo que podamos vestirnos antes de continuar con esto?

—No pensarás escapar por la ventana, ¿verdad? —le respondió Anthony.

—¿Desde el primer piso? No tengo interés en romperme el cuello, gracias —le contestó Warren.

—Eso es muy divertido, Yank —Anthony se sonrió—. Tu cuello es la menor de tus preocupaciones en este momento.

—Es suficiente, Tony —le señaló James, y a Warren le aclaró—: según recuerdo, el estudio es el mejor lugar para estas discusiones. No tardes.

Warren saltó de la cama en cuanto se cerró la puerta y comenzó a ponerse su ropa. Amy se sentó más lentamente, tapándose el pecho con la sábana. Todavía estaba sonrojada.

No podía sentirse más mortificada. Hablar de seducir a un hombre era una cosa, pero que la encontraran con él era otra. No quería volver a ver a sus tíos. No tenía elección.

—Si no supiera que no es así, pensaría que tú planeaste esto —le dijo Warren mientras se ponía la chaqueta.

Amy se tensó al escuchar el tono de amargura de Warren. En ese momento no podía manejar uno de sus ataques.

—Yo no te obligué a hacerme el amor anoche —le señaló.

—¿No lo hiciste?

La acusación la hirió profundamente, pero le hizo verse con los ojos de su hombre. Warren tenía razón. Ella había recordado lo que le dijo Jeremy y lo había usado contra Warren. Había sido completamente egoísta desde el comienzo de su campaña para conquistarle, sin tener en cuenta sus sentimientos del momento, sólo los que tendría más tarde. Pero estar segura no era una prueba positiva. Había sido injusta.

Levantó la vista para decirle que lo lamentaba, que no le manipularía más, pero él ya se había ido de la habitación.

—¿Así que aquí es donde te derrotaron? —le dijo Anthony a su hermano mientras entraban en el gran estudio—. Bueno, había mucho lugar para hacerlo.

—Cállate, Tony.

Pero Anthony nunca escuchaba un consejo a menos que le conviniera, y agregó:

—Mientras estamos aquí también debes mostrarme el infame sótano, así, algún día podré contarle todo a Jack. Estoy seguro de que se sentirá fascinada al escuchar cómo su tío casi ahorca a su padre.

James se adelantó. Connie saltó y se colocó entre ellos. Y Warren entró y preguntó:

—¿No han podido esperar por mí?

Los dos hermanos se separaron bruscamente. Connie se arregló la chaqueta y le dijo con tono ameno:

—Llegas a tiempo, Yank. Estaban por olvidar que es a ti a quien les gustaría estrangular.

—¿Quién quiere tener el placer? —preguntó Warren.

—Yo no, viejo —respondió Anthony—. Yo ya pasé por esto, aunque no tenía a mis parientes como apoyo. Tuve que comportarme de manera honorable por mí mismo.

Warren se volvió hacia James.

—¿Entonces te vas a hacer el hipócrita?

—No. Mientras arregles bien las cosas, mantendré mis manos alejadas de ti. Y dadas las circunstancias, creo que no tienes elección, ¿verdad?

Warren lo sabía y, por eso, se sentía furioso consigo mismo. Una cosa era disfrutar de los encantos de Amy mientras su familia no se enterara, pero ahora que lo sabían era algo muy distinto.

—Me casaré con ella, pero no viviré con ella y no toleraré más interferencias de ustedes dos, malditos desgraciados.

—Bueno, hombre, no tienes que ser tan complaciente —le dijo Anthony—. Nos conformábamos con la parte del casamiento.

—¿Quieres casarte conmigo?

Warren se volvió y vio a Amy junto a la puerta. Se había puesto su vestido arrugado. Estaba descalza. Se había arreglado el cabello con los dedos. Y ya no tenía esa efervescencia tan particular.

Warren estaba demasiado enojado como para advertir la tensión en su pecho, demasiado enojado como para ver que ella estaba ansiosa por su respuesta.

—Ya conoces la respuesta a esa pregunta. Nunca dije lo contrario, ¿verdad?

Amy tendría que haber estado preparada para esa respuesta, pero escucharla después de todo lo que habían compartido... después de la noche anterior... El dolor era casi intolerable, se expandía en su pecho y su garganta. Pero él estaba allí, más enojado y obstinado que nunca, y prefería morir antes que demostrarle lo mucho que la había herido.

—Entonces eso lo resuelve todo.

—No, querida niña, sus preferencias no entran en esto —le dijo James.

—Por supuesto que sí. No me casaré con él.

—¿Sabes lo que va a decir tu padre de esto? —le preguntó James con incredulidad.

Pero Amy sólo respondió:

—No me casaré con él hasta que me lo pida.

—Eso es ser demasiado obstinada, gatita —le dijo Anthony.

Y James agregó:

—Él te pedirá que te cases con él, Amy. Te lo garantizo.

—Esa clase de petición no cuenta. Tiene que sentirlo, y yo tengo que saber que lo dice en serio. Ya te lo dije antes, tío James, que no lo tendré si viene forzado al altar. Eso termina con esta discusión. Ahora me gustaría volver a casa lo antes posible, si alguno de ustedes puede arreglarlo.

No volvió a mirar a Warren. Simplemente se alejó tan tranquilamente como había llegado. Pero la exasperación que había dejado era palpable, por lo menos para dos de los ocupantes de la habitación.

—Maldición —exclamó James.

—Bueno, eso te saca del gancho, Yank —comentó Anthony disgustado—. Pero también significa que te mantendrás alejado de ella o limpiaré el suelo contigo.

Warren no estaba preocupado por esa amenaza, ya que no tenía intenciones de volver a acercarse a Amy. Pero no estaba seguro de si lo que ahora sentía era alivio, y si no era así, ¿por qué demonios quería correr tras ella? No iba a ceder ante esa emoción desconocida.

Para olvidar la pregunta, se volvió hacia James y le preguntó:

—¿Cómo llegaste hasta aquí tan rápidamente?

—En tu barco.

En otro momento, Warren hubiera explotado al escuchar algo así, pero en este estaba encantado de tener su barco a su disposición. Se mudaría a sus cuarteles de inmediato.

—Entonces tendrán que disculparme, caballeros.

Bienvenidos a mi hogar. Iré al *Nereus* para ver qué quedó de él.

Fue un puñal que llegó hasta el corazón de marinero de James. James se desquitó contestándole:

—No mucho.

Warren no mordió ese anzuelo.

—Comprenderán que, dadas las circunstancias, no podré ofrecerles transporte de regreso a Inglaterra.

—Como si te pusiéramos a ti y a Amy juntos en otro barco —se quejó Anthony.

Warren tampoco mordió ese anzuelo.

—Entonces, quizá no nos volvamos a ver.

Todos esperaban eso.

40

Los hermanos de Warren habían regresado a Inglaterra a principios de la semana, con el nuevo administrador. Si partía de inmediato podría encontrarse con ellos en el mar y así no tendría que regresar solo a Inglaterra.

No partió de inmediato. Averiguó qué otros barcos partirían para esa parte del mundo. Uno partiría dentro de tres días. Esperaba que Amy estuviera en él. Y como ella y sus tíos se irían tan pronto, no tenía sentido regresar a Londres. Ellos podrían encargarse de dar explicaciones a sus hermanos. El nuevo administrador estaría instalado en la oficina de Skylark. Él no tenía nada más que hacer en Londres... excepto volver a estar demasiado cerca de Amy.

Esto último le persuadió para mantenerse alejado de Inglaterra durante algunos años, especialmente cuando le costaba mantenerse alejado de su casa mientras Amy aún estaba allí. Aún tenía la desagradable sensación de que no tendría que haber permitido que terminara de esa manera, de que tendría que haberle explicado en privado por qué aún no podía casarse con ella, que él no la objetaba a ella sino al casamiento. Probablemente ella lo sabía, ya que conocía sus antecedentes, incluyendo su historia con Marianne, pero no hubiera estado de más reiterarle por qué no le pediría que fuera su esposa.

Y no podía sacar de su mente aquella última imagen

de ella, con esa mezcla de dolor, derrota y obstinación que había cambiado su apariencia, la hizo parecer mayor de dieciocho años, hizo que deseara consolarla. Ella había venido a rescatarle, se negó a tenerle, excepto en sus términos. Estaba agradecido por eso... o debía estarlo. Pero lo concreto era que se había negado a tenerle.

No dejaría que eso también le molestara, ¿verdad?

Warren se entregó al trabajo y a encontrarse con viejos amigos. El día que Amy partió, se emborrachó y pasó el día siguiente en cama deseando no haberlo hecho; luego continuó con su vida. Regresó a su casa, pero no a su habitación, cuyos recuerdos eran demasiado intensos. Arregló un viaje a West Indies que llevaría varios meses; compró las mercaderías, y pasó la última noche con Mac, quien, sabiamente, no mencionó a ninguno de los Malory.

La mañana de su partida caminó hasta el muelle para disfrutar del clima veraniego, pero con el estado de ánimo que tenía no encontró nada agradable. Habían pasado cinco días desde que Amy se había ido de la ciudad, y ya era más fácil no pensar en ella... Eso no era verdad. No podía dejar de pensar en ella. Pero sería más fácil. Tenía que serlo, porque los recuerdos se estaban convirtiendo en dolorosos.

Aquella caminata por la ciudad no fue muy tranquila. Al girar en la esquina que conducía al muelle, Warren vio a Marianne, y las viejas amarguras casi le ahogan. Iba vestida con un vestido amarillo que hacía juego con su sombrilla, y tenía el aspecto de la esposa de un hombre rico, aunque él había oído hablar de su divorcio. No estaba seguro de qué pensar al respecto, porque no había tenido tiempo de hacerlo.

Tenía que pasar junto a ella para llegar al muelle. No lo haría. Giró para cruzar la calle, pero ella le vio. Cuando le llamó se puso tenso, pero no dio otro paso. Esperó que ella se aproximara. En otra oportunidad hubiera accedido a su más mínima petición. Pero ahora ni siquiera toleraba verla, aunque con su cabello rubio y sus ojos celestes estaba tan hermosa como siempre.

—¿Cómo estás, Warren?

—No de muy buen humor para conversaciones ociosas —le respondió fríamente—. Así que si me perdonas...

—¿Aún amargado? Esperaba que no.

—¿Por qué? ¿Pensabas retomar donde dejaste? —le dijo con desprecio.

—No. Ya tengo lo que quería. Independencia de cualquier hombre. No dejaría eso por nada.

—Entonces, ¿por qué estamos hablando?

Ella le sonrió, indicándole paciencia. Había olvidado eso de ella, su infinita paciencia. Ahora que lo pensaba, era más una falta de emoción por parte de ella, tan diferente de la paciencia de Amy, o mejor dicho de la tolerancia, ya que Amy no era paciente.

—Cuando me enteré de que habías regresado, casi fui hasta tu casa. Pero no me animé. Así que me alegro de que nos hayamos encontrado, porque quería decirte que lamento el plan de Steven. No podía decírtelo antes, pero ahora que estoy divorciada puedo.

—¿Se supone que debo creer eso?

—Está bien si no lo haces. Necesitaba tranquilizar mi conciencia. No porque hubiera hecho nada diferente, pero nunca me sentí bien al hacerlo.

—¿Hacer qué, Marianne? ¿De qué demonios estás hablando?

—Steven arruinó todo. Era un plan bien concebido por él antes de que tú y yo nos conociéramos. Y tú caíste en él. Tú eras joven y crédulo, y era un plan simple. Que te enamoraras de mí y luego dejarte plantado por tu peor rival. Pero el bebé era parte del plan. Y también el divorcio. Como dije, lo tenía todo planeado de antemano. Todo lo que necesitaba era una mujer para llevarlo a cabo, y la encontró en mí, porque lo que me ofreció a cambio era demasiado bueno como para que yo lo rechazara. Ser rica e independiente, sin tener que depender de ningún hombre. Ese fue el anzuelo. Fue por eso que lo hice.

Warren estaba demasiado incrédulo en ese momento como para enojarse.

—¿El bebé formaba parte del plan?

—Sí. Lo que Steven iba a decir si tratabas de reclamar al niño, era casi todo verdad. Yo me estaba acostando con él. Insistió en que lo hiciera, no porque le gustara ni nada de eso, sino para que el niño diera resultado. No le importaba quién era el padre del niño, mientras tú pensaras que lo eras.

—¿De quién era el niño?

Ella se encogió de hombros con indiferencia.

—Honestamente no lo sé. Yo no iba a dejar que lo conservara, eso también formaba parte del plan... así que traté de no apegarme demasiado a él.

—¿Steven lo mató?

Warren la había sorprendido.

—¿Eso fue lo que pensaste? No. Esa es la parte divertida. En realidad quería al muchacho. Estaba realmente deshecho cuando sucedió el accidente.

—Seguro.

Ella frunció el entrecejo.

—Le dejaste ganar, ¿verdad? Dejaste que todo sucediera como estaba planeado.

—Creo que no tenía otra elección, ya que era demasiado crédulo.

—Me refería a ahora. ¿Crees que no veo lo amargado que estás aún? ¿Por qué no lo has olvidado? ¿No ves que la única razón por la cual estuvimos casados tanto tiempo fue porque él creía que aún me amabas? El trato era que obtendría el divorcio después de unos años, pero no me lo daría si pensaba que nuestro matrimonio te arrancaba algunas gotas más de sangre. La única razón por la que finalmente lo obtuve fue porque te mantuviste alejado lo suficiente como para que ya no se deleitara.

—Así que estuviste con él más de lo que imaginabas. ¿Crees que me importa?

—Quizá te gustaría saber que él nunca me importó, y él sintió lo mismo por mí durante todos estos años.

—Así que, después de todo, existe la justicia.

—También te gustaría saber que se aburrió con el último plan, que estaba preparando otro.

—¿Realmente crees que cometería el mismo error dos veces?

—No. Sólo pensé que deberías saber que no ha terminado en lo que a él respecta. Realmente te odia. Me preguntaba si estaba bien de la cabeza cuando se enfurecía por aquellos desprecios de la infancia y los ojos negros, cosas pequeñas que no tenían importancia. Pero se enfurecía porque aquellos incidentes de la infancia le avergonzaban frente a su padre, y él lo ridiculizaba y humillaba por perder aquellas batallas contigo. También odiaba a su padre, pero nunca lo admitió... creo que le mezclaba contigo. Tú eras más fácil de odiar. No tenía que sentirse culpable por eso.

—En lo que a mí respecta, Steven se puede ir al infierno, pero tú... tú tendrías que haberme dicho que estabas disponible por dinero, Marianne. Podría haber igualado su precio.

El insulto la impactó, y la hizo sonrojar.

—¿Cómo puedes saber lo que es ser pobre y no tener nada? Siempre tuviste lo que quisiste. No quería engañarte de esa manera. No esperaba que fueras tan amable y divertido... como acostumbrabas serlo. Pero hice un trato. Tenía que cumplirlo.

—Sí, por el dinero —le contestó con disgusto.

—Bueno, he aquí algo para redimirme, Warren. Toda la ciudad sabe que la muchacha que tenías en tu casa se negó a casarse contigo. Steven se fue de la ciudad en el mismo barco que ella. Como te dije, estaba buscando una nueva forma de herirte. Parece que cree que la encontró.

41

Georgina no esperó a que la anunciaran y que Amy bajara a la sala. Subió directamente al dormitorio de la muchacha, y como estaba tan enojada, no llamó.

—Amy Malory, no puedo creer con quién te he visto hoy. ¿Tienes idea de..., cómo pudiste salir con ese hombre?

Amy se dio la vuelta en la cama, donde estaba mirando las últimas láminas de moda que su madre había traído a casa.

—Yo también me alegro de verte, tía George. ¿Cómo está la pequeña Jack?

—Puedes intentar ese truco evasivo con tus tíos, pero no lo intentes conmigo, jovencita. El hombre con el que estabas era Steven Addington.

—Sí, lo sé.

—¿Pero no sabes quién es?

—Por supuesto que lo sé —le contestó Amy—. Tú me contaste todo sobre él. Es el hombre que se casó con Marianne. Ya están divorciados.

Georgina se quedó con la boca abierta.

—¿Lo sabías, y aun así permites que te visite?

—Por ahora.

—¿Pero por qué? —preguntó Georgina—. Y no me digas que el hombre te gusta.

—Es bastante buen mozo, ¿no crees?

—¡Amy!

—¡Oh!, está bien —gruñó Amy—. En realidad, es bastante simple. Steven estuvo prestándome atención, cortejándome, desde que salimos de Bridgeport. Al principio me llamó la atención, especialmente porque conocía mi negativa a casarme con Warren. ¿Cómo podía saber eso, sin saber el resto?

—No podía.

—Exactamente. ¿Entonces por qué me iba a cortejar cuando sabía que estaba comprometida?

—¿Pensó que sería una conquista fácil? —sugirió Georgina.

—Yo pensé eso, pero lo deseché. No, él se quiere casar conmigo.

—¿Qué?

Amy asintió con la cabeza.

—Así es.

—¿Te lo pidió?

—No, pero insinuó que lo haría. Creo que está esperando que llegue Warren para hacerlo.

—¿Qué tiene que ver Warren con esto?

—Todo. Piensa en lo que me contaste del hombre, cómo el y Warren eran rivales en su infancia, cómo querían y peleaban por las mismas cosas. Warren quería a Marianne y Steven se la quitó. Steven cree que Warren me quiere, y ahora él también me quiere.

—Supongo que eso no suena lógico, ¿verdad? —admitió Georgina.

—Pero su pequeña espía...

—¿Cuál pequeña espía?

—Una de las criadas de la casa de tu hermano..., la encontré escuchando detrás de la puerta dos veces durante los pocos días que estuve en la residencia. Pero yo diría que el día que llegaron mis tíos no escuchó todo... sólo las peores partes. Por lo menos estoy casi segura de

315

que no escuchó que Warren realmente no quería casarse conmigo.

—¿Por qué?

—Porque Steven expresó su simpatía por Warren, el maldito mentiroso, al creer que Warren no me gustaba. Obviamente esa es la conclusión a la que llegó.

—¿No corregiste su suposición?

—No estaba segura de qué iba a hacer, así que le dejé que pensara lo que quisiera.

—¿Pero por qué continuas con esto?

—Por Warren.

—¿Cómo?

Amy hizo una mueca ante la expresión confusa de Georgina y le explicó:

—Mi modo de obrar no funcionó, tía George, mi franqueza y honestidad no fueron apreciadas. Así que voy a intentar algo tan anticuado y simple como los celos para atraer a Warren.

—¡Oh!, Dios, no será nada simple si involucra a Steven.

—Esa es una bonificación extra. Le daré una razón para desafiar al hombre, y así podrá sacarse esa antigua amargura del cuerpo.

Georgina suspiró, obligada a señalar lo obvio.

—Amy, esto es suponer que Warren te quiere. ¿Cómo puedes estar esperanzada después de lo que sucedió en Bridgeport?

—Tienes razón. Quizá no le importe si me caso con Steven. Todo lo que tengo para continuar es mi instinto.

—Pero quizás él ni siquiera regrese a Londres. No tiene ninguna razón para hacerlo.

—Vendrá —fue todo lo que dijo Amy.

—¿Cómo puedes estar tan segura? No importa, lo sé —Georgina sacudió la cabeza—. Tu instinto.

Georgina regresó a casa triste, segura de que Amy sufriría una mayor decepción. Si conocía a su hermano, y lo conocía, se mantendría tan lejos de la muchacha como pudiera, lo cual significaba algún lugar en el otro extremo del mundo. Así que se sorprendió al reconocer la voz que provenía del estudio de James como la de Warren, y al confirmarlo cuando abrió la puerta.

—¿Por qué no haces algo? —estaba preguntando Warren—. Se está poniendo en ridículo.

—A mí me parece que está recobrando sus sentidos —le respondió James repentinamente—. Tú eras el que la hacía poner en ridículo.

—¿Sabes quién es ese hombre? Se casó con una mujer y la obligó a tener un hijo sólo para vengarse de mí. Probablemente está detrás de Amy por la misma razón, porque piensa que podrá herirme si la conquista.

—¿Lo hará?

—Eso no es de tu incumbencia, Malory —replicó Warren, y luego se pasó la mano por el cabello y agregó—: Mira, si me enfrento con Addington, temo que le voy a matar. Ha interferido en mi vida demasiado drásticamente como para pasarlo por alto.

—No sé qué esperas que haga, Yank. Está bien establecido que Amy no escuchará ningún consejo cuando se trate de su corazón.

—Entonces hazle una advertencia. Como tío de Amy ya deberías haberlo hecho. ¿Por qué no lo hiciste?

James arqueó una ceja ante el ataque.

—No sabía que ese individuo era un enemigo personal tuyo. Y si lo hubiera sabido, no creo que me hubiera importado. Durante el viaje su comportamiento fue irreprochable.

—Ya te dije de qué es capaz.

—En tu opinión, pero, ¿qué pruebas tienes?

—Su ex esposa me confesó todo antes de que me fuera de Bridgeport, cómo le pagó para que me persiguiera hasta que me declarara, y luego me plantara. Como tener un bebé y hacerme creer que era mío formaba parte del trato, así como también casarse con la promesa del divorcio cuando terminara.

James bufó.

—¿Y esperas que crea en tu palabra, la palabra de una mujer divorciada que posiblemente alberga una aversión tan grande contra el hombre como para difamarlo?

—¡Entonces, vete al infierno! —exclamó Warren mientras salía de la habitación, y sólo agregó un cortés—: Georgie —al ver a su hermana ante la puerta.

Ella se dirigió al escritorio de su esposo para preguntarle.

—¿Qué te sucede, James? Hubieras ido tras de Addington si otro te hubiera dicho lo que te acaba de decir Warren. ¿No le creíste?

—Por el contrario, querida. No tengo dudas de que Addington es un malvado como lo describió tu hermano.

—¿Entonces, por qué no juras que matarás a ese hijo de puta?

—¿Y negarle ese placer a tu hermano? Ni lo pensaría, ya que el temperamento que tiene es tan divertido.

42

Era una tediosa fiesta de jardín, con cien invitados tratando de entretenerse con juegos sobre el césped y charadas, y los anfitriones rezando para que no lloviera. James no hubiera ido, aunque Georgina lo tenía planeado, si no hubiera oído que Amy iba a estar allí, y también Steven Addington. No porque esperara que las cosas se pusieran interesantes... a menos que apareciera Warren. Pero James tenía la sensación de que lo haría.

Fue una sensación que estaba por olvidar cuando llegó el anochecer y se colocaron las mesas en el jardín para alimentar a la horda. La cena fue aburrida, y James estaba por llevar a su esposa a casa cuando Warren apareció por la escalinata de la casa.

James buscó de inmediato a Amy. Seguramente la pequeña descarada estaba sentada a la mesa con Addington. Al parecer no se estaba divirtiendo, sólo escuchaba la exposición del yanqui. James se volvió para ver cuánto tiempo tardaría Warren en divisarles. No mucho.

—Burro arrebatado —murmuró James—. ¿No sabe que esta clase de cosas se deben hacer en privado?

Georgina se inclinó hacia él para preguntarle:

—¿De qué te estás quejando ahora?

—De tu hermano.

—¿Cuál?

—El que está a punto de entretenernos.

Georgina se volvió y vio a Warren que se dirigía directamente a la mesa de Amy. Comenzó a ponerse de pie, pero James la volvió a sentar.

—¿Dónde crees que vas? —le preguntó a su impetuosa esposa.

—A detenerle, por supuesto.

—Muérdete la lengua, George. Vine aquí para ver esto, aunque tendría que haber sabido que tu hermano no iba a hacer esto en forma civilizada.

Georgina se ofendió en nombre de Warren.

—Él aún no ha hecho nada... ¿y cómo sabías que vendría?

—Quizá porque recibió una nota anónima diciéndole que Amy y su galán estarían aquí.

—¡No pudiste hacerlo!

Él arqueó una ceja, sin dejarse impresionar por el disgusto de Georgina, y sin molestarse en admitir que ya había aceptado el hecho, por más deplorable que fuera, de que Warren tenía que casarse con Amy después de haberla comprometido tanto. Y como el único inconveniente parecía ser la tardanza de Warren para pedírselo, James decidió divertirse un poco empujándole en esa dirección... a su manera.

Pero todo lo que le dijo a su esposa fue:

—¿Por qué no?

—¡James Malory!

—Cállate, querida —le advirtió—. Ya llegó a su objetivo.

Warren no se molestó en saludar ni en pedirle que saliera del lugar. Tantos años de encono le llevaron directamente a su asunto. Levantó a Amy de su silla sólo para alejarla del lugar, y luego golpeó a Steven aún sentado. Steven se puso de pie de inmediato y salió tambaleándose.

Las damas que estaban cerca comenzaron a gritar, y los caballeros se acercaron para observar y hacer apuestas. James también se acercó y se detuvo cerca de Amy. Estaba preparado para evitar que ella interfiriera si pensaba hacerlo, pero no lo hizo.

—¿Qué se siente al ver que hay hombres peleando por ti, querida niña? —le preguntó con curiosidad, mientras Steven recibía un golpe en el rostro por segunda vez.

—No estoy segura —respondió Amy—. Pero te lo haré saber cuando vea quien gana.

—Eso es bastante obvio, ¿no te parece?

Amy no respondió, pero James detectó una mueca secreta en sus labios. Suspiró al confirmar que la pequeña descarada era demasiado fiel y estaba demasiado apegada al presuntuoso como para olvidarle. ¿Por qué no podía ser inconstante como la mayoría de las mujeres, y perder el interés por Warren antes de que se produjera el daño irreparable?

Con la pelea cayeron las mesas y se agitaban los invitados; pero ya todo estaba terminando. Warren le dio a Steven dos puñetazos rápidos al estilo que le había enseñado Anthony, pero, desde un principio, fue evidente que no necesitaba ningún movimiento elaborado para derrotar a Steven. El hombre estaba fuera de forma, y pronto se quedó sin aliento.

Sin embargo, Warren no había terminado con él. Tomó un vaso de una de las mesas que aún quedaba en pie y le vació el contenido a Steven en la cara.

El hombre tosió y escupió durante un momento antes de abrir los ojos, y ver que le había agarrado por la camisa y le decía con un tono fulminante:

—Si sabes lo que te conviene, Addington, te mantendrás alejado de ella. También vas a tomar el próximo barco que salga de la ciudad. Y te voy a dar este consejo sólo una vez. Si vuelves a interferir en mi vida, desearás haber estado muerto.

Warren enfatizó esa advertencia volviendo a golpear a Steven. No había recibido un solo golpe, pero no se quedó allí para celebrar su victoria. Se marchó sin decirle una palabra a Amy ni a nadie más.

—¿Ya sabes lo que sientes, gatita? —le preguntó James, mientras Amy observaba confusa la partida de Warren.

Ella suspiró.

—Tendrás que preguntárselo al hombre. Él le da un nuevo significado a la palabra «obstinado».

James se sonrió.

—Es verdad.

Amy estuvo inquieta toda la noche. Las cosas habían funcionado como ella lo esperaba con Addington... hasta el momento. Se suponía que al final Warren no se iría. Se suponía que se arrodillaría y le pediría que se casara con él..., bueno, quizá no de manera tan dramática, pero por lo menos se suponía que se declararía. Pero no, ni siquiera le había dicho hola. Amy sabía que había jugado su última carta. Ya no tenía más ideas, y casi no tenía esperanza. Malditos instintos, obviamente el de ella se había perdido por el camino.

Lo peor de todo era que dudaba de volver a verle. Se marcharía, regresaría a su país, sin siquiera acercarse para decirle adiós. Y esta vez le dejaría irse. No trataría de detenerle o buscarle. Y nunca más esas seducciones, no importaba lo bien que funcionasen al final.

322

Tenía que enfrentarse a esa situación; no podía seguir este cortejo sola. Y Warren lo había aclarado perfectamente, ¿cuántos rechazos más tendría que soportar antes de comprenderlo?

Pero el rechazo dolía.

43

James se detuvo en la mansión de Grosvenor Square en su camino al club, pero su hermano estaba atendiendo negocios en alguna otra parte; Charlotte estaba realizando algunas visitas matinales, y Amy estaba indispuesta para recibir visitas.

Se sonrió mientras regresaba al carruaje. «Indispuesta para recibir visitas», fueron las palabras exactas del mayordomo, y no tenía dudas de que ella le había indicado expresamente que dijera eso. La muchacha llevaba su honestidad hasta los extremos, sin duda que lo hacía.

Estaba subiendo al carruaje, cuando otro se detuvo detrás. Ni siquiera lo habría advertido si Warren no hubiera bajado inmediatamente y se hubiera dirigido a la casa. James se volvió y le interceptó.

—No tienes suerte —le dijo James—. Hoy no recibe a nadie.

—A mí sí —le contestó Warren lacónicamente y pasó junto a su cuñado.

—Espera un momento, Yank. No habrás venido a pedirle que se case contigo, ¿verdad?

—No.

—Me alegra oírlo —James no podía resistirse en enojarle—. Temí que lo hicieras, después de que anoche probaras que estás enamorado de la muchacha.

Warren se puso tenso.

—Addington se lo merecía.

—Por supuesto, querido muchacho. Y tú regresaste aquí para asegurarte de que recibió su merecido.

—Quizá tú quieras un poco.

—Te sientes con suerte después de tu victoria, ¿verdad? Bueno, veamos. Ya hace mucho que posponemos esto.

Se sacaron las chaquetas y adoptaron una postura pugilística en medio del camino de entrada. James, como de costumbre, dio el primer golpe. Warren se tambaleó dando varios pasos hacia atrás.

—Tendrías que haber sido más diligente en tus lecciones —se burló James.

Warren no perdió los estribos.

—Es verdad. ¿Por qué no lo intentas otra vez?

Esta vez estaba preparado y James terminó volando sobre su hombro.

—¿Cómo decías? —Warren también se burló de él.

Después de eso no hubo más charla, y esta no era una pelea fácil como la de ayer. Warren no había aprendido lo suficiente de Taishi, y nada sobre ofensiva. Pero se estaba defendiendo bien contra James y le hizo perder el equilibrio en más de una ocasión, dándole algunos puñetazos contundentes antes de que se recuperara, y alejándose de los puños de James cuando él necesitaba recuperarse. Fue una contienda brutal durante diez largos minutos. Ambos llegaron a la misma conclusión casi al mismo tiempo. No habría un ganador.

—Un maldito empate. No puedo creerlo —dijo James disgustado.

Warren recogió su chaqueta.

—No sé tú, Malory, pero yo tomaré lo que puedo conseguir, y por el momento un empate me satisface.

—Por el momento —se quejó James y luego le miró entrecerrando los ojos—. Tony no te enseñó esos movimientos.

—Mi nuevo camarero lo hizo.

—¿Camarero? Muy divertido, Yank.

Warren así lo creía. Pero su sentido del humor no duró mucho después de la partida de James, ya que el mayordomo se negó a permitirle la entrada... hasta que amenazó con tirar la puerta abajo.

Ahora caminaba por la sala preguntándose si el hombre había ido a informarle a Amy sobre su presencia o a buscar ayuda para echarle. Le latían las mejillas, le ardían los nudillos, y tenía un nudo en el estómago. Esperaba que James disfrutara de su ojo negro y su labio partido.

Amy se quedó sin aliento cuando llegó a la sala después de bajar corriendo por la escalera. No podía creer que alguien le estuviera gastando una broma hasta que le vio con sus propios ojos. Y allí estaba... Oh, Dios, podría haber jurado que ayer Steven no lo había tocado.

Sin saludarla, se acercó a ella, cerró la puerta, la tomó de la mano y la llevó hasta el sofá. Eso le pareció bien... hasta que se sentó y la puso boca abajo sobre sus rodillas.

—¡Espera! —gritó Amy—. ¿Qué estás haciendo? No, se supone que me debes escarmentar... ¡Warren!

La primera palmada sonó como una cachetada.

—Esta es por tratar de darme celos deliberadamente.

—¿Y si no fue deliberadamente? —se lamentó Amy.

—Entonces esta es porque no lo fue —otra palmada—. Tendría que haber hecho esto —otra palmada—, en el barco —otra—, cuando engañaste a Taishi para que te dejara ir a mi camarote.

Cometió un error al decir eso, ya que recordó aquella noche de felicidad. Su mano no volvió a caer. Gruñó y la puso boca arriba.

—Ya basta con este fraude. Ambos sabemos que no te lastimé —le dijo de mal humor.

Amy dejó de hacer el ruido que estaba haciendo. Le miró fijamente:

—Podrías haberlo hecho.

—No, no podría.

Se abrió la puerta. Ambos se volvieron hacia el mayordomo y le dijeron:

—¡Sal de aquí!

—Pero, señorita Amy...

—Fue un maldito ratón —le indicó con aspecto serio—. Ya desapareció, y como ves no corro peligro —sacudió los pies sobre el sofá para mostrarle las precauciones que había tomado—. Y cuando salgas cierra la puerta.

El mayordomo, confuso, hizo lo que le ordenó. Amy se volvió hacia Warren y vio que la estaba mirando con el entrecejo fruncido.

—¿Siempre mientes con esa inocencia?

—Eso es algo que no debe preocuparte, ya que juré que siempre sería honesta contigo. Pero no espero que lo creas, ya que eres demasiado escéptico. ¿Viniste sólo para calentarme el trasero?

—No, vine para decirte que me voy mañana.

Los dardos dieron en su corazón. Se levantó de sus rodillas. Esperaba que la detuviera, pero él no lo hizo.

—Me imaginé que sería pronto.

—¿No vas a tratar de que cambie de idea?

Amy escuchó la pregunta más que la afirmación.

—¿Te gustaría que lo hiciera?

—No serviría de nada —insistió Warren.

—Lo sé. He estado engañándome a mí misma. Y no he sido justa contigo ni tuve en cuenta tus sentimientos. Bastante egoísta por mi parte, ¿verdad?

Eso no era exactamente lo que esperaba escuchar, y las palabras tuvieron un extraño efecto en él.

—¿Qué estás diciendo, Amy? ¿Que te estás rindiendo?

Se volvió antes de comenzar a llorar. Esto era realmente doloroso.

—¿Qué elección tengo?

Repentinamente él estaba detrás de ella, la tomó de los hombros y la volvió hacia él.

—¡Maldita sea, no puedes desistir de mí!

—¿Qué?

No había querido decir eso. En realidad, no se imaginaba de dónde habían salido esas palabras.

—No quise decir...

—¡Oh! no, no lo harás —le interrumpió rápidamente y le abrazó el cuello—. No vas a negar eso, Warren Anderson. Ahora quiero oírte decirlo.

Parecía mortificado. El enojo le había traído hasta aquí, pero era sólo una excusa, y era tiempo de admitirlo. Ella le estaba sonriendo, esperando, con todas las promesas que le había hecho con su mirada, risas, felicidad, amor... y ya no podía negar que las deseaba, tanto como la quería a ella.

Las palabras que nunca pensó decir no eran tan duras después de todo.

—Nos vamos a casar.

Ella le sorprendió al negar con la cabeza.

—No hasta que me lo pidas.

—¡Amy!

—Agradece que no te voy a hacer arrodillar para que lo hagas —agregó inflexible—. ¿Y bien?

—¿Quieres casarte conmigo?

Cuando por fin lo escuchó, contuvo el aliento, pero aún no había terminado con él.

—¿Qué más?

—No sé cómo lo hiciste, pero te apoderaste de mi corazón, mi mente, temo que hasta de mi alma —y era absolutamente cierto. Ella lo veía en sus ojos y en la maravillosa sonrisa que le brindó antes de agregar casi con reverencia—: Estoy enamorado de ti, Amy. Creo que no podría soportar otro día sin ti.

Amy suavizó su tono y se acercó más a él.

—¿Fue tan duro?

—Dios mío, sí —Warren suspiró, aunque, en realidad, no lo había sido.

—Será más fácil. Te lo prometo.

Ahora no tenía dudas sobre ello, pero después de todo lo que la había hecho pasar, no era extraño que contuviera su aliento después de preguntarle:

—¿Cuál es tu respuesta?

Amy estaba demasiado feliz y llena de amor por él como para seguir enojándole.

—Ya te la di hace meses, hombre obstinado. Sólo que no estabas listo para escucharla.

Warren expresó su alivio con una risa alegre, un apretón y un beso que casi le machaca los dedos de los pies.

44

Charlotte organizó una cena para los familiares y amigos para anunciar oficialmente el compromiso, aunque la familia ya había sido informada de la feliz noticia. Por eso Anthony y James fueron invitados por sus esposas para que acudieran.

Pero una vez allí, pusieron buena cara. Incluso Anthony fue visto dándole la mano para felicitar a Warren, aunque nadie sabía qué le había dicho para hacerle reír de esa manera.

Jeremy arrinconó tres veces a Amy durante la velada para preguntarle si estaba absolutamente segura de que no estaba embarazada. El día de su casamiento tendría lástima de él y le diría que la apuesta que habían hecho, no iba en serio. Aunque no debería hacerlo. Un mes de abstinencia no perjudicaría a ese pícaro, hasta le ayudaría a dedicarle un poco más de tiempo a sus estudios, si lograba que no le echaran el próximo semestre.

Drew se sintió molesto porque no le había elegido a él, y lo hizo deliberadamente, sólo para provocar a Warren. Pero estos días, el temperamento de Warren estaba ausente, y finalmente Drew se dio por vencido al advertir que no lograría enardecer a su hermano.

Cuando Amy pudo estar a solas un momento con Warren le preguntó:

—¿Cómo estás pasando la bienvenida al clan Malory?

—Por suerte, soy un hombre tolerante.

Ella se rió al ver su expresión de sufrimiento.

—¿Qué te dijo el tío Tony?

—Después de admirar el ojo negro de su hermano quiere tomar lecciones conmigo.

Ella observó el ojo negro de James.

—Ya no vas a pelear más con el tío James, ¿verdad?

—Ni siquiera lo pensaría. Ahora que él también será mi tío, he decidido mostrarle respeto.

—Dios mío, te matará.

Warren se rió y la abrazó. Ella suspiró y también le abrazó. Se preguntaba si alguien podía ser tan feliz como ella.

Miró la habitación en la que estaba toda su familia y le comentó:

—Esto me recuerda la primera noche en que te vi y me enamoré de ti. Aquella noche ni te fijaste en mí.

—Me fijé, pero eras demasiado joven...

—No vamos a empezar de nuevo con eso, ¿verdad?

—Absolutamente no.

Se inclinó para susurrarle:

—No voy a poder esperar.

—¿Para qué?

—Para estar otra vez contigo. No puedo estar tan cerca de ti sin desearte.

Todo su cuerpo reaccionó ante esas palabras. La corrigió suavemente:

—Eso es hacer el amor.

—¡Ah!, por fin lo entendiste —bromeó ella.

—Esta noche deja tu ventana abierta.

—¿Vas a trepar?

—Absolutamente.

—Qué romántico... pero eso no resultará. No voy a

arriesgarme a que te caigas y te rompas el cuello. Te encontraré en el jardín.

—¿Para hacer el amor entre las rosas? No te gustará.

Amy recordó aquella conversación con su hermana e hizo una mueca.

—¿Qué te parece debajo de un sauce, sobre una manta, con frutillas y...

—Ya basta, o te sacaré de aquí —le gruñó Warren en el oído.

Amy se rió.

—No querrás hacer eso. Mis tíos podrían pensar mal y venir al rescate. Eso empeoraría realmente las cosas, ¿no crees?

Warren le preguntó seriamente:

—¿Qué te parece el rapto?

—En realidad... suena delicioso. Pero, ¿yo te raptaré a ti o tú a mí?

Él empezó a reírse.

James, que los observó desde el otro extremo de la habitación, le dijo a su esposa:

—Dios mío, ¿qué le habrá hecho al pobre hombre?

Georgina sonrió ante el completo cambio de su hermano.

—Él es feliz. Ella dijo que le haría feliz.

—Es repugnante, George.

Ella le dio una palmada cariñosa en la mejilla.

—Ponle fin al tema, James.

LA SAGA DE LOS MALLORY